LAVADO DE DINERO

NOFICCIÓN | CRÓNICA

KEN RIJOCK

LAVADO DE DINERO

La historia de un abogado ligado al crimen organizado

Traducción de Roxanna Erdman

EDICIONES B

México · Barcelona · Bogotá · Buenos Aires · Caracas
Madrid · Montevideo · Miami · Santiago de Chile

Título original: *The Laundry Man*
Primera edición en inglés, 2012

Lavado de dinero,
la historia de un abogado ligado al crimen organizado

Primera edición en México, agosto 2012

D.R. © 2012, Ken Rijock
Primera publicación en Gran Bretaña por
Penguin Books Ltd.

D.R. © 2012, Ediciones B México, por la traducción
Traducción de Roxanna Erdman

D.R. © 2012, Ediciones B México, S. A. de C. V.

Bradley 52, Anzures DF-11590, México
www.edicionesb.mx
editorial@edicionesb.com

ISBN 978 - 607 - 480 - 339 - 6

Impreso en México | *Printed in Mexico*

*Dedicado al alguacil de Estados Unidos Ken Sands
y al sargento Bruce Benjamin, quienes me sacaron de
la oscuridad y me trajeron de vuelta a la luz*

Hago un agradecido reconocimiento a la colaboración de Doug Wight en la preparación de mi historia

Hace poco encontré un sobre amarillo descolorido perdido entre algunos documentos de bienes raíces. Estaba sellado y contenía una nota manuscrita que decía: «Última carta enviada desde su celda en Cuba, antes de su ejecución.»

Una carta adjunta de la hermana del condenado le pedía que cooperara y que depositara 500 mil dólares en una cuenta. Dentro del sobre había una carta escrita a mano con un pasaporte y datos del banco.

Consideré este descubrimiento como una señal. En vez de dejar que esos pedazos de vida se desvanecieran, pensé que había llegado el momento de contar mi historia.

Sólo se han cambiado los nombres, pero no para proteger a los culpables, pues la mayoría de ellos han muerto o han desparecido. Sus identidades están encubiertas para ahorrar a sus familias el dolor de revivir esas pérdidas.

Por supuesto, algunos nunca han sentido el peso de la justicia. Esos pocos viven ahora dentro de la ley e, incluso, son acaudalados, pero todavía tienen miedo de oír que alguien toque a su puerta en la mitad de la noche.

No tengo ningún deseo de interrumpir su sueño agitado, porque entonces ellos podrían interrumpir el mío.

LA TENSIÓN ERA PALPABLE. Les tomó un siglo revisar los documentos.

Pensé explicarles de nuevo, pero ahí estaba todo, negro sobre blanco.

Uno de los hermanos revisaba, inquieto, los papeles con su enorme dedo manchado de tabaco de puro, pasándolo sobre las líneas del texto, como un niño que aprende a leer... bueno, un niño que acaba de probar demasiada cocaína pura recién desembarcada en Estados Unidos.

Los otros dos, de pie detrás de él, también estaban igual de inquietos. Uno sonreía socarronamente, ¿o era una mueca? El otro dejaba ver un destello cromado en su cintura. Siempre con sus poses.

¿Cómo me metí en esto?

Al principio fue fácil, ni siquiera se violaban las leyes... sólo se trataba de ayudar a algunas personas que eran más amigos que clientes. Eran buenas personas, no eran peligrosos.

Sin embargo, estos tres eran basura humana.

Los hermanos Martínez, cubanos-americanos cuyos padres se habían exiliado del régimen de Castro, tipos que habían comenzado su vida en Miami sin un centavo en el bolsillo y que ahora eran millonarios con la vida resuelta, gracias a la cocaína que llegaba a montones al sur de Florida y de ahí al resto de Estados Unidos y Canadá.

Y, también, gracias a mí.

Los había ayudado a asegurarse de que los millones de efectivo sucio que obtenían de sus negocios de drogas se lavaran, se limpiaran y se guardaran sin peligro y sin dejar huella.

Verás: yo era el hombre que lavaba dinero.

Mis servicios eran únicos.

¿Tiene usted dos millones de dinero sucio y no sabe qué hacer con ellos? Yo soy la persona que usted busca. ¿Necesita empresas para esconder sus negocios ilícitos de las instituciones policiales? No hay problema.

Esta reunión se realizó en su casa de seguridad en un suburbio de Miami. En cosa de semanas se habían mudado de ahí sin dejar indicios.

Sin embargo, en ese momento teníamos negocios que atender. Mi ayuda había sido principalmente de bajo perfil: había formado empresas falsas en el Caribe, había registrado en el Reino Unido un par de barcos con datos ficticios, y para lograrlo había transferido dinero a algunos paraísos fiscales. Un trabajo muy sencillo, pero invaluable para las bandas que no sabían cómo hacerlo.

Ese fue mi primer encuentro con los tres hermanos juntos, y aún así no confiaban en mí. ¿Cómo podían saber que el inteligente abogado que tenían frente a ellos no había armado un laberinto de papeles que le permitiría guardar el dinero en una bóveda en otro país… de la cual sólo él tenía la llave?

Miré a Charlie. Él era su socio, nunca supe exactamente bien por qué, y también era la única persona en la habitación en quien yo confiaba.

—Todo está ahí —dijo cuando abrió la boca—. Ken les ha hecho un gran favor, como les dije. Es un genio, ¿no es así?

Joey, el hermano más joven, me miró. De todos los hermanos, él parecía el más adaptado a las costumbres estadounidenses. Era joven y atlético, con una apariencia limpia e inteligente, y tenía un claro acento del sur de Florida.

Los hermanos mayores se acercaban más al estereotipo cubano. Hugo, el de en medio, era obeso, tenía una densa mata de pelo negro y una barba de dos días. El mayor, Enrique, era fornido, tenía un bigote imponente, barba cerrada y hablaba, cuando quería, con una especie de jerga de inglés y español cubano: lo peor de ambas lenguas.

Finalmente, Joey levantó la cabeza de todos esos papeles que yo le había entregado. Él sonrió.

—Lo sé. Esto es hermoso. Tan sencillo.

Se volvió hacia los otros y asintió.

Entonces pude respirar.

Charlie me miró como si dijera: «Te lo dije, no hay problema».

Joey señaló hacia Enrique, el hermano mayor. El enorme cubano sacó una pequeña bolsa de detrás del sofá.

—Un regalito[*] —gruñó colocando la bolsa en el piso, casi medio metro frente a mí.

Miré a Joey.

—Un pequeño regalo —tradujo, pero supe lo que quería decir.

Con cautela, me estiré y acerqué la bolsa hacia mis pies. Miré alrededor. Todas las miradas estaban puestas en mí; las muecas de los hermanos ahora eran sonrisas burlonas expectantes.

Aunque nunca les dije cuánto cobraría, me pareció casi descortés discutir asuntos como esos; una gratificación en efectivo no era lo esperado. Por lo que había hecho, 10 mil dólares no habría sido cobrar de más.

Tomé la bolsa. Algo me decía que no quería saber lo que había adentro.

Lentamente corrí el cierre y vi el interior.

Mi corazón se detuvo.

No era efectivo. En vez de eso, había una bolsa transparente de plástico, que envolvía una masa compacta de polvo blanco.

La sujeté y levanté mi trofeo, haciendo estallar la risa de los cubanos.

Sonreí esperando hacerles entender lo que yo estaba pensando: ¿Qué demonios voy a hacer con esto?

—Es tu regalo —sonrió Joey.

¿Un regalo? Todo lo que yo había hecho era crear una gran cantidad de empresas falsas y registrar una serie de barcos que permitían a mis clientes embarcar cientos de kilos de cocaína a Miami.

A quien le tocó explicar fue a Charlie.

—Medio kilo. Vale 10 mil en la calle.

---

[*] En español en el original. *(N. del E.)*

¿Medio kilo? Hice cálculos en mi cabeza. Sólo 400 gramos son 15 años de sentencia obligatoria como mínimo. Nadie sale de prisión antes de que termine ese tiempo.

Sonreí. Era todo lo que podía hacer. Cuando regresé el paquete a la bolsa y la cerré, supe que rehusarme era inútil. Cuando mucho había que decir «gracias, pero no, gracias», pero sería considerado una descortesía. Y, en el peor de los casos, una verdadera ofensa.

Sonreí: «No se hubieran molestado.»

Me despedí apresuradamente y huí; mis pies apenas tocaban los escalones que bajaban los dos pisos hacia el estacionamiento.

Casi corrí al auto, mirando a mi alrededor para saber si podía detectar cualquier señal de que el edificio estuviera siendo vigilado, y metí el paquete en la cajuela. Sin duda, la casa de seguridad de los cubanos estaba bajo vigilancia. Si los hermanos estaban dispuestos a soltar así como así una cantidad como aquella de cocaína pura, ¿cuánta más tendrían guardada? El condado de Miami o la dea podrían haber estado vigilado durante días.

Conduje el auto, pero en las primeras cuadras no llevaba dirección alguna. Eran las tres de la tarde. La gente se ocupaba de sus cosas. En las escuelas estaban a punto de salir de clases, lo que significaba que iba a 20 kilómetros por hora y había mucha vigilancia. Mierda.

Cada segundo miraba por el espejo. ¿Cuánto tiempo llevaba ese auto detrás de mí?

Sólo hasta ese momento capté dónde me encontraba. Estaba al oeste de Dadeland, en el corazón del suburbio residencial de Kendall, a unas cuadras en auto de un centro comercial donde bandas colombianas que vendían droga, con un baño de sangre a pleno día, arreglaron sus diferencias contra una licorería. Ese tiroteo marcó el momento cuando las guerras clandestinas por drogas irrumpieron en plena calle. Con toda tranquilidad dos pistoleros salieron de una camioneta, caminaron hacia la tienda y dispararon a dos hombres, hiriendo al dependiente de la tienda.

Cuando finalmente identificaron los cuerpos cubiertos de sangre, se supo que las víctimas eran uno de los mayores traficantes de Miami y su guardaespaldas. Probablemente la disputa fue un desacuerdo por una deuda no pagada.

En ese momento yo me encontraba en un vecindario que estaba en la mira de los policías.

Tuve un ataque de paranoia.

¿Tenía el coche una luz trasera averiada, cualquier cosa que pudiera llamar la atención de un oficial de tránsito con ojos de águila? Si me detenían, mi vida habría acabado.

Empecé a sudar y se me revolvía el estómago. Lo que habría sido un trayecto de rutina de media hora en el auto para regresar a casa, se había convertido en un recorrido escalofriante. Si me detuvieran por exceso de velocidad, estaría en problemas. Inútil tratar de convencer a un juez de que medio kilo de cocaína era para uso personal.

Eso me puso a pensar. La tarifa había sido de 55 mil dólares por kilo, pero por entonces sólo era de 20 mil, gracias al diluvio de cocaína que había invadido Miami vía Colombia. No era lo ideal, pero si Charlie estaba en lo cierto, podría hacer una buena cantidad de dinero.

Me detuve en una caseta telefónica, y busqué en mi bolsillo una moneda mientras mis ojos escudriñaban la calle.

Llamé a Andre, el hombre que me había lanzado a mi nueva carrera.

No hubo respuesta.

No tenía otra alternativa. Tendría que conducir con cuidado hasta su casa. Me estacioné justo cuando él llegaba.

Le expliqué mi pequeño problema.

Él no podía colocarla, pero eso podía cambiar al día siguiente.

Todo lo que tenía que hacer era quedarme quieto 24 horas. No era gran cosa. Podía llevar el paquete y esconderlo en casa.

La casa que yo compartía con una policía.

UNO

LA ENCRUCIJADA

Fort Lauderdale, Florida, 31 de agosto de 1979

MIS OJOS SE TOPARON CON los de mi reflejo mientras inhalaba la línea más gruesa.

La coca se disparó directamente de mi nariz a mi cerebro. Me levanté y aspiré ruidosamente, inhalando tanto aire que sentí como si mis pulmones se hicieran diez veces más grandes.

Me senté de nuevo en el sofá, exhalé y le hice un gesto a un sujeto de que tanto el espejo así como las líneas cuidadosamente cortadas que restaban eran suyas.

Acababa de conocerlo hacía apenas cinco minutos y ya había olvidado su nombre. Sólo supe que era un agente financiero que, por extraño que parezca, no sabía conducir. Mis viejos instintos de abogado tomaron el control y tuve la sospecha de que habría una multa por conducir «bajo la influencia de...» en su pasado no muy distante.

—Vaya —sonrió, dándome unas palmaditas en la espalda como si fuéramos viejos amigos.

En silencio, me levanté mientras me pasaba los dedos por el pelo rizado, sintiendo el cosquilleo del efecto de la coca, en busca de un poco de diversión.

Era el último día del verano, momento para la fiesta, y yo había aceptado con entusiasmo la sugerencia de mis *roomates* que acababa de conocer, para hacer un recorrido de 20 minutos de Miami a Fort Lauderdale y asistir a un espectáculo en un bar gay. Después iríamos a lo que sería una noche entera de fiesta y de coca.

Carol y Michaela, meseras de un club nocturno, me adoptaron como su nuevo inquilino que pagaría la renta, después de que mi matrimonio se hubiera desplomado; ahora estaban dispuestas a mostrarme algo de diversión.

Y vaya que lo estaban.

En la villa que se encontraba detrás de la red de canales, la cocaína estaba en todas partes. La ofrecían como si fueran entremeses. Ya la había probado antes, pero sólo ocasionalmente. Como un chico que creció en los años sesenta, fumar hierba había sido un rito de paso, y había fumado opio en Vietnam, pero nunca había consumido drogas como abogado. Claramente había formado parte de una minoría.

Durante toda la década de los setenta, el sur de Florida estuvo en el poder de la locura de la cocaína. Todos lo estaban. Era la droga que elegían abogados, doctores, contadores y profesionistas de cualquier tipo. La subcultura se había convertido en la cultura dominante. Al final de la década, Estados Unidos estaba inundados de cocaína y Miami era el núcleo a donde llegaba toda. Hasta entonces, todo eso me había pasado inadvertido.

Ahora, yo recibía un curso relámpago.

Llevaba el ritmo de la música con la cabeza; *Ain't no Stoppin'Us Now* retumbaba en un estéreo último modelo; medio caminando medio bailando, fui de habitación en habitación, abriéndome paso entre los cuerpos sudorosos. Parejas retozaban en los rincones y cualquier espacio libre en el piso se convertía en un improvisado bar de cocaína. Encontré a Carol y Michaela cuando me dirigía a la cocina.

—¡Hola! —gritó Carol. Sus pupilas estaban dilatadas—. ¿Te estás divirtiendo? —me preguntó con su ligero acento sureño.

Asentí socarronamente. El efecto estaba llegando al máximo. Yo no era cuadrado, ya había tenido mi buena ración de fiestas, pero este jolgorio desaforado era el cielo después de lo que había tenido que pasar en los últimos meses.

No hacía mucho tiempo que había comenzado a pensar que las cosas no iban bien. Había trabajado como abogado financiero en una firma de la gran ciudad, con una esposa adorable y un departamento con vista a la bahía y al océano.

Pero en poco más de unos meses, mi matrimonio y los sueños de establecerse en lo que pensé sería una vida normal, se hicieron trizas. Mi esposa, Sarah, no se había recuperado de la triple tragedia de perder a sus padres y a su hermana en una sucesión relativamente rápida. Fue una situación que podría haber derrumbado hasta al más fuerte y, por desgracia, nuestro matrimonio se resquebrajó tristemente por la presión.

Entonces me di cuenta de que no estaba hecho para el mundo despiadado de todos-contra-todos de la firma de abogados de la gran ciudad, y que tampoco quería compartir el incesante impulso de mis colegas de pasar por encima de otros abogados con tal de llegar a la cima.

Desesperado, renuncié y abrí mi propio negocio como abogado, litigando en pequeña escala y en bienes raíces. Yo era mi propio jefe, pero mi experiencia con la firma de la ciudad había hecho que me preguntara si en verdad seguía siendo un abogado, y simplemente dejé de preocuparme por mi trabajo.

Ahora, a los 34 años, estaba desilusionado y solo. Una noche estaba ahogando mis penas en el Ménage, el club nocturno que ocupaba el sótano de mi edificio de departmentos, cuando Carol y su compañera de casa me ofrecieron una salida a mis problemas.

—Ven a vivir con nosotras —decía Michaela—. Va a ser divertido.

Era una oferta que no podía rechazar. Eso fue dos semanas antes.

Desde entonces, descubrí que mis compañeras de casa eran fiesteras a morir. Pronto me sedujo su estilo de vida desenfadado. Hasta entonces no se había presentado ninguna sugerencia de romance con ninguna de ellas. Andaban a la caza de alguien con acceso a mucha cocaína y mucho dinero.

Carol podría haberse ganado la vida como una doble de Cher, cuando Cher todavía se veía como Cher. Medía casi 1.80m, era morena y tenía un brillo travieso en la mirada; Michaela había nacido para la diversión. A las dos, de veintitantos años, les gustaba tenerme cerca porque compartíamos la renta, aunque tenía más edad que ellas para la diversión que tenían pensada.

Ambas tenían una misión, una cruzada de sexo, drogas y emociones fuertes a tope que hipnotizaba al observarlas; un mundo alejado de la vida que yo había vivido durante mis cuatro años de matrimonio con Sarah.

Ellas vivían con la energía que sólo la cocaína puede dar. De la comida, ni hablar.

Charlé con ellas por un momento. Las chicas llamaron la atención de dos jóvenes vendedores de droga que las jalaban hacia otra habitación, mientras ellas gritaban de entusiasmo.

—¿Son tus amigas?

Me volví. Una chica castaña recargada en el quicio de la puerta de la cocina sujetaba dos flautas de champaña.

—Son mis compañeras de casa.

—Ah, ya veo. —Era despampanante: estaba bronceada, llevaba un vestidito dorado, pelo largo y ondulado.

—Son incontrolables.

Ella asentía como si lo hubiera sabido.

—¿Viniste con alguien? —le pregunté, interesado, para mantener la conversación y, al mismo tiempo, para sondear si estaba disponible. Dios mío, había pasado tanto tiempo. Yo no estaba en forma para ligar.

—Ahí —dijo haciendo un ademán, señalando hacia la puerta detrás de la cual podía escucharse el sonido apagado de cómo aspiraban y reían mis *roomates*.

—Ah, sí.

—Mis amigos son igual. Siempre hacen lo mismo. Me invitan a fiestas y después me dejan con una mano extendida con un vaso.

—Deja. Dámelo a mí.

Sonrió y me dio la flauta de champaña. En mi estado normal, habría estado contento sólo con charlar, pero acelerado por la coca, pensé que ésta podría ser una oportunidad para volver a tomar las riendas.

Encontramos un lugar más tranquilo donde charlar, donde no nos zarandearan los juerguistas que se abrían paso entre los tragos y los sanitarios.

Se llamaba Kimberly. Era una agente bancaria de Fort Lauderdale. El hecho de que yo hubiera probado un poco con el derecho bancario hacía que tuviéramos algo en común, pero no estaba interesado en hablar de negocios. Estaba interesado en cómo iba a hacer para sacarla de ese vestidito dorado.

Ella tampoco sentía mucho rechazo por la coca, y en un abrir y cerrar de ojos me invitó a su casa, a unas cuadras de ahí. Interrumpí la reunioncita de mis amigas para armarme con un poco de polvo colombiano para el camino, y después ya estábamos afuera y el aire soplaba suavemente contra nosotros.

El sexo fue inmediato y frenético. No sé si fue la coca o el alivio después de la frustración por mi matrimonio fallido, pero me sentí muy bien. Todos los pensamientos acerca de mi fracasado matrimonio abandonaron mi mente a medida que nos excitábamos y nos volvíamos más torpes en medio de un calor pegajoso.

Me aparté para reabastecerme; lo hice con dos líneas más y me fui al baño para recuperar la respiración. Me salpiqué la cara con agua fría y me miré en el espejo.

Mi pelo, que hasta hacía poco tenía un corte casi militar, ahora estaba crespo y casi a punto de rizarse por la humedad. Mi piel estaba roja por tanta coca.

—Oye, ¿por qué te demoras? —Oí que me llamaba fuera del baño. Hice una pausa y le sonreí a mi reflejo.

Nada me demoraba. Nada en absoluto.

Me sumergí de nuevo en la habitación.

El viernes en la noche se convirtió en sábado… en domingo… en lunes…

Después de haber sido un profesionista dedicado, ahora nada podía detenerme. Desde que me mudé con las chicas, la vida se había convertido en un fin de semana eterno. El trabajo como abogado, el orgullo y la alegría de haberme independizado, se convirtieron en una molestia. Llegaba tarde al trabajo y encontraba una excusa para salir temprano y lanzarme a los bares. La práctica legal se estaba convirtiendo rápidamente en la última de mis prioridades.

Mañana veré a mis clientes. El trabajo puede esperar hasta que encuentre algo mejor qué hacer.

Mi libertad recién encontrada me hizo sentir invencible. No dormir por las líneas blancas no importaba, porque en cualquier momento podía trabajar de nuevo si me lo proponía. Todos eran iguales en Miami. Doctores, agentes financieros, otros abogados, todos parecían andar en lo mismo.

Cuando las chicas salían toda la noche, yo quería salir con ellas. Incluso si se quedaban en casa, cortábamos unas líneas o fumábamos hierba y abríamos unas botellas. Siempre había algo que celebrar, otro día en el paraíso.

Era una fiesta interminable y, al parecer, casi todas las personas que ellas conocían eran *dealers* a quienes podían llamar para que ésta no se terminara.

Claro, después de unas semanas de vivir así, las cosas dieron de sí. Inevitablemente, todo termina. Muy pronto los clientes empezaron a llevarse sus negocios a otra parte.

Mi respuesta fue sencilla. Vivía cada día como se presentara.

Me encontraba en ese estado de ánimo cuando un día sonó el teléfono.

Era Michaela.

Había estado fuera todo el fin de semana. Temeraria como siempre, se había ido a Ohio a una carrera de motocicletas, no como corredora, sino como pasajera en el asiento trasero. Ni Carol ni yo habíamos sabido nada de ella desde su partida.

—Ken, no vas a creer lo que pasó. Tuve un accidente en la moto.

Como te podrás imaginar, eso no era tan difícil de creer.

Me dijo que estaba en el hospital con una pierna rota.

—Escucha —añadió—: cuando salga me quedaré con un amigo cerca de Coral Way. Yo te avisaré. Vendrás a visitarme, ¿sí?

Mi primera reacción fue la desilusión de que Michaela dejara nuestra pequeña banda, pero deduje que era algo temporal y que regresaría cuando su pierna mejorara. Un par de días después llamó de nuevo. Se había mudado con un amigo y quería que yo fuera a verla.

Shenandoa era una comunidad predominantemente cubana de clase media baja, al sur del centro de Miami. En ese entonces se caracterizaba por sus casas de clase media baja, y la mayoría de sus habitantes eran obreros migrantes. El área se distinguía por ser ordinaria, no era pobre ni rica; era un rincón casi tranquilo, casi residencial.

La casa donde Michaela se quedaba era una vieja construcción típica de Florida, con una fachada de madera blanca, un recibidor y un columpio. Afuera había un viejo anuncio de aerolíneas PanAm. Tal vez su amigo había trabajado en la industria aeronáutica.

La puerta se abrió y Michaela se quedó ahí, balanceándose precariamente con las muletas. Me invitó a pasar. La casa de una sola planta era lo que llaman una «cabaña de escopetas». Si disparas una pistola dentro de ella, la bala da en todas las habitaciones. De un vistazo pude apreciar una sala de estar, un comedor, una cocina y dos recámaras, todo en la misma planta. La casa tenía muchos estilos, piso de madera y una chimenea grande en la sala de estar, algo muy poco común en el sur de Florida, donde las temperaturas rara vez bajan de los 23 °C. Las paredes estaban cubiertas de dibujos y pinturas de Colombia y Jamaica, y en el piso había artefactos como huesos de ballena y otras cosas que sólo se ven en los museos.

Los ventiladores giraban en el techo mientras Michaela y yo charlábamos. Apenas habían pasado unos minutos cuando escuché pisadas en el piso de madera, y apareció un hombre.

Era apuesto, tenía el cabello revuelto y un impresionante bigote al estilo de Pancho Villa. Tenía un aire relajado y se acercó a nosotros. Michaela se volvió hacia él y después hacia mí.

—Ken, este es Andre, el hombre del que te he hablado. Andre —dijo mirando de nuevo al hombre—, este es mi buen amigo Ken.

Con esas palabras fui presentado a la persona que cambiaría mi vida por completo.

DOS

FUERA DE LO ESTABLECIDO

ERA COMO MIRARME a mí mismo en un espejo.

No, yo no llevaba el mismo bigote impresionante, pero reconocí al instante semejanzas con Andre. Además de que había estado en Vietnam, parecía que albergaba los mismos resentimientos contra el sistema que yo sentí a mi regreso.

Cuando nos pusimos a platicar, no hubo nada de esa torpeza inicial que sigue a las presentaciones. Me animé con su facilidad de trato y cuanto más hablábamos, más intrigado me sentía.

Se presentó como profesor de español. En una ciudad de habla española, donde más de la mitad de la población era de hispanos, me pregunté si acaso su trabajo lo tendría muy ocupado.

Después de las presentaciones, en los días que siguieron me aparecí mucho por la casa. Él holgazaneaba vestido de mezclilla o con pantalones cortos y una playera. Nunca usaba traje ni daba la impresión de que hiciera nada remotamente relacionado con algún trabajo.

Hubo otra cosa que noté: muchas veces, cuando Michaela, Andre y yo nos sentábamos a platicar, alguien tocaba a la puerta de tela metálica que dejábamos abierta. Andre se disculpaba y se iba a su habitación o a la cocina con sus visitantes, pero en otras ocasiones se unían a la conversación con nosotros. Algunos eran de origen cubano, y su dominio del español no mostraba que les hiciera falta un curso de actualización.

El plan de Michaela era quedarse con Andre hasta que sanara su pierna. Al final de la segunda semana después de su accidente, llegué de visita pero estaba dormida.

—Pasa, Ken —me dijo Andre—. Quédate un rato.

Platicamos mucho tiempo, pero cuanto más revelaba de sí mismo, menos respuestas claras tenía. Lo que entendí fue que sus padres eran misioneros de St. Louis. Su familia se mudó a Cuba cuando era muy pequeño, para predicar una forma fundamentalista del cristianismo. Se establecieron en Oriente, la última provincia al este de Cuba, y la más alejada de La Habana. Su educación en ese medio rural lo convirtió no sólo en bilingüe, sino también en bicultural. Hablaba español con soltura, como si hubiera nacido en Cuba, y conocía hasta los más oscuros términos populares.

Por primera vez desde que volví de Vietnam, me encontré con alguien con quien podía hablar sinceramente de mis experiencias. ¡Por fin uno que conocía y entendía el sentimiento de estar aislado y la soledad que me aquejó cuando volví al país! Dejamos una nación, en el mejor de los casos, ambivalente, y en el peor, opuesta con vehemencia a la acción militar, pero que simpatizaba con los soldados que fuimos a la guerra, y volvimos como parias, recordatorios vivientes de la insensatez de nuestro gobierno al pelear en un conflicto finalmente estéril. Nada me preparó para la actitud que enfrentamos los veteranos de la Guerra de Vietnam al retornar al país. Nuestros padres fueron recibidos como héroes cuando regresaron de la Segunda Guerra Mundial. En cambio, los veteranos de Vietnam éramos anónimos. Los viejos amigos no querían saber nada de nosotros, y las novias suspendían los contactos en cuanto se enteraban de dónde habíamos estado.

Me costó trabajo asimilarlo. A diferencia de muchos, no evadí el llamado a filas. Me alisté voluntariamente porque creía que era mi deber y porque sabía que de todos modos iban a llamarme. Hacerlo en mis términos significaba que tendría la oportunidad de pasar un par de meses en mi casa después de la universidad. Como llegué a Vietnam de 22 años, me sentía viejo. El resto de los hombres de mi unidad tenían diecinueve o veinte, niños recién salidos del gueto. No tenían idea de en qué se habían metido, pero lo averiguaron pronto y lo lamentaron infinitamente.

Andre contó que lo habían herido en la batalla de Khe Sanh, una escaramuza asquerosa y prolongada en la zona norte de Vietnam del Sur. Le narré algunas de mis experiencias cerca de Saigón y luego en Camboya. Fue un alivio hablar con alguien que había estado ahí. Sentí que se formaba un lazo entre nosotros.

Me gustaba su estilo. No le costaba trabajo verse impasible, con ese bigote y el abundante pelo negro, pero su existencia parecía llena de contradicciones. Le gustaba fumar marihuana, pero era musculoso y tenía buena condición. Todas las mañanas se iba en patines a un gimnasio cercano. Era un entusiasta viajero y me obsequió con historias de Sudamérica, como la de su exploración del Amazonas o su excursión al Occidente, a las Islas Galápagos. Daba la impresión de ser un experto en Colombia.

Conservaba un espíritu bohemio, pero había adoptado la tecnología moderna y le gustaba tener en su patio cercado bicimotos y excéntricos convertibles antiguos traídos de Inglaterra. Si uno se descomponía, lo arrumbaba en la parte trasera de la casa y usaba otro. Pese a su sólida fe cristiana, mostraba con las mujeres la misma actitud desprendida que con los automóviles. Era frecuente que al ir a su casa me encontrara al carismático encantador seduciendo a una nueva chica. Curiosamente, quedar desplazadas en sus afectos no desalentaba a las muchachas a regresar. Para algunas, era suficiente estar en el círculo de amistades. Las colmaba de atenciones, pero al poco tiempo las cambiaba por un nuevo reto femenino. En adelante muchas tenían que conformarse con ser nada más una pequeña parte de su vida, pero estaban tan habituadas a su compañía, que no querían romper el vínculo.

Pese a la falta de un trabajo de tiempo completo, no se veía que tuviera problemas de dinero en efectivo. La ciudad estaba en auge, la inflación se disparaba a las nubes y el costo de la vida iba al alza; sin embargo, parecía que Andre tenía un suministro inacabable. Unas semanas después de conocernos, varios de nosotros salimos a cenar. Por su naturaleza enigmática, fue el centro de atención, y gozaba de la solicitud que recibía del resto del grupo.

—¿Saben? Tengo suficiente en el bolsillo para pagar la cena de todos los comensales del lugar —dijo riendo, al tiempo que tomaba la cuenta de todos nosotros, que debía ser cuantiosa.

En cualquier otro hubiera sido un gesto de arrogancia repugnante, pero el encanto de Andre hacía difícil sentir antipatía por él. Era cordial, humilde y amigo de las diversiones. ¿Cómo resistirse?

Como en todos lados, las drogas formaban gran parte del ambiente social de su casa. Mientras sanaba la pierna de Michaela, fui varias veces a fiestas en su domicilio. Bebíamos cerveza y ron bajo los mangos de su jardín y festejábamos escuchando reggae.

Al ponerse el sol, fumábamos porros para adentrarnos en la noche.

Yo todavía aspiraba cocaína como si fuera a pasar de moda, pero en la casa de Andre también había mucha experimentación. Así había sido desde mucho antes de que llegara. A veces conseguía algo diferente, como hachís de Medio Oriente.

Las fiestas podían ser animadas, pero me di cuenta de que su actitud no era la misma de otros anfitriones. En otras fiestas a las que había ido, preparaban líneas de cocaína sobre la mesa para que todos las disfrutaran, como mentas para después de comer. En la casa de Andre el asunto era más discreto. Cierto que la gente de todos modos se drogaba, pero en general se metían al baño o a una recámara para darse su toque. Entendía que era tan simple como que en la casa de Andre se seguían sus reglas, pero de todos modos me resultaba peculiar que un hombre que parecía vivir fuera de la sociedad normal se mostrara tan puntilloso con una actividad que se repetía por toda la ciudad.

Había cambiado el caos de mi divorcio y la rutina del ejercicio del Derecho por sexo, drogas y rock n' roll al estilo de Miami.

Un día que estaba de visita llamaron a la puerta. Mi anfitrión volvió acompañado por un hombre sorprendente que tenía una densa melena de pelo rubio, y una mujer pequeña y morena. Me levanté para saludarlos. Me dieron la impresión de ser una pareja ligeramente extraña.

—Ken, te presento a Ed Becker, capitán de barco y amante del blues. Es posible que se mude aquí. Ed, Ken es un amigo, abogado de Michaela.

—¿Abogado, eh? Encantado de conocerte —dijo el recién llegado con un suave acento californiano.

Se sentó y se produjo un momento incómodo en el que su acompañante estaba a la espera. Andre se percató del desliz social e intervino.

—Y ella es Brigida, la esposa de Ed —dijo riendo, para indicar que estaba habituado a este leve machismo—. Es colombiana.

—Es un placer conocerte —me dijo, con un acento que sugería que había pasado en Estados Unidos gran parte de su vida.

—Igualmente —le contesté con una sonrisa antes de sentarme.

Ed se veía francamente desinteresado, como si no se molestara con las finuras sociales. En cambio, Brigida era simpática y cordial. No medía mucho más de metro y medio, mientras que su esposo pasaba del metro ochenta.

—¿Cómo van las novedades de tu cuarto de huéspedes? —preguntó Ed.

—Creo que Michaela se irá pronto, en cuanto pueda ponerse en pie. Entonces será todo para ustedes.

Brigida me puso al corriente. Necesitaba un lugar para quedarse cuando Ed entregaba carga en el Caribe navegando la ruta triangular entre Miami, Cap Haïtien y Grand Turk como capitán de un barco de vapor independiente.

—Suena interesante —dije.

—No me haré rico pronto —contestó.

Hubo una pausa y luego se animó.

—Así que eres abogado, ¿eh? ¿En qué te especializas?

—Hago un poco de todo. Banca, bienes raíces, demandas.

—¿Administración?

—No en particular, pero puedo recomendarte a alguien.

Eso pareció despabilarlo.

—Me gustaría tomarte la palabra. Nunca tengo tiempo para arreglar mis cuentas. Necesito alguien que navegue entre toda la porquería fiscal.

—Seguro que mi amigo podría ayudarte. Avísame cuando quieras.

—Eso haré —me dijo—. Precisamente eso.

Como tenía que ir a otro lado, me disculpé y me dispuse a despedirme. Le di la mano a Brigida y me acerqué para hacerlo con Ed. Por primera vez desde que entró en la casa, sonrió. O tenía muchas cosas en la cabeza o era de naturaleza temperamental.

En ese entonces no lo supe, pero en la década siguiente nuestras vidas se entremezclaron en el crimen y en el castigo.

Unos meses después, Andre me invitó a mudarme a su casa.

—¡Qué buena idea! —le dije cuando hizo la oferta—. Pero ¿no estaremos un poco apretados? Tu cuarto de huéspedes está ocupado.

—Sólo por un tiempo —me contestó—. Ed y Brigida se separaron y se van a ir. Ed tiene una nueva novia y se muda a una casa en Coral Gables.

—Es un hombre rápido.

—Y eso que no sabes ni la mitad de la historia. Ed engañaba a su mujer desde hacía meses. Brigida acabó por hartarse. Ed estaba en el barco cuando le avisó. Hablaron por la radio, así que toda la tripulación oyó cuando ella le gritó que iba a dejarlo.

—Debió dolerle.

—A todos les hubiera dolido, pero parece que ya tenía preparado un reemplazo, una joven rubia que se llama Kelly y que acababa de sumarse a la tripulación en lugar de una cocinera enferma. Quizá como reacción, Ed se enganchó con ella de inmediato. Se va a cambiar a un lugar a la vuelta de la esquina.

—Fue una maniobra impresionante.

—Hacen una pareja perfecta. Me refiero a esta chica Kelly y Ed.

—¿Por qué lo dices?

Andre se contuvo, como si hubiera estado a punto de hablar de más.

—Digamos que comparten la pasión por enriquecer deprisa.

¿Qué quería decir? No me importaban los motivos por los que Ed y Brigida ya no querían el cuarto. El hecho era que Andre tenía una habitación libre justo cuando a mí me hacía falta. Era la invitación que necesitaba.

Poder observar de cerca a Andre resultó, en sí mismo, educativo. Pronto confirmé, por lo que podía ver, que pese a las sumas interminables de dinero que manejaba casi no trabajaba. Ahora era parte de su círculo más íntimo; ya no sentía la necesidad de llevar a sus visitantes cubanos o estadounidenses a otra sala en cuanto llegaban, pero aunque tenía suficiente confianza para charlar con ellos enfrente de mí, siempre llegaba un momento de la conversación en que se retiraban a sostener un encuentro privado.

Tenía un pequeño armario en la segunda recámara y, cuando se despedía un visitante, Andre desaparecía dentro, con la puerta cerrada. A poco de resurgir del armario, solían llegar más visitas, que la mayoría de las veces también preferían hablar privadamente en algún momento dado.

Un día me asomé a la recámara y noté que la puerta estaba abierta. Tenía que saber qué había en ese espacio. Andre había salido, así que me acerqué y husmeé en el armario.

Era un lugar diminuto, sin una mesa ni una silla. ¿Qué tenía que hacer ahí?

Al paso del tiempo comencé a hablar más con los visitantes. Algunos habían cruzado el país sólo para estar ahí. Siempre sospeché que tenía el don de hacerse amigo con gente de toda la ralea imaginable; el desfile de personajes que se hacían presente era asombroso.

Pronto empecé a sospechar lo que pasaba. Luego apareció un grupo de colombianos. Sin refinamientos, se veían fuera de lugar en los tranquilos suburbios del exilio cubano, y bien hubieran podido llevar en la frente un letrero que dijera «narcotraficantes».

En cuanto el grupo se fue, me dirigí a la recámara y llamé a la puerta del armario. Me sentía algo nervioso sobre cómo reaccionaría Andre; estaba seguro de que me conocía suficiente para no hacer demasiado ruido con el asunto.

Abrió la puerta sin el menor atisbo de sorpresa.

—¿Qué pasa, Ken?

Sobre su hombro vi una bolsa de cocaína tan grande que podía contener medio kilo. A un lado, en una pequeña vitrina, había un juego de básculas con aspecto de asunto serio. En una repisa superior, se encontraban frascos a medias con polvo blanco.

—Perdón, Ken, estaba trabajando —agregó, como si lo hubiera interrumpido mientras llenaba su declaración de impuestos.

Se recargó en el marco de la puerta y con un amplio movimiento de la mano me hizo una seña para que observara. Con su despreocupación habitual me confirmó que era el corredor, el enlace, el intermediario entre traficantes colombianos que embarcaban cocaína y marihuana a Miami y los cubanos y estadounidenses que la transportaban, distribuían y vendían en el país.

—Lo siento, viejo, pero ya sabes cómo es esto. Sería mejor que supieras lo menos posible, para que no te metas en líos.

—No, no. No hay problema. —Sonreí mirando boquiabierto su pequeño imperio.

Era un enlace natural. Puesto que hablaba su idioma como si fuera nativo, los sudamericanos y los cubanos lo trataban como a uno de los suyos. Encontró un nicho en el mercado. Después de ayudar a un amigo que se había topado un tesoro que quería hacer circular, descubrió que había colombianos sentados en una pila de cocaína de contrabando que no tenían compradores.

Su trabajo era comprar la cocaína pura en volumen a los proveedores, rebajarla un poco para consumo de los estadounidenses locales y venderla a su creciente red de compradores en América del Norte.

Rebajaba la coca con inositol, un nutriente natural derivado del maíz, para no mezclar compuestos tóxicos y para fomentar una postura ética en el tráfico. El precio vigente de una bolsa de un kilo era de 55 mil dólares.

Andre tenía que ser cuidadoso. Ya había estado en la cárcel años atrás por venderle una bolsita de coca a un policía encubierto. Esa vez salió bajo palabra, pero entendía que los tribunales no serían tan benignos si la policía se enteraba de su pequeño negocio. Me mostró el formulario de su detención. Me fijé en que su alias era *Easy Rider*. «Bueno —pensé—. Le gustaban las motocicletas y guardaba un parecido más que casual con el Billy de la película de Dennis Hopper».

Pero lejos de ser un *hippie* frustrado al que le gustaba la hierba tradicional, era el enlace crucial de un sistema de comercio. Era lo que los estadounidenses de los ochenta buscaban: vivir mejor con estimulantes químicos.

Obviamente, la confirmación de su negocio era un riesgo para mí.

Si me hubiera interesado más mi carrera, habría huido a toda prisa.

Para un abogado, vivir en medio de un imperio de narcotráfico era un suicidio profesional, además de que corría el riesgo de pasar una larga temporada en la cárcel. Si la policía o la DEA allanaran la casa, me detendrían por encubrimiento y me impondrían una sentencia mínima inconmutable de 15 años en Florida.

Al quedarme en esa casa un instante más, me arriesgaba a tirar por la ventana todo lo que había tratado de conseguir desde que regresé de Vietnam, y aunque había estado descuidando a mis clientes, estaba en peligro de arruinar mi reputación profesional para siempre.

Sí, de haber tenido un poco de aprecio por mi carrera, eso es lo que hubiera hecho. Pero hice lo contrario.

Resolví que si iba a vivir en el centro de un negocio de narcóticos, lo mejor sería disfrutarlo.

En lugar de pensar como abogado, volví a pensar como en el ejército. Colgué ropa camuflada como si fuera papel tapiz y tendí un mosquitero sobre el lento ventilador del techo. Tenía una bandera hechiza de Vietnam del Sur, que colgué en otra pared. Tendí sobre la cama un poncho camuflado a modo de colcha. Abundé en el tema militar y en poco tiempo acumulé un arsenal. Le compré a alguien recuerdos de la Guerra de Vietnam, un anticuado rifle chino, una versión de AK47 de tiro único con bayoneta atornillable, un rifle MI4, una pistola calibre .45 y un puñado de bayonetas diversas, como si me preparara para repeler una carga de infantería.

Me decía que, en fin, si iba a vivir en una casa llena de coca, quién sabe si algún día no tendría que defenderme de alguien.

Andre se rió cuando vio mi habitación, pero las armas de fuego le fascinaron tanto como a mí. Nos armamos con los rifles y nos fuimos a los Everglades a practicar tiro al blanco. Me sentía como si hubiera vuelto a estar de servicio. Con Andre, me parecía que vivíamos en un lugar gobernado por nuestras propias reglas.

En las semanas que siguieron recibí un curso intensivo sobre el negocio. No era cocaína lo único que traficaba Andre. También manejaba marihuana y a veces LSD y heroína, aunque por entonces en Miami sólo tenían demanda los estimulantes. Al volver de Vietnam se había topado con el negocio casi por accidente, mientras estudiaba en la universidad. Desilusionado de la vida y por la reacción de la sociedad hacia las personas como él, le pareció que era una manera de justificarse. Además, aunque había ascendido a una posición que lo colocaba como uno de los comerciantes más influyentes de la ciudad, en buena medida Andre era un cristiano practicante y no veía ninguna incongruencia. Me dijo que ocasionalmente un proveedor o un traficante lo estafaban, pero su filosofía era no perder nunca la calma y no buscar venganza. Se encogía de hombros y lo consignaba como experiencia. La vida era corta y, como es obvio, había visto suficientes carnicerías en Vietnam.

A los dos meses de haberme mudado, un día estaba solo en la casa cuando sonó el teléfono. Una mujer buscaba a Andre. No era inusitado, pero ella sintió curiosidad sobre mí.

—Soy su abogado, aquí vivo —le contesté.

—¿Ahora en qué problema está metido, que necesita que su abogado viva con él de tiempo completo? —contestó. Había un dejo sureño en su acento. Sonaba cordial, pero como estaba advertido de que no debía develar a nadie la pantalla de Andre, me mantuve reservado.

—En estos días, uno nunca es suficientemente cuidadoso —fue mi respuesta poco comprometedora.

—Dígale que le llamó Monique, por favor.

Tenía la vaga idea de que Andre la había mencionado. Era una vieja amiga de sus días en la Escuela Bíblica, una compañera de grupo. Como tantas mujeres de su vida, no la había dejado como a una ex novia, sino que más bien la había reciclado.

Dos noches después, al llegar a casa me encontré a Monique sentada en el sofá.

Los ojos de la chica se abrieron.

—¡Ah, el abogado! —dijo con una sonrisa que hizo que se me encendieran las mejillas. Era hermosa.

—A tus órdenes. ¿A qué te dedicas tú?

—Pues… —contestó dudando, y le lanzó una mirada a Andre, sentado junto a ella—. Trabajo en las oficinas del condado.

—¿En serio? ¿Y qué haces?

—Ken, deja de interrogar a la pobre mujer y sírvete algo de tomar.

Saqué una cerveza del refrigerador y me senté con ellos. Mientras bebía, me di cuenta de que empezaba a sentirme atraído por Monique. Era menuda y su piel aceitunada le daba un aire exótico; y era inteligente y divertida. Me había acostumbrado al paso constante de mujeres por la casa, pero ella era diferente, mucho más inteligente, además de bonita.

Aquella noche dejé a Andre y a Monique bebiendo y riendo en el sofá, pero me acosté con la cabeza llena de pensamientos acerca de ella.

En los días que siguieron, Monique se convirtió en visita regular de la casa, pero no parecía que ocurriera nada de índole romántica entre ella y Andre, así que pensé que no cometería ningún error si le pedía que saliéramos juntos. Para mi alegría, aceptó, y la noche siguiente nos fuimos solos al cine. La llevé de vuelta a la casa y, encantado de que mi compañero no estuviera, la introduje en mi recámara.

Estar con ella fue mejor de lo que esperaba, y el hecho de que me encontraba con la ex novia de mi amigo nunca pasó por mi mente, o si pasó, sólo fue para acentuar la emoción.

Con Monique en la cama, me levanté, me puse una bata y salí al baño. En ese momento volvió André.

—¡Ey! —me dijo—. ¿No está atrás el coche de Monique?

—Eeeh, sí —tartamudeé. Ya no me sentía tan osado, pero cualquier temor que hubiera tenido sobre su reacción se disipó de inmediato. Él sabía lo que pasaba.

—Es linda —me dijo con un guiño—. Te deseo lo mejor. Es una gran chica.

Aliviado porque no iba a haber situaciones embarazosas, me dispuse a volver a mi recámara.

—Ken —me llamó. No había terminado.

—¿Sí?

—Es posible que tengas bastante en que ocuparte. ¿Recuerdas que dijo que trabaja en el condado?

—Sí, ¿qué tiene que ver?

—¿Sabes lo que quiere decir?

Mi mirada inexpresiva le dio la respuesta.

—Que es de la policía.

Se fue entre risas a su habitación, dejándome en la incertidumbre afuera del baño. Pensaba en la bolsita de cocaína que había dejado en mi cajón.

TRES

EL PRIMER CLIENTE

SI VIVIR CON UNO DE LOS TRAFICANTES más interesantes de Miami era difícil para un abogado, se pensaría que lo último que me hacía falta era agregar una policía; pero, en realidad, la revelación de que Monique era policía no hizo más que avivar las emociones. Al enredarme en un romance con una policía (en una casa repleta de drogas) lo había puesto todo en peligro. Estaba jugando con fuego.

Por lo demás, si bien Monique era policía, me daba cuenta de que las drogas no serían ningún problema, si de cualquier modo era amiga de Andre.

Como hija de los años sesenta, tenía una actitud relajada que no concordaba con las políticas de su agrupación en aquellos tiempos. Le gustaba tomar cocaína, pero debía tener cuidado. No podía proclamar abiertamente cuál era su trabajo. Por eso siempre se presentaba como empleada del condado. En rigor era la verdad, pero ella sabía que lo último que quería oír la gente era que la mujer frente a la cual se metían línea tras línea de coca era de la policía.

Con Andre podía relajarse porque lo conocía de mucho antes de entrar en la policía.

La relación entre los dos se puso ardiente desde el comienzo. Era intensa y apasionada, pero también relajada y divertida.

Una mañana, mientras estábamos acostados, se apartó de los ojos el largo pelo negro y me dijo:

—Ken, tienes mucha suerte. Puedo decirte que no quiero volver a establecerme ni casarme. Te lo prometo.

Me reí. Era cierto que después del matrimonio del que acababa de salir, de ninguna manera me encontraba preparado para volver a sentar cabeza tan pronto. Me gustaba tomar las cosas como venían.

Y estaba claro que Monique había descartado de por vida la idea del matrimonio.

Provenía de una familia francocanadiense. Había tenido una niñez difícil y creció en un orfanato de Tennessee cuando su madre ya no pudo encargarse de ella. Como Andre, no veía ninguna contradicción en buscar un provecho y al mismo tiempo conservar su fe y hacer que sus hijos asistieran a la congregación de su padre en Miami. Conoció y se casó con un techador, pero fueron demasiado rápido. Pese a que tuvo dos hijos con su esposo, el matrimonio estaba condenado desde el principio, pues ella anhelaba ser algo más que una esposa y madre devota. Su romance con Andre fue el catalizador que le hacía falta, de modo que se divorció poco después y rehízo su vida.

Los hijos se quedaron con el padre y Monique se inscribió en la academia de policía. Sus relaciones con Andre se habían enfriado, como le pasaba a él con todas, pero no perdió la cercanía y, como tantas mujeres que habían quedado bajo su encanto, le costaba romper el hábito de darse una vuelta por la casa.

En las semanas que siguieron a la revelación de que Andre era un importante personaje del narcotráfico, conocí docenas de clientes. Me sorprendió ver cuán lejos se extendía su red.

Los contrabandistas metían el producto al país con diferentes métodos, casi siempre por velero o lancha de motor. Entrega-

ban las remesas a mayoristas y distribuidores, quienes concebían
medios igualmente ingeniosos para llevar los productos a todo
Estados Unidos y Canadá.

Monique sabía que Andre traficaba drogas, pero no había
captado la magnitud de las transacciones que se llevaban a cabo en
el pequeño cuarto. No sabía que abastecía a toda América del Norte.

A Andre le gustaba presentarme como abogado, pero yo nunca
soltaba cuánto sabía. Llamémoslo privilegios de abogado y cliente,
pero cuando un jurista participa en una actividad delictiva con su
cliente, esos privilegios salen por la ventana.

Algo que me impresionó fue que Andre llevaba su negocio con
el perfil más bajo posible. Parecía que tenía la capacidad de desli-
zarse completamente fuera del alcance del radar de las autoridades.
No se parecía a los «Jinetes de la Cocaína» que en los años setenta
trajeron la violencia a esta somnolienta ciudad del sur de la Florida.
Había arrancado al mismo tiempo que muchos otros veteranos de
Vietnam enojados con el gobierno que los había abandonado y
que se habían dedicado al tráfico como medio de ganarse la vida.
Se les habían unido cubanoamericanos que aprendieron a operar
encubiertos en un entorno hostil durante la guerra secreta de la CIA
contra Castro y que entonces aplicaron sus inusitadas habilidades
al contrabando y al tráfico de drogas.

Quizá había sido ese descalabro inicial de 1973 el que le había
servido a Andre como recordatorio de lo frágil que era su libertad; mientras que sus competidores salpicaban sus transacciones
con armas y violencia, él ofrecía un servicio mucho más civilizado.

Cuando la primera oleada de jinetes llegó a Miami, la policía,
la DEA y la Aduana no supieron quién les había pegado. La ciudad
quedó inundada con cocaína por valor de millones de dólares. Hasta
entonces, la marihuana había sido la droga preferida de los narcotraficantes, pero cuando la demanda se fue a las nubes, los precios
se dispararon y surgió un nuevo juego en la localidad. Casi de la
noche a la mañana empezó a llegar cocaína en embarques maríti-
mos, contrabandeada en aviones o lanzada desde avionetas. Con

la misma rapidez con que las drogas invadieron las calles, vino el dinero detrás. Tal era la prisa de las bandas por blanquear sus ganancias, que inyectaron millones en el negocio de bienes raíces y agotaron prácticamente todas las existencias de autos de lujo de las concesionarias.

Buena parte del crecimiento económico de Miami en esa época puede atribuirse a las drogas. Brotaron enormes edificios de condominios sobre la bahía, gigantescos monumentos a la riqueza en los que sólo los sudamericanos acaudalados y los traficantes de drogas podían darse el lujo de vivir. Pero con un negocio tan lucrativo vinieron también la rivalidad y la violencia. Las calles de Miami se convirtieron en mataderos donde las bandas antagonistas ajustaban cuentas de la manera más sangrienta. Las utilidades eran demasiado cuantiosas como para compartirlas; al menos para la mentalidad de ciertos individuos venidos de Colombia.

Barones criminales, como Griselda «la Madrina» Blanco del cártel de Medellín, llegaron de Nueva York e incitaron una oleada delictiva que produjo unos 200 asesinatos en la zona del condado de Dade.

Miami ya había estado ligada a la violencia al comienzo de la década, con los motines de Liberty City, cuando la comunidad negra reaccionó con indignación a la exoneración, por parte de un jurado compuesto únicamente por blancos, de cinco policías blancos que mataron a golpes a un conductor negro. El motín que se sucedió ocasionó la muerte de 18 personas y destrozos por millones de dólares.

Como si no fuera suficiente, por la época en que me mudé a la casa de Andre en Shenandoah, Miami se resquebrajaba por las tensiones de otra crisis. La salida del Mariel, el éxodo en masa de cubanos del régimen de Fidel Castro, comenzó en abril de 1980, cuando una debacle económica forzó al dictador a declarar que quien quisiera irse podía hacerlo. El presidente Jimmy Carter decidió abrir de par en par las puertas de Estados Unidos, y esa era la invitación que Castro necesitaba para vaciar sus cárceles y hospitales psiquiátricos con el ofrecimiento de un boleto de ida a la tierra prometida. Seis meses después, cuando por fin Estados Unidos impidió que siguieran saliendo los botes, más de 125 mil de los más indeseables de Cuba ya habían desembarcado en nuestras costas sin dinero, sin casa, sin trabajo y sin perspectivas. Mientras un personal insuficiente y unas autoridades sobrepasadas luchaban por arreglárselas, Castro se burlaba: «Enjuagué los escusados de Cuba en Estados Unidos».

El daño fue mucho peor de lo que hubiera imaginado en sus sueños más fantasiosos, además de que fue duradero.

Y pensar que llamaban a Miami la «ciudad mágica». Había cobrado fama como la capital estadounidense de las drogas y los asesinatos, y la imagen que proyectaba al resto del planeta era la de una ciudad anárquica que estaba fuera de control.

Sin embargo, en medio del caos, los «marielitos», los jinetes de la cocaína y los asesinatos, Andre pudo mantener la calma. En medio de la locura, su casa era un oasis de civilidad y pudo conservar la cabeza cuando los demás perdían la suya. Quizá era su perspectiva de los años sesenta, pero no hubiera podido tener un perfil más discreto, aun si lo hubiera intentado.

Su casa no era una mansión al estilo «Cara Cortada», con sofás de cuero blanco y mesas de cristal. La casa de madera de Andre estaba decorada con recuerdos de sus viajes por Sudamérica y el Caribe, y jamás el sonido de un disparo perturbaba el ambiente del vecindario. El único sonido que salía de su casa era la música de reggae que se filtraba dulcemente en el atardecer tropical por las ventanas abiertas.

Para los contrabandistas colombianos y cubanos que pasaban la cocaína a Florida, era una parada que se agradecía. Andre conocía su personalidad, sabía que les gustaba mostrar su naturaleza de machos, pero sabía que la mayoría confiaban en él. No le costaba ningún esfuerzo.

Sus «clientes» eran de todas las clases.

Estaba el transportista empresario que manejaba de Chicago a Miami en un Jaguar de lujo. Cuando recibía un paquete, lo mezclaba cuidadosamente con el rebajador inofensivo de Andre, lo metía en la cajuela del Jaguar y se encaminaba al Norte, a Chicago, para volver unas semanas después. Su esposa, que venía de una prominente familia del medio oeste, ignoraba el origen de sus elevados ingresos.

Estaban los distribuidores de Canadá y California, que se escurrían a la casa al atardecer. Después de una transacción rápida y una prueba de la mercancía, se ponían en marcha y desaparecían en la noche casi tan silenciosamente como habían llegado.

Entre los cubanos que venían a distribuir la coca estaba Rafael Fernández, quien se hacía notar por su estatura de un metro noventa y tres. Lo hubieran podido llamar el Cíclope, porque una noche, al jugar descuidadamente con una pistola en una fiesta muy estridente, se había sacado un ojo. Quizá era porque su discapacidad dañó sus sentidos o tal vez por el hecho de que estaba consciente de la posibilidad real de que lo arrestaran, Rafael abrigaba un grado de paranoia fuera de serie.

No estaba enterado de la profesión de Monique, pero un día, cuando regresó al final de su turno de vigilancia en uno de los distritos más difíciles de la ciudad, vi una oportunidad para divertirme.

Como el inmenso cubano se sentía bastante confiado como para descansar al concluir su último trato con Andre, salí de la casa y, acuclillado bajo la ventana que estaba más cerca de su asiento, accioné una radio de policía, que emitió un ruido crepitante. Rafael pensó que la casa estaba sitiada. Se levantó más deprisa que un conejo asustado y huyó a la parte trasera. De haber sido el ordinario narcotraficante cubano, se habría disgustado por haber sido humillado de tal manera, pero Rafael era capaz de verle el lado divertido a las cosas… a veces.

Estaba tan acostumbrado a compartir la casa con colombianos y cubanos que un día, al volver de la casa de Monique, me sorprendí al ver en la sala a dos estadounidenses de cabello rubio.

Tardé un momento en reconocer a Ed, el taciturno capitán que ya conocía. Su rubia compañera debía ser Kelly, la cocinera sustituta. Por el rostro de Ed cruzó una mirada de reconocimiento. Ella me recorrió de arriba abajo. Tenía el pelo largo y un precioso rostro bronceado. No podía tener más de veintisiete años. Era obvio que a Ed no le había ido mal con su cambio de amor.

Desde que descubrí el negocito secreto de Andre sospechaba de todos los que iban a la casa o que tenían alguna relación con el hijo del predicador. Si decían que tenían una ocupación legal, sospechaba que era una tapadera de su verdadera vocación: la venta de drogas.

Ed no era la excepción. Podía ser el capitán en funciones de un barco de investigación, pero me preguntaba cuál sería su papel en este pequeño imperio.

Me presentó a Kelly y me lanzó una mirada que quería decir: «La última vez me viste con mi esposa, pero no pasa nada, ¿de acuerdo?»

—Entonces —me dijo—, tu amigo contador va a arreglar mis finanzas.

—Así es. Michael Lewis. Él se va a encargar.

—Bien. No he pagado impuestos en diez años. Necesito ayuda para quitarme de encima a la oficina de recaudación.

¿Por qué este tipo estaba tan preocupado por ser un ciudadano íntegro? ¿En esta casa?

Después de la frialdad que había mostrado la primera vez que nos vimos, ahora parecía más simpático y platicamos un rato.

Ed me contó que el barco de investigación pertenecía a un ex embajador de Estados Unidos en Jamaica. Me explicó que era hijo de un gran productor de Hollywood y que había abandonado la preparatoria para irse a recorrer el mundo. De su pueblo natal de Tinseltown se mudó al este, a Nueva York, y de algún modo se apareció en Greenwich Village como el joven gerente del centro nocturno Electric Circus, el antro hedonista que definió la discoteca moderna y dio cobijo a famosas presentaciones que contribuyeron a cimentar el renombre de Grateful Dead, Janis Joplin y Jimi Hendrix. Yo mismo había estado ahí en los sesenta y era un lugar asombroso.

Como le gustaba el blues desde mucho tiempo atrás, tomó un empleo en el Instituto Smithsonian, donde le pagaban por recorrer el delta del Mississippi para hacer grabaciones de los intérpretes del género más legendarios antes de que murieran y se perdiera para siempre su aportación a la cultura estadounidense. Sonaba demasiado bueno para ser verdad. Me pregunté si no era todo parte de una tapadera, pero hablaba con tal pasión que era imposible no convencerse.

—Y después pasé unos años en Marruecos, dedicado a encontrarme a mí mismo. Fue antes de convertirme en capitán de barco, y agrego que lo aprendí yo solo. Luego me afinqué en Bogotá.

Calculé los años que había pasado fuera de Estados Unidos y, dado que parecía tener mi edad, lo tomé como un mensaje cifrado para decirme que había eludido el servicio militar. Cuando correspondí con mis propias experiencias, mi tiempo de servicio en Vietnam y los estudios en la escuela de Derecho, juro que lo vi tensarse y erizarse con los detalles, como si fueran manzanas de la discordia para él.

Kelly metió su cuchara. Había sido fanática de una cofradía náutica en Connecticut y se mudó a Fort Lauderdale para correr aventuras. Fue entonces cuando se embarcó en el mismo navío que Ed y, por obra de la suerte, se convirtió en su amante.

—¿Cómo van los negocios? —pregunté.

—Hace años que navego esa ruta y todavía no estoy cerca de amasar mi fortuna. Muchos otros marineros sacan provecho del contrabando.

Tal vez lo que dijo no fuera una confesión de nada, pero me dio la impresión de que pensaba que había una oportunidad, si no es que ya la había aprovechado.

Por lo que parecía, tal era el común denominador de todos los que pasaban por la casa de Andre. Ninguno se me figuraba como el contrabandista ordinario. Se veían más como emprendedores que trataban de sacar una tajada de un sistema corrupto. Vivíamos en una época en la que los únicos que objetaban el tráfico de drogas eran personas del gobierno y todavía estábamos muy lejos del día en que entendimos completamente los efectos. Yo no veía el otro lado de la moneda.

Entonces, un día sonó el teléfono. Estaba solo en la casa y cuando contesté, había una mujer llorando en la línea.

—Es Chris —gimió—. Se murió.

—Perdón, ¿qué Chris?

—¿Cómo? —preguntó incrédula la mujer.

Había dos Chris en la red de Andre: *el Negro* Chris, un amigo de la infancia de pelo negro, y *el Blanco* Chris, un distribuidor rubio. Casi no se usaban los apellidos.

—Sólo Chris —sollozó—. Amaneció muerto en su cama. Está azul. Se murió.

Sucedió que Chris había ido a Belice y se tomó una sobredosis de píldoras controladas que pudo comprar sin receta. Cuando Andre volvió a casa le transmití la noticia.

—¿*El Negro* Chris o *el Blanco* Chris?

—No sé —le dije—. No lo aclaró su novia.

—Debió ser *el Blanco* —contestó tranquilamente—. *El Negro* Chris nunca hubiera tenido novia.

La ironía era que Andre y su ecléctico elenco me habían hecho volver a pensar en la abogacía. Ed no fue el único en solicitar mis consejos. Cuando se enteraban de lo que hacía para vivir, no podían resistirse a pedirme asistencia legal. Estos sujetos habrían podido estar en la lista de los más buscados del FBI si la policía federal hubiera tenido una mínima idea de quiénes eran, pero eso no significaba que no tuvieran los mismos problemas que el ciudadano promedio respetuoso de la ley.

Un cubano quiso ayuda con un problema fiscal; un cliente del norte de Florida necesitaba asesoría para vender una casa. Asuntos legítimos.

Poco a poco empecé a considerar retomar mi oficio. No ocurrió de pronto. Un día se comunicaron conmigo de la Barra de Abogados los normadores de la profesión legal para informarme que mis antiguos clientes habituales tenían quejas. Es deber de todo abogado trabajar celosamente por el bien de sus clientes y yo había descuidado esas obligaciones. Me pusieron a prueba 90 días. Para el mundo exterior, mi profesión, antes lucrativa, se había evaporado; mis ingresos se habían encogido hasta ser casi nada.

El aviso de mi periodo de prueba me dio una idea de cuán hondo había caído.

Tenía dos amigos que habían sido fiscales. Cuando les expliqué mi situación, me ofrecieron que rentara un espacio en su oficina. Era una oportunidad de volver al juego. El día en que fui a conocer mi nuevo espacio de trabajo, me sentí raro al volver a ponerme un traje.

También era el momento de avanzar con Monique. Me parecía un disparate que tuviera que seguir viniendo a casa de Andre si tenía un hogar a unas calles de distancia en Coral Gables. Pensé que era una evolución natural. Andre no podía estar más despreocupado. Había visto ir y venir tantos compañeros de casa, y se sentía encantado por nosotros.

Pensé que era el momento de suspender mi mini aventura y volver al mundo real.

En eso pensaba cuando Ed me llamó unas semanas después de mudarme al departamento de Monique. Me dijo que quería hablar a solas conmigo sobre el contador que le referí. Vino a la casa cuando Monique estaba en el trabajo.

Se veía calmado, pero era evidente que tenía un motivo ulterior. Al final, fue al grano.

—Dice Andre que tú eres el indicado para ayudarme.

—Podría intentarlo. ¿Cuál es el problema?

Ed me miró fijamente a los ojos y pronunció con frialdad las palabras que lanzaron mi vida a otra estratosfera.

—¿Me puedes ayudar a lavar seis millones de dólares en efectivo?

CUATRO

EL HOMBRE DE LOS SEIS MILLONES DE DÓLARES

UNO NO SE LEVANTA POR LA MAÑANA PENSANDO: «Hoy empezaré mi carrera delictiva».

Sin embargo, a veces la vida es así.

Habían pasado seis meses desde que me presentaron a Ed y a Kelly, y en ese tiempo los había conocido un poco más.

Ed me explicó que un amigo le había prestado cinco mil dólares y otro, un pequeño bote. Con sus conexiones náuticas en Fort Lauderdale, Kelly había escogido cuidadosamente una tripulación lo bastante confiable para encargarle la operación. Navegaron a Jamaica y recogieron casi media tonelada de hierba de buena calidad. Como Andre vendió rápidamente su primer embarque, convirtieron la importación de marihuana en un negocio habitual e hicieron sus pininos contrabandeando audazmente a Miami su carga ilegal en el barco de investigación del ex embajador. Ese barco era la tapadera perfecta. En las aduanas nunca pensaban ni por un momento que algo de tanto prestigio sirviera como frente. Hasta entonces se habían dedicado a la investigación. Podían embarcar en el puerto, esperar un par de días y luego, como si nada, llevarse la carga. Era casi genial.

El dinero era el de sus utilidades de la operación inicial con el barco prestado y el de sus colaboradores. Lógicamente, se sentía nervioso de tener cerca sumas tan grandes de efectivo y quería un lugar seguro para esconderlas, de preferencia lejos de la mirada curiosa del gobierno estadounidense.

Supe enseguida qué quería de mí. No importa cómo lo pongamos: era una actividad ilegal. Pero en ese entonces la actitud de las personas era diferente. Me parecía que el comercio de narcóticos era un delito que no causaba víctimas y que los intentos del gobierno por suprimir esta floreciente actividad económica eran una violación a nuestro derecho a vivir como quisiéramos. Además, que la Barra de Abogados me hubiera puesto a prueba me había sentado como una patada en el hígado. ¿Así que querían que volviera a ser un abogado eficiente? Bueno, aquí tenía una oportunidad de prestar mis servicios a un cliente nuevo.

Si bien Ed parecía el típico californiano, la combinación de haber nacido entre pañales de seda y sentir una inquebrantable confianza interior en sus capacidades desmentía cualquier impresión que diera de ser laxo. Ed tenía una naturaleza enérgica, y aunque lo consideraba fascinante y agradable, sospechaba que no soportaba de buena gana a los tontos ni toleraba a la gente fastidiosa.

Quizá si me hubiera detenido un momento a ponderar los riesgos no habría aceptado, pero lo vi como un reto. Y si iba a aceptar, necesitaba saber qué estaba haciendo.

Andre había encontrado un nivel de operaciones cómodo y estaba a gusto con tener un perfil modesto, pero Ed quería dar el paso siguiente y mostraba una agitación que resultaba ligeramente inquietante.

Acudió a mí porque Andre le dijo que había llevado muchos negocios legales en el Caribe.

—Es verdad —le dije—. En la región hay países que resultan ideales para hacer negocios.

Tres años antes había sido el representante de una compañía química que quería afincarse en el extranjero para sacar ventaja de algunos ahorros en los costos. Descubrí que las empresas podían ahorrar hasta 95 por ciento en impuestos si se establecían en Puerto Rico, siempre que transfirieran sus operaciones de manufactura a la isla caribeña. Hice varios viajes allá y a los Territorios Británicos de Ultramar, donde los gobiernos locales tentaban a los inversionistas extranjeros con plantas fabriles y parques industriales listos para ser usados. En mis tratos con la burocracia caribeña, hubiera sido imposible no advertir que el trámite que se tardaba un día en Estados Unidos, se llevaba una semana en las islas debido a la ineficiencia crónica de los gobiernos provinciales isleños. Me enloquecía, para no hablar de lo que le sucedía a mis clientes, que pagaban mis honorarios pese a los retrasos. Pero ahora me daba cuenta de que había una posibilidad de explotar aquel sistema diabólico.

Le expliqué a Ed lo que podía hacer.

Pese a mis opiniones liberales, sabía que tenía que andar con cuidado. Tomé la resolución de no contarle a Monique los detalles. Claro que ella sabía que hacía trabajos legítimos para muchos socios de Andre, pero era una historia diferente. Cuanto menos supiera, mejor.

En todo caso —me dije—, *si logro salir adelante, de hecho no estaría cometiendo ningún delito. Ed tiene un problema que quiere arreglar. Yo soy el que soluciona el problema. Así de sencillo.*

Me puse a llamar por teléfono en mi nueva oficina. Confiaba en que podía hacer algunas indagaciones sin alarmar a los abogados con quienes compartía el espacio, ambos ex fiscales ahora convertidos en defensores del fuero penal. De cualquier manera, habíamos instituido una política de «no pregunto, no cuento», así que todos queríamos guardarnos nuestros propios asuntos.

¿Cómo se lavan seis millones de dólares en efectivo?

No tenía la menor idea, pero sabía a quién preguntarle.

Tenía un primo político, George Phillip, que además resultaba ser un defraudador que acaba de sacarle nueve millones de dólares al gobierno de Fidel Castro.

George tenía algo de personaje pintoresco. En su primer año, lo expulsaron de una de las mejores universidades de Estados Unidos por robar libros raros de la biblioteca y tratar de venderlos en Nueva York. También evadió el reclutamiento para la Guerra de Vietnam fingiendo convincentemente que era homosexual. Fuimos juntos a la escuela de Derecho en Miami, donde reinició sus estudios, y trabajamos una temporada corta en un bufete global, aunque poco después abrió su propio despacho, pues estaba determinado a amasar una fortuna como abogado internacional.

El lento camino a la prosperidad no le sentó bien, así que comenzó a fantasear con cometer el crimen perfecto. ¿De qué otro modo —razonaba— se podía hacer un millón de dólares el primer año después de haber salido de la universidad? Estudió la oscura Ley de Comercio con el Enemigo y la interpretó en el sentido de que los delitos cometidos contra naciones hostiles a Estados Unidos no se castigaban en este país.

En aquella época, uno de los mayores enemigos de Estados Unidos era Cuba, sobre la que pesaba un embargo comercial desde 1960, cuando el gobierno isleño comenzó a incautarse de terrenos que pertenecían a ciudadanos estadounidenses. George se imaginó que si lograba la hazaña de defraudar al gobierno cubano, no sería perseguido en Estados Unidos. Por desgracia, no examinó otros estatutos penales. Es peligroso saber poco.

Firme en la opinión que tenía de sí mismo como un genio del crimen, concibió un ardid para sacarle millones a Cuba por un trato falso de comercio de café. Su plan había salido directamente de un guión de Misión Imposible. Para ejecutar su audaz plan, reunió una ecléctica banda de cómplices. Había un bombero, un policía, un acomodado caballero haitiano, un vendedor alemán de café y una holandesa que resultó que era contrabandista de heroína de medio tiempo, pero se ostentaba como especialista en importaciones y exportaciones.

En teoría, el plan era brillante. Cuba vendía café a Rusia a cambio de grandes divisas, pero como la producción del país era insuficiente, compraba discretamente café en otras partes, lo reetiquetaba y lo hacía pasar por cubano. Entonces George fundó una corporación en las Antillas holandesas, porque como estadounidenses no podían tratar directamente con el gobierno cubano. Viajaron a Alemania y compraron un carguero que transportaría el supuesto café de la República Dominicana a Cuba. Se firmaría un convenio con Cuba para que, a cambio de nueve millones de dólares, les llevaran a la puerta varias toneladas de café en grano. Cuando la corporación ficticia diera pruebas de que el café estaba en camino desde la República Dominicana, el dinero sería transferido a su cuenta desde un banco canadiense que, de hecho, había prestado los fondos.

Por medio de sobornos a funcionarios aduanales de Santo Domingo, la capital de Dominicana, parecería que el café había sido embarcado, amparándose en la papelería necesaria. También se pagaría a un funcionario del puerto para que permitiera abordar a una tripulación. El dinero se transferiría, pero el café no llegaría nunca. Cuando los cubanos sospecharan que algo pasaba, el barco vacío descansaría hundido en el mar, sin restos de la carga ni de la tripulación.

Increíblemente, casi todo salió como estaba planeado. El problema fue que no pudieron sobornar a un funcionario clave del puerto y la tripulación que debía hundir el carguero no fue autorizada a abordar. Cuando el fraude se descubrió, los cubanos estaban furiosos, pero también lo estaban en Canadá, donde se localizaba el banco que tramitó el acuerdo.

George volvió descaradamente a su despacho legal, convencido de que era intocable. Aunque algunos de sus socios fueron detenidos y secuestrados en Jamaica por agentes cubanos de Inteligencia y recibieron condenas rigurosas de 20 años de trabajos forzados en Cuba, él seguía pensando que había escapado a sus acusadores. Se sentía tan confiado, que en lugar de esconder la cabeza y disfrutar sus ganancias mal habidas, incursionaba ocasionalmente en el tráfico de cocaína.

Si George hubiera leído un poco más sobre derecho penal, habría sabido que el fraude electrónico, en el que se usan aparatos de comunicación (como las máquinas de fax) para fines delictivos, amerita una condena de cinco años de cárcel. Al mismo tiempo que las autoridades canadienses preparaban el expediente para extraditarlo y hacerlo enfrentar las acusaciones, él trataba de vender ocho kilos de cocaína, irónicamente, a un vendedor de café que resultó que cooperaba con la DEA. Para agravar el caso, la policía que registró su casa encontró la cocaína en la cochera. Fue sentenciado a ocho años por la cocaína, más otros tres por el fraude.

En la cárcel no dejó de quejarse de su suerte, sin poder captar el viejo paradigma: si cometes el delito, prepárate para el tiempo de encierro. Le dije que ya que había fingido ser homosexual para evitar el servicio militar, debería considerar su encarcelamiento como un equivalente práctico del servicio militar obligatorio. No estuvo de acuerdo.

Cuando tuve que hablar con él, ya había cumplido su condena y se dedicaba a establecer un negocio de asesoría, aunque, sin duda, al mismo tiempo preparaba su siguiente estafa. Pese a la ordalía de la cárcel, George era irreprimible y me imaginé que me ayudaría, si estaba en sus manos. No me decepcionó.

Después de ponernos brevemente al corriente por teléfono, le expliqué el problemilla de Ed. George supo al instante lo que había que hacer.

—Tienen que ir a Anguila y hablar con mi buen amigo Henry Jackson —me explicó—. Henry es el consejero constitucional del gobierno. Es el mejor abogado, un político importante y hasta redacta las leyes de la isla.

Juro que pensé que lo hacía sonar como si fuera Henry Kissinger.

—Pero lo bueno es que también es corrupto. A cambio de un pago, haría casi cualquier cosa, pero no para cualquier persona, tú me entiendes. Tienes suerte, porque conozco la contraseña. Ve y dile que me conoces. Cobrará sus comisiones, pero págalas. Él arreglará todo.

Me sentí agradecido. Conocía Anguila. Era un diminuto territorio británico de ultramar, la más septentrional de las Islas de Sotavento, y el lugar menos conspicuo que se pudiera encontrar para hacer transacciones internacionales en efectivo. Las playas eran hermosas, pero no había habitaciones en hoteles de lujo. Era incluso más marginal que, digamos, la vecina isla de San Cristóbal, en las Indias Occidentales, mejor conocida como Saint Kitts, que se había ganado una reputación como destino de inversiones foráneos. Quizá eso era lo mejor de todo.

También conocía a Henry Jackson, el contacto de George en Anguila. En mis excursiones al Caribe había conocido a Henry en un viaje oficial de negocios. Básicamente, era un abogado establecido en Saint Kitts pero tenía oficinas en las dos islas y flotaba entre una y otra. Era representante de los centros fabriles paraestatales de la compañía de limpieza a la que había ayudado a conseguir una tregua fiscal. Pero además de ser abogado, Henry era también miembro fundador de un nuevo partido político que había arrasado en las elecciones de ese año y era la estrella en ascenso del régimen.

Como Anguila era uno de los territorios británicos de ultramar, la islita era en buena medida autónoma. Henry participaba en la redacción de leyes para todo, excepto la defensa nacional y las relaciones internacionales, que todavía se regían desde Londres. Siempre me había dado la impresión de ser un hombre irreprochable.

Iba a ser mi primera lección importante del lavado de dinero: que participan algunos de los mayores profesionales del mundo. Ni en un millón de años se me hubiera ocurrido acudir con Henry Jackson, pero con la ayuda de George iba a poder penetrar en su mundo secreto.

George también tenía claro cuál era la mejor manera de lavar el dinero de Ed.

—Con la ayuda de Henry, tienes que fundar algunas corporaciones fantasmas en Anguila. Invierte el dinero en bancos locales, en nombre de esas corporaciones. Luego empieza a moverlo. Como Henry es detallista, se hará cargo de que no quede nada en la papelería que permita rastrear las compañías hasta llegar a ti o a tus clientes.

—No sé cómo darte las gracias —le dije, honestamente agradecido por el consejo.

—Sí, sí sabes. Divide conmigo las ganancias que obtengas por resolver este asunto.

—Desde luego. Todavía necesito saber algo más.

—¿Qué cosa?

—Exactamente, ¿cómo voy a sacar del país seis millones de dólares? No quiero llevármelos por American Airlines. Es justo lo que podría llamarles la atención.

George se rió.

—Tienes razón. Mira, habla con otro amigo mío, Jimmy Johns. Es un ex piloto de bombardero de la Segunda Guerra Mundial que vive en Fort Lauderdale. Es dueño de una compañía de fletes que opera una flotilla de aviones ejecutivos que salen del aeropuerto. Menciónale mi nombre y no dejes de decirle que no es cocaína lo que quieres transportar. Te llevará adonde quieras, pero no transporta drogas.

Cuando repasé el borrador del plan en mi siguiente entrevista con Ed, me di cuenta de que estaba impresionado. Aprobó el plan apenas con algunas preguntas y me dejó a cargo de los detalles. Su respeto me hacía sentir bien.

Luego llamé a Henry. Me sentía algo nervioso porque no estaba completamente seguro de que el visto bueno de George tuviera mucho sustento. Ahora que su reputación estaba empañada por una acusación de drogas y una temporada en la cárcel, me preguntaba si acaso sus antiguos socios no lo desconocerían.

Mis miedos resultaron infundados.

—¡George Phillip! —exclamó Henry—. ¿Cómo está ese viejo bribón?

No entré en detalles por teléfono. Henry me propuso que lo mejor sería que me reuniera con él en Anguila. Ayudaría a constituir las compañías, buscaría lugares para posibles fábricas en las que pudiéramos invertir y colaboraría con las cuentas de banco que necesitaríamos para depositar el efectivo.

Cuando le di la noticia a Monique de que tenía planes de viajar al Caribe, se sintió encantada. Estaba ansiosa de que yo restableciera mi bufete. En esa etapa era fácil contarle lo que hacía. Referí lo menos posible de los hechos. Propiamente, en esa fase todavía no cruzaba el límite, ¿o sí?

Al sobrevolar el paisaje llano de la diminuta isla me sentía contento simplemente de hacer lo que dije que haría cuando Ed me pidió ayuda.

Después de un recorrido breve en taxi hacia la capital de la isla, The Valley, me reuní con Henry en su despacho de Anguila. Me saludó con una gran sonrisa. Estaba por entonces al comienzo de sus cuarentas, pero su gusto por las cosas buenas de la vida le había conferido un aspecto por lo menos diez años mayor. Me saludó con una amplia sonrisa y un enorme abrazo.

—¡Ken!, ¿cómo has estado? Bienvenido de vuelta a Anguila.

Nos sentamos en su espacioso despacho, revestido con los nombres de todas las compañías ficticias que había creado, y en cuestión de minutos empezamos a trabajar en preparar la constitución de las compañías que necesitaría para concluir la maniobra.

Establecí una corporación para cada uno de los clientes que harían el viaje conmigo. Henry convocó a sus secretarios para que ayudaran y pronto se reunió un pequeño ejército de asistentes que reunían los documentos necesarios para dar la mayor apariencia de legitimidad posible.

Formamos compañías foráneas con nombres locales, compañías ambiguas que supuestamente querían adquirir unidades industriales en Anguila. Los secretarios tomaron una acción de cada compañía nueva. De ese modo, nadie sabría nunca quién era el verdadero dueño beneficiario. Mientras estaba en eso, abrí una cuenta para mí con el nombre de José López. Uno nunca sabe cuándo puede ser útil.

La única salvaguarda en la que insistí fue en depositar mi nombre y los detalles de los clientes como usufructuarios en un expediente que se guardaría únicamente en el despacho de Henry. Si algo me pasaba, hacía falta que hubiera un vínculo que pudieran seguir los clientes para demostrar que poseían los derechos de las compañías y, por tanto, que tenían derecho a las cuentas y el dinero.

Hecho todo aquello, literalmente crucé la calle y entré en uno de los numerosos bancos que hay en la islita. Pero éste era diferente.

Henry me explicó las ventajas de recurrir a esta institución. Pertenecía completamente a propietarios locales. No tenía conexiones con Estados Unidos, ninguna sucursal, agencia ni oficina representativa en ese país. Eso significaba que aun si investigadores estadounidenses se enteraban de que había algo raro con nuestras compañías, ni los tribunales ni el gobierno tenían la menor oportunidad de que se les permitiera ver quién había abierto qué cuenta.

—Pero desde luego —dijo sonriendo—, tenemos una relación de corresponsalía con un banco importante de Manhattan. Si depositas aquí un jueves, para el lunes tu dinero ya está ganando intereses en Estados Unidos. El presidente trabajó durante años en un importante banco estadounidense aquí en el Caribe. Ahora que se estableció en Anguila, muchas veces recibe depósitos enormes. No le interesa mucho el origen de los fondos.

Al terminar de abrir las cuentas, le deslicé a Henry un sobre con dinero que Ed me había dado para ese fin, y emprendí el regreso a Miami.

Sus honorarios fueron de mil ochocientos dólares, el triple de lo que cobrarían abogados estadounidenses por montar una corporación en aquel país.

Antes de arreglarnos, Henry me había preguntado:

—¿Quieres que separe algo del pago y te lo remita?

¿Qué esperaba? En el medio internacional del contrabando y el lavado de dinero, las comisiones sobre pagos son lo habitual, aunque a mí me pareció que no era correcto.

—No, gracias —le dije—. No trabajo así. El cliente me paga bien.

Había llegado la hora de la verdadera diversión: el asunto menor de sacar de Estados Unidos seis millones de dólares en efectivo.

CINCO

UNA CUENTA PARA *MR. MICKEY MOUSE*

«Algo es seguro: no puedes ir vestido así».

Sentados frente a mí estaban Ed, Kelly y los tres miembros de su grupo que habían ayudado a embarcar la marihuana que les había redituado un colosal día de paga.

Ahí estaba también Benny Hernández, un distribuidor cubano quien, a través de Andre, había colocado la droga en Estados Unidos y Canadá.

Ed llevaba una camisa sin cuello y pantalones cortos, y Kelly se había puesto una blusa llamativa y pantalones coloridos. Sus compañeros eran Peter y Marcus, dos marineros de pura cepa, contratados por Kelly, y Sam, un ex *marine* y veterano de Vietnam. Peter era capitán de un barco y venía de Seattle; Marcus era de Detroit y también era otro miembro de la banda. Ambos parecían recién salidos de un yate con sus mocasines náuticos y sus jeans recortados. A los otros dos les hacía falta ir a la peluquería y una afeitada.

—¿Qué quieres decir? —dijo Ed mirando a su grupo reunido en mi casa de Coral Gables para hablar de los detalles de la operación. Monique estaba trabajando, y yo no me sentía muy cómodo con el grupo de Ed reunido en mi casa.

—Esto —me incliné hacia Ed— es un negocio de millones. Tenemos que lucir a la altura. Esto puede ser el Caribe, pero tenemos que vernos muy bien.

—¿Qué has pensado?

—Todos tienen que vestir de traje, de preferencia azul marino o negro. Lo mismo tú, Kelly, ya sea un traje sastre o un vestido elegante. Los caballeros deben vestir camisas impecables, de preferencia blancas, con corbata. Cada uno de ustedes necesita un portafolios. Cada portafolio servirá para llevar fajos de billetes de cien dólares.

No podía creer lo que estaba diciendo. Era como si al decirlo en voz alta, se alejara de mí de alguna manera. Lo que yo estaba organizando era contrabando de efectivo a gran escala. Cualquier cantidad por encima del límite de 10 mil dólares reglamentarios de la aduana de Estados Unidos, en cualquier viaje para salir o entrar a ese país, podría significar una sentencia de cinco años, y, probablemente, una investigación con lupa.

Marcus, varios años más joven, no parecía muy convencido.

—De verdad, ¿es necesario?

—Escucha, somos gente de negocios que viaja a Anguila para rentar espacios para fábricas. Si vestimos de manera diferente, sospecharán de nosotros. Si ustedes van por los aeropuertos vestidos como si acabaran de ir a la playa, levantarán sospechas. Si van a hacer esto, tienen que hacerlo bien. Además —añadí— no es que no puedan pagar un guardarropa nuevo.

—Ken tiene razón —dijo Ed asintiendo—. Tenemos que hacerlo.

El apoyo de Ed fue un alivio y también una agradable sorpresa. Creo que di la buena impresión de saber qué demonios estaba haciendo. Hacia fuera, creo que daba la impresión de ser un abogado relajado y calculador, pero por dentro los nervios me desgarraban. Era un riesgo muy alto.

—A propósito —añadió Ed—, ¿qué haremos para llegar ahí?

—Todo está arreglado. Jimmy nos estará esperando con el Lear-
jet en Fort Lauderdale.

Con anterioridad, ya había informado a Ed que este tipo de transporte era un posibilidad, pero la confirmación de viajar a todo lujo,
provocó un murmullo de emoción. Ya había atrapado su atención.

Tal como lo había hecho con Henry Jackson, George propuso
la idea de llamar a su viejo amigo Jimmy Johns. Yo había conocido al ex piloto de la fuerza aérea en el aeropuerto de aviación
general, donde él operaba su compañía de taxi aéreo, un lugar
mucho más remoto que el enorme aeropuerto internacional Fort
Lauderdale-Hollywood.

Tal como lo había predicho, a Jimmy no le importó la naturaleza
de nuestro viaje ni lo que llevábamos. Por 7 mil 500 dólares tomaría el riesgo de llevarnos a Anguila, esperar a que todo concluyera y
traernos de regreso. Todo el viaje se llevaría menos de un día. Sonaba
demasiado bueno para ser verdad, y empecé a sentirme incómodo
cuando el veterano de 60 años anunció, con un aire displicente,
que él nunca antes había volado a Anguila. Yo había planeado todo
tan cuidadosamente que no quería dejar nada a la suerte.

—Estoy seguro de que no habrá problemas. Tal vez tengamos
que hacer una parada en Saint Maarten por combustible, pero eso
es todo.

Claramente, mis pensamientos me traicionaron al oír esto y él
lo notó.

—Pero no traes nada para preocuparnos, ¿verdad? —Jimmy me
lanzó una mirada sospechosa.

—Por supuesto. Sólo es un poco de efectivo.

—Ya te lo dije —respondió Jimmy—: no me importa de qué
se trate mientras no sea contrabando.

Ed estaba contento con los arreglos, con las empresas y con las
cuentas de banco listas en Anguila. Estábamos listos para partir.

Se fijó la fecha para la semana siguiente, un jueves, al principio del otoño. Acordamos encontrarnos temprano, a las 6 am, en
la casa de Ed en Coral Gables, donde una limusina negra se había

rentado para llevarnos a lo que sería un trayecto de media hora a la pista de aviones.

A medida que se acercaba la fecha, traté de dedicarme al papeleo legal de rutina y ocuparme de cualquier cosa en casa, con tal de alejar mis pensamientos de lo que estaba por venir. Me corté el pelo con un corte más respetable y anónimo de hombre de negocios y mandé mi mejor traje oscuro a la tintorería.

Monique percibió mi incomodidad, pero no hizo caso a mis preocupaciones pensado que todo se debía a que yo estaba un poco fuera de forma por haber dejado de trabajar por tanto tiempo. Ella sabía que estaba ayudando a Ed y a Kelly en algo, y sabía que viajaría al Caribe de nuevo. Sin embargo, tal vez porque tenía un presentimiento, no fue muy dura conmigo. Agradecí su desinterés.

No tenía motivos para pensar que el plan se desplomaría.

Había un millón de cosas que podían salir mal si me detenía a considerarlas. Aun cosas nimias como un neumático averiado en el trayecto al aeropuerto o una enfermedad durante el vuelo, podría hacer que las autoridades se abalanzaran contra nosotros.

La noche anterior al viaje dormí poco, no por pánico, sino por la excitación de cómo representaría mi papel. Era pleno verano e incluso por la noche, la temperatura era insoportablemente alta. Emociones que no había vuelto a sentir desde que estuve en Vietnam regresaron, como la sensación de entrar a un juego peligroso, en el que mis habilidades se enfrentaban a las del enemigo. En este caso, los adversarios eran la aduana, la DEA y la policía local.

Repasé todo tratando de adivinar dónde podría echarse a perder todo. Finalmente, resolví hasta cierto punto que todo ya había salido de mi control. El resto tendría que vérselas con el destino, y con el piloto.

Si hubiera tenido algún temor persistente de que mis clientes no se estaban tomando todo esto tan seriamente como yo, se esfumó de pronto en cuanto llegaron. Siguieron mis indicaciones al pie de la letra; cada uno vestía con un estilo impecable y un arreglo esmerado.

Kelly era la imagen de la sofisticación, su figura quedaba perfecta en ese atuendo de negocios. Muy lejos había quedado su pinta de chica aficionada a pasear en yate. En su lugar, podía apreciarse una mujer de negocios igualmente poderosa como cualquier otro en un mundo de hombres.

—Muy bien, Ken —dijo Ed—. ¿Pasamos la prueba?

—Perfecto —contesté, saludando a cada uno con un apretón de manos.

Cada uno de los clientes sujetaba con firmeza su portafolios a juego, justificadamente, debido a la carga que llevaban.

—Supongo que todo el efectivo está ahí, contado tres veces. Ellos lo verificarán meticulosamente.

—Todo está ahí.

Aunque aún era muy temprano, era claro que iba a ser otro día abrasador. Nuestra limusina ya nos esperaba. Era hora de tomar el avión.

Jimmy salió a nuestro encuentro a unos metros del avión. Bastaba verlo brillar con el sol de la mañana para disipar cualquier temor de los pasajeros. Para otros, simplemente aumentaba la ansiedad y confirmaba que todo esto era real.

Después de hablar de los preparativos del viaje con Jimmy, nos indicó que subiéramos abordo. Todo resultó tan tranquilo como lo había esperado. La vigilancia era inexistente y no hubo inspecciones de equipaje. Ed venía detrás de mí, seguido por Kelly y el resto del grupo, y caminamos a propósito en rigurosa fila cruzando la pista hacia el jet de ocho plazas, para que el mundo nos viera como la delegación de negocios que pretendíamos ser.

Después de que Jimmy verificó los últimos detalles para despegar, me permití relajarme un poco, pero mi cautela innata me hizo pensar de otra manera. Sabía que no tenía la certeza de nada hasta que estuviéramos en el aire. Sólo entonces, sabría que habríamos superado el primer obstáculo. La mejor manera de atrapar a un sujeto que lava dinero, me imaginé, es en el momento en que sale de un país con las manos llenas de dinero.

Cuando los motores arrancaron y el avión se dirigía a la pista de despegue, nos alejábamos de las posibles garras de la aduana.

El resto de mi grupo se encontraba ahora de buen humor, vitoreando y gritando porque, hasta este punto, lo habíamos logrado. Pero hasta que no ganamos altura y observé los canales y playas de Fort Lauderdale debajo de mí, respiré aliviado. Probablemente lo lograríamos.

El viaje al este del Caribe tomaría dos horas y media y, una vez que dejáramos el espacio aéreo de Estados Unidos, haríamos la fiesta en el vuelo. Ed abrió unas botellas de alcohol y su grupo pronto entró en un ánimo de celebración.

Jimmy estaba feliz de dejar que cualquiera que tuviera ganas de pilotear se acercara a él en el asiento frontal. Los otros estaban más interesados en el alcohol, confiados en que esta operación saldría adelante sin problema. Entonces me senté junto a Jimmy y tomé los controles. Había aprendido a pilotear a principios de los setenta, cuando todavía estudiaba leyes. Conocí a otro veterano de Vietnam que se había incorporado a la guardia costera y que, después, me dio lecciones. Mi instructor podría haber sobrevivido al Vietcong, aunque murió trágicamente cuando un estudiante que piloteaba un helicóptero chocó contra su avión en el aeródromo de Opa-Locka al noreste de Miami. Después de eso no tuve muchas oportunidades de volar.

Era emocionante tomar los controles de un avión de nuevo, pero justo cuando estaba a punto de abandonarme al placer de volar, Jimmy anunció que como el combustible había disminuido, había que hacer escala en Saint Maarten.

Esto me sacó de mi zona de confort.

—No te preocupes —gritó Jimmy entre el ruido incesante de los motores—. No tienes que bajar del avión si no quieres. Sólo es una escala para cargar combustible. Nadie va a inspeccionar.

Agradecí el consuelo del experimentado piloto, aunque la escala nuevamente creó tensión.

Ya había advertido a Ed acerca de la posibilidad de que una maniobra como esta sucediera. Tal como me ocurrió a mí cuando la realidad me golpeó de lleno al saber que aterrizaríamos en otra isla a sólo cinco millas náuticas de nuestro destino, pude percibir que él también estaba angustiado.

Cuando los motores alcanzaron un murmullo apagado en Saint Maarten, expliqué la situación al resto de los clientes y traté de mostrarme lo más relajado posible.

—Es una escala de rutina. Tenemos que reabastecernos de combustible porque no tenemos el suficiente para regresar a Miami, y no hay combustible en Anguila. Por favor, manténgase en sus lugares.

Sam y Peter se miraron uno al otro sin expresión y, después, miraron a Ed como si le pidieran instrucciones. Él permaneció sentado con el cinturón puesto. Nadie iría a ningún lado con un millón de dólares esperando junto a sus pies.

Felizmente, sucedió exactamente como Jimmy lo había dicho. Se supo después que Saint Maarten ni siquiera tenía una aduana debido a que la isla estaba dividida entre dos poderes coloniales y, por conveniencia, no había aduana.

Después de lo que había parecido una eternidad, estábamos en el aire de nuevo, esta vez sólo por 15 minutos, después de haber cruzado el canal de Anguila hacia nuestro destino final.

Una vez más, los ánimos de los clientes estaban muy arriba. Bebieron más alcohol y el ruido en la parte de atrás del avión era un distractor. Jimmy gritó para decir que nunca había aterrizado en la isla y que necesitaba volar bajo a poca velocidad para descartar obstáculos, animales en el área y cualquier cosa que pudiera ser un problema al aterrizar. Entonces, hizo una maniobra de tonel haciendo girar al avión en su eje y de regreso a su posición original.

Al principio, el grupo no sabía qué demonios estaba pasando. Algunos estaban al borde de la histeria, porque alguien pensó que habíamos perdido el control.

Pero la maniobra tuvo el efecto deseado. Ed y sus amigos se mantuvieron en el más absoluto silencio, y no era para menos, porque estaban asombrados de que ni una gota de alcohol se hubiera derramado con la proeza. El mensaje de Jimmy tuvo el efecto deseado.

Aterrizamos sin una palabra y nos apartamos de la zona de aterrizaje. Esta vez habría inspecciones aduanales que sortear, pero confiaba en que Henry Jackson nos hubiera aligerado las cosas.

No sería la primera vez en esta aventura que no sintiera algo de qué preocuparme. Henry mismo estaba de pie justo detrás de la pequeña caseta de la aduana. El pequeño edificio que hacía de terminal, tenía dos oficiales aduanales solitarios, que estaban ahí para inspeccionar nuestro equipaje con un supervisor de pie frente a ellos. El primero tomó el portafolio de Ed y lo abrió, justo cuando los pasajeros de otro pequeño avión también llegaban a la aduana.

Lo que pasó después no lo olvidaré en toda mi vida. Echó un vistazo al dinero, perfectamente empacado y acomodado, como en las películas de espías.

Levantó con cautela un par de fajos para comprobar que en el portafolios sólo había efectivo y el supervisor intervino.

—Ciérrelo, ciérrelo —dijo en voz baja, haciendo un ademán hacia los turistas que entraban en la sala, y añadió—: no queremos que todo el mundo lo vea, ¿verdad?

¡Seguramente era el único lugar en el mundo en el que millones de dólares en efectivo serían bienvenidos sin hacer preguntas!

—Mire, Ken —sonrió Henry—: como se lo dije. Venga por favor; sus autos los esperan.

En el camino al Valle en dos vehículos todoterreno, Henry me explicó la filosofía de los habitantes de la isla respecto a la inversión extranjera.

—Algunos pueden considerar que se trata de dinero sucio, pero verá, aquí lo que ha creado es una nueva clase media. El empleado que depositará su efectivo solía ser un pescador. Su esposa era una empleada doméstica que aseaba las casas de extranjeros ricos, mientras su hermano se iba a Puerto Rico para encontrar trabajo y enviar dinero a su familia aquí. Ahora, todos trabajan en el sector bancario. Se están moviendo hacia arriba, cambian sus chozas deterioradas por casas cerca de la playa. Pueden comprar autos bonitos y gastar en nuestros restaurantes, es un efecto colateral. Dinero como el suyo ha creado todo esto. Por eso nos da gusto recibirlo. Somos un pequeño país. La gente tiene una vida sencilla, pero es buena, son almas que temen a Dios. En una isla tan pequeña hay 80 iglesias. ¿Su congregación no se merece un poco de prosperidad? Lo positivo supera lo negativo.

Los jeeps se detuvieron afuera de lo que parecía a primera vista un centro comercial normal y todos entramos. Sin embargo, al acercarnos, aquello era más bien como una película de ciencia ficción. No había tiendas. En vez de eso, había bancos y compañías de inversiones que ocupaban los locales. En ellos había secretarias listas para atender los teléfonos.

Henry percibió mis sospechas.

—Es un buen arreglo. Usted registra las empresas aquí y estas personas recibirán las llamadas por usted. Para el mundo exterior, todo parece legítimo. No podrá comprar nada ahí dentro. Son sólo bancos y compañías de inversiones. Ahí contestan los teléfonos y hacen como si usted tuviera un negocio en el lugar.

Justo cuando nos disponíamos a continuar el trayecto, Ed me detuvo.

—Espera —dijo—. He estado pensando en algo que dijiste antes. Se me ocurrió la semana pasada.

—¿Qué pasa?

—Te lo mostraré después —sonrió.

De regreso en el banco, me senté con Henry para abrir las cuentas. Observamos cómo los empleados revisaron los 6 millones de dólares con detectores de billetes falsos y máquinas contadoras. Puedo decir que nunca se me había ocurrido pensar cuánto tiempo tomaría contar seis millones de dólares en efectivo. En realidad, se toma una eternidad, especialmente cuando estás ansioso por subirte a un avión que te llevará de regreso a casa. Una vez que el dinero se certificó como genuino y las cantidades se confirmaron, ataron y empacaron los billetes y los llevaron a las bóvedas. Su lugar lo ocuparon certificados de depósito a nombre de las compañías señuelo, los cuales mostraban que el dinero ganaba 9 % de interés.

—Eso es todo, Ed. Todo está listo, —dije—. Tus clientes y tú son inversionistas legítimos recibiendo intereses por su dinero.

Ed miró el certificado y, por un momento, pensé que tal vez pasaría por su cabeza que había cambiado su fortuna por habichuelas mágicas.

—Es hermoso, Ken.

Los certificados permanecerían en los archivos de los abogados de las compañías en Anguila.

Había algo más: Él estaba preocupado porque su firma apareciera en cualquiera de los documentos relacionados con las cuentas. Le pregunté si quería establecer un mecanismo aquí para retirar dinero si era necesario. No tuvo que hacerlo. Ni siquiera la tarjeta de la cuenta necesitaba su firma.

—Pensé en esto —sonrió. De su bolsillo sacó unos juguetes, dos pequeños Mickey Mouse y Minnie Mouse.

—¿Qué es eso? —yo estaba perplejo.

—Son sellos —me contestó, como si fuera lo más obvio en el mundo—. Uno para mí y otro para Kelly. ¿Puedo usarlos en las cuentas?

Me eché a reír.

—¿Por qué no?

Las firmas con sello eran aceptables, ¿por qué no una imagen?

Momentos después concluyó la transacción con la imagen de dos de los personajes más famosos de Disney como firma, para confirmar la transferencia de más de dos millones de dólares a dos cuentas aprobadas por el presidente del banco allí mismo. A eso llamo yo «fácil de usar».

—¿Qué tipo de lugar es este, Ken? —dijo Ed al salir del banco— ¿Qué banco te permite hacer esto?

—El tipo de lugar con el cual queremos hacer negocios —contesté.

Con el dinero en el banco, fuimos a celebrar en un restaurant a la orilla de la bahía donde los meseros se ponían *snorkels* y aletas para sacar langostas frescas de unos tanques en la bahía. Cuando brindábamos por nuestro éxito, Henry me dio unas palmadas en la espalda al vernos brindar con champaña de la isla francesa de Saint Martin. Le ofrecí una copa, pero él estaba contento con su cerveza alemana.

—¿Sabes algo, Ken? Mucha gente ha venido aquí, ha abierto empresas y me dice: «Voy a hacer esto y aquello», y nunca lo hacen. Pero tú, mi amigo, realmente hiciste algo. Has hecho lo que dijiste que harías. ¡Y lo hiciste! Espero que sea el comienzo de algo especial.

Me senté y me relajé después de haber vivido todo el día al borde de mi asiento. Saboreé las burbujas en mi lengua mientras las olas acariciaban la orilla y levanté mi copa hacia Henry.

—Brindo por eso, Henry. Brindo por eso. Gracias a ti.

Cuando regresamos a Miami, el dinero había sido enviado por mensajero a la cuenta correspondiente en Nueva York, con una tasa de interés alta. Para todos los efectos y fines, el dinero del banco en Anguila, al mezclarse con la cuenta de banco, ya estaba produciendo ganancias por la diferencia entre el interés que ellos obtenían del banco en Manhattan y el 9 % que ofrecieron a nuestra inversión.

La belleza de esa transacción fue que no había pruebas de que habíamos estado allí. Los certificados de depósito se enviaron a la oficina de Henry Jackson, así que no tuvimos que regresar a casa con documento alguno. Ni siquiera tuvimos que declarar una razón oficial para depositar el dinero. Esas reglamentaciones no existían en Anguila.

Decir que había un ánimo de celebración en el avión de regreso a casa sería quedarse cortos. La banda estaba muy feliz. Ed parecía impresionado.

—Tengo que darte el crédito, Ken —dijo—. Lo logramos.

Sólo sonreí, regodeándome con la satisfacción de un trabajo bien hecho. Ed trajo a cuento el tema del que ya me había hablado tantas veces.

—Entonces, ¿cuánto cobrarás por todo esto? Podrás ser más torcido que nada, pero sigues siendo un abogado y nunca he conocido a uno que no quiera que le paguen.

Esto puede parecer difícil de creer, pero ni siquiera había pensado en el dinero. No fue por eso que acepté ayudar a Ed.

Claro, desde que mi despacho se esfumó, realmente no tenía mucho que perder. Pero, desde un principio, nunca se trató de dinero. Para mí, era la aventura, ayudar a un cliente, aunque fuera un criminal. Lavar dinero siempre había sido una cuestión de burlar al sistema, más que hacerme rico.

De nuevo, traté de explicarle eso a Ed.

—Vamos. Alguna idea debes tener. Has estado increíble y necesitamos fijar una tarifa para trabajos futuros… porque, créeme, habrá más viajes como este, amigo.

—De acuerdo —contesté—. Si insistes, me quedo con tu coche.

Ed tenía un hermoso Fiat Sport Spider rojo convertible.

—¿Estás bromeando? —dijo Ed riéndose.

—No. Me preguntaste un precio. Mi precio es el Spider. Dijiste que ya no lo querías.

Había echado el ojo a ese auto desde que Ed había dicho que quería venderlo. Para mí era perfecto… elegante sin ser llamativo. Comparado con los Mercedes y Ferraris que conducían todos los que estaban en el negocio de las drogas, este auto era definitivamente muy discreto, el mantenimiento era económico y no parecería que de la noche a la mañana me había caído un montón de dinero.

Regresé a la casa a la media noche ese mismo día. Había estado viajando 18 horas. No llevaba puesto el saco, pero después de un día en el calor abrasante del Caribe, mi camisa estaba empapada. Monique estaba sentada en la cocina cuando regresé a casa. Entré con una sonrisa de oreja a oreja.

—¿Cómo te fue? —me preguntó con una gran sonrisa, levantándose del asiento.

La abracé y la levanté en brazos dando vueltas.

—Tenemos un motivo para celebrar —anuncié.

—¡Guau! ¿Qué pasó?

—Acabo de ayudar a unos clientes a mover todo su efectivo. Todo funcionó como reloj. No pudo estar mejor. Esto podría ser el comienzo de una buena racha.

Bajé a Mónica y fui a refrigerador para buscar una botella. Estaba muy emocionada y sus ojos cafés brillaban.

—¿De qué se trata? —Sonrió—. ¿Es con Ed? Dime qué pasó.

Me golpeó bromeando con una especie de frustración infantil para que le contestara.

—Acabo de arreglar unas cuentas que harán ganar a Ed y a sus amigos muchísimo dinero. Pero eso quiere decir que también habrá negocios para nosotros. Y puede llevarnos a algo grande. Me siento muy bien.

—Es increíble.

Nunca había visto a Monique tan animada, prácticamente brincaba y brincaba, después trajo dos vasos que yo había sacado del refigerador.

—No tenía idea de que tu trabajo te emocionara tanto —ella reía—. Deberías aceptar más proyectos con ellos.

—Eso es lo que planeo, querida —dije mientras chocábamos los vasos.

Le ahorré los detalles desagradables de las transacciones, preferí quedarme con los hechos, había ayudado a Ed a invertir dinero. Eso lo hacía más fácil. Todo había estado impecable. Ella parecía aceptarlo. La experiencia había transformado mi actitud.

Me fui a la cama muchas horas después; mi mente no paraba y mis sueños eran muy reales.

SEIS

LA EMOCIÓN DE QUE TE DISPAREN

APENAS COMENZABA A SABOREAR la fresca salpicadura del agua en mi rostro cuando se oyó el grito.

—¡Ahí vienen!

Un silbido fue la primera advertencia, pero había pasado casi inadvertido cuando la explosión se propagó por el campamento. El árbol sobre mi cabeza se sacudió y me lanzó otra cascada de agua.

Maldición; comenzaron temprano esta noche. Normalmente, los misiles empezaban hasta la puesta del sol. Solían llegar cuando era mi turno de bañarme.

Por el sonido, pareció como si el primer misil hubiera estado a punto de dar en la base. Quizá el siguiente no se desviaría tanto. Alrededor, los hombres corrían frenéticamente en busca de refugio. El instinto me decía que tenía que hacer lo mismo que ellos, pero el agua estaba tan fresca. Había esperado este momento desde la primera excursión matutina fuera de la base.

—¡Rijock! ¿Te volviste loco?

Uno de los chicos me miró con incredulidad mientras pasaba corriendo para ponerse a cubierto en la tienda. Como la mayoría de los soldados, no podía tener más de diecinueve años. Sólo contaba con el instinto de supervivencia.

Me mojé la cara de nuevo. A otro silbido le siguió la segunda explosión, esta vez mucho más cerca. El Viet Cong se acercaba. Volví a pensar en alejarme, pero luego decidí que me quedaba. Si es mi turno, es mi turno.

Desperté empapado en sudor pegajoso. El ventilador ronroneaba en el techo.

La imagen había sido tan real que casi olía el humo. Había pasado mucho tiempo desde la época en que soñaba con Vietnam, pero los últimos acontecimientos debieron haber sacudido algunos recuerdos.

Bizqueé en la penumbra. Monique dormía a mi lado. Me levanté a tomar agua. Me vino a la mente una antigua cita de Winston Churchill: «No hay nada más tonificante que recibir un disparo fallido».

Después de salir de Estados Unidos con seis millones de dólares en efectivo y sin ningún contratiempo, sabía lo que quería decir.

La única vez que había sentido esa euforia había sido en Vietnam. Claro que era muy arriesgado. Casi todos los días te disparaban. Enfrentar a un enemigo oculto cuyo único objetivo era destruirte. Eso era presión.

En ese lugar, anochecer en el campamento base casi siempre significaba ataques con cohetes. Los rusos habían fabricado misiles de tres metros y medio que luego vendieron al Viet Cong. Podían destruir un edificio con todos los que estaban dentro, y en cuanto disparaban, desaparecían en la jungla.

La vez que me quedé afuera bajo el fuego, acababa de meterme a la regadera cuando empezaron los cohetes. Digo «regadera», pero en realidad era un tanque de gasolina de dos mil litros lleno de agua y metido a presión en un árbol. Era elemental, pero no teníamos nada más. Pasé dos años de servicio en Vietnam y Camboya y me consideraba uno de los afortunados. Era mayor y por lo menos había ido a la universidad. La mayoría de mis compañeros de armas eran niños. Los enviaban en tanques y camiones de personal blindados a pelear por su vida.

En una ocasión nos encontrábamos en el campo y acabábamos de terminar de desayunar cuando pasó uno de nuestros propios bombarderos y arrojó una carga enorme de gas lacrimógeno cerca de nuestra posición. Todos tosían y resoplaban. El gas lacrimógeno hace vomitar, invade las membranas mucosas y no se quita en todo el día. Fue una experiencia asquerosa.

Al volver al país fue imposible dejar atrás las imágenes. Se pegaban en la mente. Una vez fui al cine, y el ruido del escape de un auto hizo que me tirara al suelo. No era el único. Otros veteranos me contaron que tardaron meses en perder el hábito de salir desnudos con un jabón en la mano cuando empezaba a llover, de tan acostumbrados que estaban a tomar un regaderazo cuando podían.

Pero si bien había imágenes que quería borrar, empezaba a darme cuenta de que quizá había experiencias que añoraba volver a sentir. El contrabando de efectivo que acababa de hacer fue intoxicador, alucinante. No me había sentido tan vivo desde que estuve en Vietnam; correr riesgos provoca cierta euforia. Desafortunadamente, es una adicción.

Siempre supe que terminaría en ese conflicto. Como todos los que crecimos con las películas de John Wayne, las historias contadas por los veteranos y la glorificación del Lejano Oeste, quería probar la vida militar. El hecho de que el ejército vietnamita y el Viet Cong fueran comunistas también tenía una resonancia, porque mi familia huyó de Rusia después de la revolución, hace casi un siglo.

Aunque mi padre vio acción en la Segunda Guerra Mundial, me convenció de no alistarme en los años de paz que siguieron al gran conflicto. Opinaba que era posible que no tuviera otra opción que incorporarme a las filas si el país entraba en guerra, pero que hasta ese día debía concentrarme en mi educación. Sin embargo, años después, cuando la Guerra de Vietnam ocupaba los titulares, cambió de opinión y se siguió oponiendo a mi enrolamiento.

En la universidad obtuve una prórroga que me salvó de las garras de la Junta de Reclutamiento. Al final resultó que ir a la universidad probablemente me salvó la vida, porque bien pude haber sido una baja de haber estado en Vietnam entre 1965 y 1968. En cambio, al día siguiente de mi titulación me inscribí en un posgrado en economía en Greenwich Village, Nueva York. Quería continuar con mi educación, pero la Junta de Reclutamiento me clasificó como «útil para el servicio militar». Había llegado el momento.

Muchos hombres de mi edad hicieron cuanto pudieron por evitar la conscripción, pero yo me presenté en la oficina local de reclutamiento del ejército y me alisté. De ese modo, se me concedieron dos meses de gracia antes de tener que irme. Pasé ese tiempo trabajando en una fábrica de aparatos electrónicos, disfrutando los que sabía que serían mis últimos días de vida como civil. En retrospectiva, quizá fue un error, porque cuando me incorporé al servicio activo en enero tuve que seguir el entrenamiento básico y de infantería en lo peor del invierno en el Norte, donde hacía un frío gélido.

Cuando llegué a mi unidad en Vietnam, asignado a la Primera División de Infantería, me enviaron a una unidad de caballería, lo que significaba que no iba a tener que caminar por la jungla, sino que me movería en un vehículo. No tardé mucho en descubrir que mi posgrado universitario me seguiría salvando la vida. Sólo cuatro por ciento de los enrolados tenían educación superior, así que los comandantes me consideraban un activo valioso. Estábamos en 1969, cuando las protestas en contra de la guerra dominaban los periódicos de Estados Unidos y los militares estaban ansiosos de contar su versión a la gente. Mi capitán me ofreció dos opciones, ayudar en las cortes marciales (los juicios militares de los delitos cometidos por soldados) o ir al campo a escribir sobre lo que pasaba. Los artículos se publicarían en periódicos locales del ejército y muchos saldrían después en el *Pacific Stars and Stripes*, el periódico que publicaba el ejército en Asia. La decisión era fácil.

Mis viajes ordinarios consistían en unirme a una de las tres tropas de caballería y acompañarlos varios días en el monte, a bordo de un camión blindado de transporte. Estos vehículos habían sido diseñados para llevar a los soldados dentro, pero en la selva viajábamos arriba, que era la mejor manera de sobrevivir al estallido de una mina terrestre. El inconveniente era que uno se convertía en un pato inmóvil para los francotiradores. Mi misión era documentar toda historia notable que sucediera en el frente, así como los esfuerzos por ganarnos «el corazón y la buena voluntad» de la población local.

Mis primeras experiencias con el periodismo fueron fáciles, aunque también desordenadas y peligrosas, y sin duda que era agotador llevar un m-16 en una compañía armada. En temporada de lluvias, el lugar era húmedo y frío y extremadamente lodoso. En la de secas, no se terminaba el polvo. No había una estación cómoda. Después de cada misión, volvía al campamento base a escribir los artículos y a esperar que el siguiente ataque nocturno con misiles no le pegara al edificio en el que dormía.

Cuando la unidad perdió al asistente de su capellán, me pidieron que ocupara su puesto, y así me encontré en el campo ayudando en la celebración de los funerales de los muertos en combate.

En los últimos tiempos fui asignado a la unidad de Operaciones de Escuadrones, el grupo que dirigía los movimientos de las unidades de caballería. Al trabajar con los oficiales que conducían y peleaban la guerra, aprendí cómo maniobraban en territorio hostil. En ese entonces no me di cuenta, pero ahora veía que las artes militares de la desorientación, la desinformación y el camuflaje podrían resultar útiles.

Cuando la Primera División de Infantería volvió a casa, yo extendí mi *tour* por Vietnam y me transfirieron a la Vigésimo Quinta División de Infantería, que también estaba en una unidad de caballería, donde serví varios meses hasta que llegó la hora, luego de 400 días, de volver a casa. Entonces obtuve un viaje gratuito a Camboya, con todos los gastos pagados, gracias a la invasión de los santuarios enemigos al otro lado de la frontera. Alguna unidad de ingenieros había colocado un letrero en la frontera que declaraba que éste era un atajo al cuartel general enemigo. Puro humor negro.

Quizá no fue más que un viaje de contrabando en mi carrera de lavador de dinero, pero ya sabía que para llevar la delantera necesitaría aplicar esas mismas tácticas.

SIETE

EL ENCUENTRO CON LA TURBA

EL SOL CALENTABA TANTO que la marca del mercurio debe haber pasado de 33 °C.

Dos días después de nuestra aventura caribeña, ir por el asfalto de la banqueta era como caminar en una alfombra de goma. El día perfecto para recibir un nuevo convertible. Manejé nuestro nuevo cuatro ruedas hasta la casa. Monique salió a verlo. Estaba emocionada, pero también algo inquisitiva.

—¿A quién le pagan con un coche? —exclamó.

Me encogí de hombros.

Le entregué las llaves para que se diera una vuelta. Mientras la veía ir y venir como flecha por las apacibles calles suburbanas de Coral Gables, me preguntaba qué giros tomaría mi vida. En cierto sentido, me sentía con el cinturón abrochado para un viaje en el carril de alta, pero no estaba tan seguro de que yo tuviera el control del volante.

En menos de una semana, Ed me había llamado y me había invitado a una fiesta en su casa. Me dijo que quería que conociera a unas personas. Sería para beneficio mutuo.

En circunstancias normales, Monique me hubiera acompañado, pues prácticamente éramos vecinos de Ed y Kelly, pero no esta vez.

—Me iré solo, querida —le dije tratando de tranquilizarla—. Tenemos más negocios. Me sugirió que aceptara otro cliente, un amigo suyo que necesita ayuda legal.

Monique no tenía motivos reales para dudar. Quería ahorrarle los detalles.

Pero de camino a la casa de Ed en la luz mortecina del atardecer, cobré conciencia del sentimiento de estar separando en compartimientos mi vida el trabajo legal y el extralegal. Apenas había terminado una transacción y ya sentía que había iniciado un nuevo capítulo. Pensé que si mis tratos con Ed me traían más negocios, iba a ocultarle todavía más cosas a Monique. Ella no tenía por qué saber.

La fiesta resultó muy distinta de las reuniones relajadas en la casa de Andre. En la cocina, reconocí a dos tipos de la banda de nuestro viaje a Anguila. Aspiraban cocaína con dos mujeres despampanantes del tipo de Fort Lauderdale.

El humo de la hierba flotaba entre las habitaciones mientras resonaba la música disco. Ya embriagado por lo que había pasado en las últimas semanas, reanimé esa sensación con unos tragos de licor fuerte y circulé lo más recto que pude, sintiéndome intoxicado hasta la punta del pelo.

Ed me pescó y me llevó por entre la multitud adonde estaba Benny, al que recordaba del viaje a Anguila, junto con un cubano engolado que se apoyaba en un librero de piso a techo que ocupaba toda la pared. Para alguien que abandonó la preparatoria, Ed tenía una impresionante colección de libros.

Me atrapó admirando su biblioteca.

—Creí que me habías dicho que te saliste de la preparatoria —le dije.

—Así es —contestó—. Todo lo que sé lo aprendí por mi cuenta. Cuando navegas por el Caribe, tienes mucho tiempo para leer. Me interesa todo: política, viajes, música, historia; hasta cocina. Devoro conocimientos.

—¡Claro que sí! —interrumpió el cubano, riendo—. ¡Qué intelecto tan grande! Y lo dedica a meter contrabando en Estados Unidos.

—Es Charlie —me explicó Ed extendiendo la mano con un gesto teatral—. Y él es Ken, de quien te hablé.

Para entonces, Ed me había rodeado con el brazo y me jalaba hacia él con un apretón masculino excesivamente agresivo.

—Él fue el que lo preparó todo en el Caribe y ahora es mi abogado. —Me aferró con más fuerza y declaró—: Es mi hermano.

No estaba seguro de si su elogio desmesurado era una bendición o una maldición, pero me reí.

Charlie sonrió y sacudió la cabeza ante las extravagancias de Ed, como si quisiera indicar que ya las había visto. Parecía bien dispuesto.

—Ed habla mucho de lo que hiciste.

—¿En qué puedo servirte?

—Vamos a hablar —intervino Ed.

Nos condujo a una salita donde vi que tenía una colección de computadoras personales, algo raro de ver en ese tiempo. Otros dos hombres que apenas había entrevisto se acercaron. Ed cerró la puerta.

Durante un rato me sentí como en un interrogatorio. Los dos nuevos parecían de origen italiano, con pelo negro y lustroso. Uno llevaba un bigote tan delgado que parecía pintado con lápiz. El otro era cachetón y gordo. Tenían un aspecto amenazador, y sus rostros inexpresivos me produjeron la impresión de que no eran amigos de platicar. No hubo presentaciones.

Benny, que se había mantenido callado durante el viaje a Anguila, ahora era el que llevaba la conversación. Charlie era su lugarteniente. Me pareció que no le faltaba su gracia al que las bandas de narcotraficantes adoptaran los mismos rangos que el ejército.

Benny era hijo de un famoso ex preso político cubano que pasó diez años en una pocilga de calabozo bajo el régimen de Castro. Cuando lo liberaron, se instaló como capitán portuario aquí en Miami y pilotaba enormes barcos comerciales para que entraran en el puerto.

Benny y sus hermanos contrabandeaban hierba al sur de Florida desde que eran adolescentes. También tenían los contactos para distribuir su mercancía al norte de Estados Unidos.

Últimamente se habían extendido a la cocaína porque se habían dado cuenta de que era mucho más lucrativa, pero —como explicó Benny—, conservaban el negocio principal de la marihuana, al que habían agregado el aceite de hachís (una resina concentrada de la planta). Al untar el aceite en la mota de sus clientes fijos, obtenían un producto mucho más potente. Al parecer tenía mucha demanda en Canadá.

Ed explicó que Benny y su gente pasarían a Estados Unidos hierba o cocaína en barcos y, de vez en cuando, en aviones ligeros. El contrabando venía de Colombia y se lanzaría desde el aire a una de las seiscientas islas de las Bahamas, donde alguien estaría esperando en un bote rápido con una radio para localizar el paquete arrojado. Luego, se trasladaría con la mayor prontitud a Tampa o a Fort Lauderdale, con la esperanza de evitar que lo detectaran y detuvieran.

Después de que Andre rebajara la droga, tenían un medio de transportarla: escondida en compartimentos secretos de camionetas que recorrían las carreteras interestatales de camino al norte de Estados Unidos, donde estaba buena parte del mercado.

Por primera vez, Benny se dirigió a los dos hombres.

—Freddie y Enzo operan en Canadá. Tenemos un buen convenio mutuo. —Se inclinó—. Tienen vínculos con los Cotrone. Son muy poderosos.

¿La familia Cotrone? No era experto en la Cosa Nostra, pero de todos modos me había enterado de que el sindicato de los Cotrone controlaba grandes sectores de la delincuencia organizada en Canadá. ¿No tenían relaciones con los Bonanno de Nueva York?

¿Estos tipos tratan con la Mafia? ¿Con drogas de Colombia? ¿En qué me estaba mezclando? Sólo sabía una cosa: La delincuencia organizada significaba mayor escrutinio.

Benny prosiguió. Dijo que su familia también era dueña de una casa de retiro y que él tenía una distribuidora de Corvette. A su manera, las dos actividades eran una perfecta tapadera legal para cualquier negocio ilícito.

Después de oírles los detalles de las experiencias de Benny como contrabandista, no conseguía ver cuál podría ser mi aportación a la empresa.

—¿Para qué me necesitan? —pregunté—. Me da la impresión de que lo tienen todo bajo control.

—Lo que queremos son documentos náuticos. Creemos que puedes registrarlos en Inglaterra y que no es posible rastrearlos hasta Miami. También puedes establecer compañías foráneas, aun si tienen alguna conexión con nuestra ciudad, y registrar barcos en estados en los que podamos esconder que son nuestros.

Asentí con la cabeza.

—Eso puedo hacerlo.

Benny sonrió.

Eché una mirada a los matones, que tenían aspecto de aburrirse y con ganas de volver a la fiesta.

Ed me palmeó la espalda.

—Parece que te tengo otro viaje a Anguila, Ken.

Mientras Benny seguía hablando, Ed desapareció un momento y volvió con una bolsita.

—Mira —me dijo entregándome la bolsa—. Toma.

—¿Qué es?

—Tus honorarios. Te los ganaste.

Abrí la bolsa y vi fajos de billetes de cien dólares bien envueltos.

—Pero ya me diste el coche.

—No seas ridículo, Ken. Es por el siguiente proyecto. Diez mil dólares. ¿Será suficiente?

—Claro que sí.

Si acaso había pensado que mi participación en esta aventura iba a limitarse a una escapada con efectivo, tuve que descartar la idea. Había quedado atrapado en su operación.

Cuando volví a casa, Monique estaba dormida. Se veía tan apacible. El pecho desnudo subía y bajaba mientras el ventilador del techo ronroneaba. Apilé el dinero en el fondo del armario y me deslicé en silencio junto a ella.

Acostado en la oscuridad, comencé a hacer los planes. Tenía mucho en qué pensar. Ahora estaba metido en esto. Iba a tener que trabajar acuciosamente para que todo saliera bien. Y sin llamar la atención sobre mí mismo.

¿La Mafia? Si lo pensaba detenidamente, ¿qué otra organización tendría tratos con contrabandistas de altos vuelos? Era bien sabido que la banda controlaba las ventas y la oferta en muchas zonas. Pero de todos modos había que acostumbrarse a la confirmación.

Si la Mafia distribuía las drogas, ¿de dónde las sacaba? ¿Del cártel de Medellín? ¿Iba a ayudar a financiar a uno de los cárteles más grandes e implacables del planeta? ¿O sería a uno de sus competidores? ¿De dónde venía, pues, la cocaína?

¿Y para qué había sido la extraña junta en el salón? ¿Para el pago del efectivo? ¿Fue para mostrar que ya era parte, que estaba implicado tanto como ellos? ¿O para vincularme a todos los participantes, una especie de anticipo, pero que venía de delincuentes profesionales que no conocía?

«Disfrútalo», me dije. «Es posible que no dure. Si la situación se pone demasiado intensa, puedo irme. Así de simple.»

Conforme se apaciguaron mis temores me puse a pensar en cuestiones más urgentes. El período de prueba de la Barra de Abogados se había terminado, pero, técnicamente, de alguna manera seguía en observación. Si no reemprendía el ejercicio legítimo de la abogacía, la gente comenzaría a hacerse preguntas.

Pero ¿cómo ejercería el derecho y representaría con diligencia a mis clientes al mismo tiempo que lavaba efectivo para lo que parecía ser una próspera banda de narcotraficantes?

Por la mañana, Monique se despidió con un beso y se fue. Me vestí deprisa para el trabajo. En la oficina que compartía con los ex fiscales, me dispuse a organizar mis asuntos.

Decidí que mi despacho sería un bufete común abierto al público, lo que significaba que manejaría cualquier asunto que llegara de la calle. ¿Una demanda ordinaria? Podía manejarla. ¿Se necesitaba un corredor inmobiliario para comprar una casa? Ningún problema. ¿Había que lavar varios millones de dinero sucio? Veré qué puedo hacer. Pero no pidan una factura.

Extraje todos los expedientes activos que tenía de mis clientes actuales y los coloqué ordenadamente en el archivero que tenía en la oficina. Me imaginé que si alguna vez hacía algo que llamara la atención de las autoridades y registraban la oficina, encontrarían muchas pruebas de un despacho legal próspero. No habría registros de nada que hiciera con Ed, Andre, Benny ni nadie que viniera de mi segundo empleo. Un rastro de papel podría mandarme a la horca. *Por tanto, vamos a llevarlo todo en mi cabeza o en el extranjero*, pensé.

Mis casos legítimos siempre habían sido aburridos, pero desde que comenzó el lavado, se volvieron todavía más tediosos. Las ganancias monetarias del comercio legítimo eran mínimas; las ganancias del lavado eran escandalosamente altas.

Al examinar los expedientes de mis clientes habituales me preguntaba cómo había sobrevivido tanto tiempo. ¡Vaya!, esto era mucho más estimulante intelectualmente. Y pensar que me había partido los huevos todos los días por remuneraciones tan pequeñas, y en cambio en una semana había ganado un Fiat Spider nuevo y un puñado de dólares. Era un veterano de Vietnam en busca de algo más y ese algo me había encontrado.

Entonces, todo lo que tenía que hacer era sentarme y esperar a que sonara el teléfono.

Sonó, como lo esperaba.

—¿Rijock?

Era Charlie.

—Vamos a hacer un viaje para un negocito.

OCHO

OPERACIÓN SINT MAARTEN

—Dios mío —dijo Charlie después de despedirnos de Henry Jackson con un fuerte apretón de manos.

—Benny dijo que era sencillo, pero nunca pensé que sería así.

Salimos al deslumbrante sol y él movía la cabeza con incredulidad, pero con una amplia sonrisa.

—Sin ofender, pero independientemente de lo que Benny hubiera dicho, no confiaba en ti hasta ahora.

—No hay ofensa —dije sonriendo—. Me imagino que en tu tipo de trabajo, el escepticismo es una necesidad.

Mi segundo viaje a Anguila con un nuevo cliente se había llevado a cabo con el mismo éxito que el primero. Solamente un compañero de viaje, la aduana de Anguila mostró aún menos interés. Después de haber abierto las cuentas de banco y de haber registrado las compañías que Benny quería, todo había marchado sobre ruedas.

Depositamos una cantidad un poco irrisoria: menos de un millón de dólares.

Mientras más viajes hacía a Anguila, mi conocimiento acerca de las prácticas de este pequeño y pintoresco paraíso fiscal aumentaba cada vez más, y también las ideas para que estas pequeñas operaciones fueran más seguras para todos.

Me sentí mucho más contento viajando con sólo unos cientos de miles de dólares. A pesar del éxito de la última salida, la idea de volar con millones de dólares me podría haber sacado unas buenas canas antes de mi próximo cumpleaños.

Además, cuando aterrizamos de nuevo en Sint Maarten para una escala técnica, tuve una idea y quise ver si podía ponerla en práctica. Sería costoso para los clientes que cada vez que quisieran depositar dinero en sus cuentas en el extranjero tuvieran que rentar un jet privado. Y ¿qué tal si hubiera una manera de llevar el efectivo en grandes cantidades en rutas de avión regulares?

No tardé mucho en poner a prueba mi plan. Después de nuestro primer éxito, al parecer, había ganado la plena confianza de Ed. Muy pronto, él tenía ya otro medio millón que quería lavar.

Le sugerí dividirlo y que me diera 150 mil iniciales para hacer una prueba. Pensé que un vuelo de jueves por la noche me cubriría mejor. En aquél entonces, muchos habitantes de ciudades estadounidenses del Norte viajaban al Sur para pasear, apostar y asolearse en el Caribe. Si todo salía bien, entonces podría mezclarme con los turistas y, tal vez, la seguridad no sería tan exhaustiva.

Una mañana en casa de Ed, poco después de haber aceptado su petición, conté los billetes para cerciorarme de que todo estuviera allí. Conté de nuevo. Este viaje lo haría solo, y toda la responsabilidad sería mía, así que quise ser doblemente cuidadoso.

Llevé el dinero a casa y comencé a idear cómo haría para subirlo todo al avión conmigo. Quité todas las envolturas de los billetes que el detector pudiera revelar, y saqué del clóset una vieja maleta de viaje y vacié su contenido en la cama. Acomodé los billetes en el fondo de la maleta y, después, tomé ropa interior, calzoncillos y camisetas para cubrir el efectivo.

Después, elegí mi atuendo para viajar. Abrí el armario y di una pasada rápida a los trajes, los pantalones casuales, las camisetas polo y la ropa casual elegante hasta llegar a la camisa hawaiana más estridente que pude encontrar. Perfecto.

La combiné con un par de shorts y unos tenis viejos. Para terminar, me puse un sombrero de panamá y me vi en el espejo.

Me veía como el turista más estúpido que haya subido a un avión alguna vez. Era ideal. Sonreí. No podía haber algo más alejado del distinguido atuendo de nuestro primer viaje a Anguila.

Al llegar al Aeropuerto Internacional de Miami mi audacia se evaporó. Me sentí menos optimista.

Adentro, la concurrencia era tan variada, tal como lo había esperado. Era bueno que hubiera mucha gente, pero no era en mis compañeros de viaje en quienes estaba puesta mi atención, sino en los guardias armados de seguridad y en la policía que proliferaban en el área de salidas. Me quedé de pie, paralizado muy cerca de la salida, mirando con miedo a los policías, como si pudieran oler el sucio efectivo en mi bolsa.

Sólo me faltaba llevar un letrero en el sombrero que dijera LAVADOR DE DINERO. Tenía que dejar de pensar en eso inmediatamente. Si todo esto iba a funcionar, tenía que actuar tan despreocupadamente como fuera posible. Cualquier cosa que levantara sospechas, me metería en un problema muy grande. No era el momento de actuar con nerviosismo.

En el baño, me lavé la cara y me miré en el espejo.

Vamos Ken, has pasado por peores situaciones. Sólo estás llevando un poco más de dinero de lo acostumbrado fuera del país. Hay mil explicaciones que podrías dar, pero ninguna de ellas funcionará. Tus habilidades como abogado no te servirán de nada; usa tus habilidades de sobrevivencia.

Salí de ahí para reunirme de nuevo con la gente con una intención renovada. Había comprado un boleto horas antes, con efectivo, para el vuelo de la noche de American Airlines a Sint Maarten para regresar al día siguiente. Esperé en el puesto de inspección de seguridad hasta que se formó una multitud para pasar por las máquinas de rayos x. Aunque sabía que el objetivo principal era encontrar armas y objetos metálicos, me puse un poco rígido por la preocupación, deposité mi bolso en la banda sin fin, y la miré tenso mientras desaparecía lentamente de mi vista.

El guardia de seguridad me hizo señas para que pasara por el detector de metales, pero me detuve esperando a que hubiera una conmoción por el bolso, como si cada vez que cantidades obscenas de dinero trataran de contrabandearse sonara una alarma.

Eso fue todo, el momento de la verdad. Había que cruzar una línea más, antes de convertirme en un contrabandista de efectivo en grandes cantidades hecho y derecho.

Sentí cómo aumentaba la tensión en mi cuello, y mis mejillas se sonrojaron. Quería regresar y correr, pero algo dentro de mi me hizo avanzar y, como si estuviera en piloto automático, caminé a través del detector.

No pasó nada.

Cero alarmas, cero reflectores, cero *beeps*. Por supuesto, no hubo nada de eso. No había manera de que máquinas tan primitivas como esas detectaran el papel moneda; en cualquier caso, esto sucedió antes de que a los billetes de cien dólares se les agregaran bandas magnéticas u otras características de seguridad.

Caminé por el detector y el guardia de seguridad ni siquiera me miró. La adrenalina se disparó. Tomé el bolso con decisión y, después de haber exhalado todo el aire de mis pulmones, la inspección había quedado atrás. La vía estaba libre.

O eso pensé.

Al subir al avión, la ansiedad regresó. ¿Y si me hubieran seguido hasta el avión para asegurarse de que sí estaba por salir de Estados Unidos? ¿Y si este fuera el momento en que irrumpieran los agentes aduanales? La paranoia se disparó de nuevo.

Vi con sospecha las sonrisas vacías y la sinceridad fingida de las bienvenidas de la tripulación, y me acerqué poco a poco al pasillo. Mi asiento estaba al final de la clase turista. Aunque los vuelos a las islas eran muy básicos, tenían algunos asientos al frente que funcionaban como primera clase. Aunque tenía suficiente efectivo conmigo para comprar toda la sección de primera clase y me había acostumbrado a viajar a todo lujo, para esta operación había escogido la clase turista para no llamar la atención.

Me senté en un asiento del pasillo junto a una pareja de ancianos. El hombre en el asiento junto al mío era gordo con una cara hinchada y anteojos. Sonrió con amabilidad. Le regresé una sonrisa forzada y le dije algo acerca de lo bueno que era alejarse de todo por un fin de semana después de una semana de trabajo.

Yo esperaba dar una impresión aceptable de un hombre sin preocupaciones en el mundo, pero estaba convencido de que también podría haber tenido aspecto de alguien que decía: «Mírenme. Soy un hombre sin nada qué esconder. No estoy haciendo nada ilegal, y no hay nada en este bolso que indique ninguna actividad criminal.»

Ser abogado nunca había sido tan estresante. Antes de despegar, me senté muy rígido en mi asiento, convencido de que aun si el avión estuviera seguro volando en el aire, existía posibilidad de que me aprehendieran.

Nunca había estado tan agradecido de ver que las sobrecargos dieran sus anuncios de seguridad de rutina, que me sorprendí a mí mismo escuchándolas con toda atención como si fuera mi primera vez en un avión. En realidad, el avión se acercaba a la pista de despegue y yo estaba sano y salvo.

Después de lo que había parecido una eternidad, las turbinas cobraron vida y sentí una presión tranquilizadora que me hacía hundirme en el respaldo del asiento. Cuando despegamos, me hundí todavía más y respiré. Una gran sonrisa se dibujó en mi cara. El alivio me cubrió por completo. La emoción que sentí cuando Ed, su banda y yo ya estábamos en el aire regresó, pero esta vez era más intensa porque llevaba el efectivo conmigo a través del ojo del huracán.

Esa era la razón de todo. Por esto ponía mi carrera, mi vida y mi libertad en riesgo. La emoción era demasiado intoxicante. Era un adicto.

En ese momento, no tuve dudas de que este viaje marcharía sobre ruedas, como los viajes anteriores. Y aunque lo que estaba en juego era mucho menos y la cantidad que llevaba era mucho menor, de alguna manera esta prueba tendría más significado para mí que rentar un jet privado.

Aterrizamos en Sint Maarten y mi experiencia con el grupo de Ed me daba la seguridad de que no habría ningún problema. Con lo sorprendido que estaba por la falta de seguridad, descubrí que en esta pequeña isla, dividida en dos, con un norte francés y un sur holandés, era prácticamente el único país de Occidente que no tenía una aduana desde el siglo XVII. No era de sorprender que se hubiera convertido en un refugio seguro para contrabandistas, lavadores de dinero: era un estercolero de corrupción. Más tarde me encontraría con contrabandistas que residían ahí, y que operaban sus negocios de contrabando del Caribe, Colombia y Jamaica a Estados Unidos desde esta ubicación en altamar.

Al bajar del avión, caminé hacia el control de pasaportes y mostré mi acta de nacimiento como identificación. Sabía que los pasaportes no eran obligatorios en el Caribe y, aunque lo llevaba en el bolsillo en caso necesario, cuando el oficial de migración asintió, reafirmó mi convicción de que había encontrado el punto de tránsito ideal al cual podía traer el dinero de mis clientes. Si entraba y salía de esta isla como un fantasma sin un sello en mi pasaporte, parecería como si nunca hubiera estado ahí.

Al salir del aeropuerto, tomé un taxi a la capital de la isla, Philipsburg, en el lado holandés. Encontré entonces un discreto hotel de negocios en la calle Front. Seguro, solo en mi habitación, encontré un escondite arriba del retrete y escondí ahí el dinero.

Una vez instalado, me relajé lo suficiente como para salir a dar un paseo. Corriendo el riesgo, entré a probar suerte en un pequeño casino. Creí que me lo había ganado. Cuando miraba la pelota saltando erráticamente en la ruleta, pensé en la apuesta tan alta que estaba a punto de jugar, se trataba de mi vida.

Nunca había sido tan fácil, ¿o no? ¿Cómo saber si las combinación de autoridades como la policía, la DEA y la aduana monitoreaban a Ed, André, Benny y al resto? Lo único que necesitaban era un punto débil.

—Veintiuno —dijo el croupier—. Usted gana, señor.

Empujó un montón de fichas hacia mí. Seguramente, con la suerte que traía, debería haber apostado todo... ¿incluso apostar un poco del dinero de Ed? Podría ganar el doble.

No. Tenía que ser cuidadoso. Lo último que quería era llamar la atención.

Sonreí.

—Debe ser mi día de suerte —bromeé y recogí mis fichas.

Las cambié y caminé despreocupado a mi hotel. Había entrado a un juego peligroso. El efecto era más fuerte que la coca, pero yo tenía que mantenerlo bajo control. Si este castillo de naipes se derrumbara, no sería hoy y, esa noche lo decidí, no se derrumbaría si no yo cometía ningún error.

A la mañana siguiente, recuperé el efectivo de Ed del escondite del baño y tomé un taxi hacia el lado francés de la isla, al puerto de Marigot, la capital de ese sector. De ahí, tomé una lancha para llegar a Anguila. Mis compañeros de viaje eran trabajadores locales en camino a sus labores como sirvientes, cocineros y otros servicios.

El beneficio que había al tomar esta ruta era que no habría ningún registro de mi entrada a la isla. Un taxista me llevó al Valle y regresé al banco donde hacía sólo unas semanas antes había depositado seis millones de dólares.

Cuando terminé con el asunto, visité la oficina del abogado Henry Jackson para establecer nuevas empresas. Quería saber qué tan fácil era registrar un barco ahí. Nuestras empresas nos daban los mismos derechos que a los ciudadanos del Reino Unido y, como la isla era territorio británico, los documentos para registrar naves documentadas ahí se enviaban en barco hasta Cardiff para procesar el papeleo. Mientras los documentos atravesaban el Atlántico, los barcos podían navegar con un nombre falso para hacer entregas de droga, obtener ganancias exorbitantes y desaparecer del registro tan rápido como habían entrado a él.

Con esta mina de información, regresé a Sint Maartin y por la tarde tomé el vuelo de regreso a Miami. Tuve tiempo de hacer un alto en una joyería en Philipsburg y compré un bonito collar para Monique. Otra ventaja de este tipo de trabajo tan lucrativo es que podía consentirla. Además, la isla tenía ofertas a un precio 30% más bajo que en Estados Unidos.

En el vuelo de regreso, me impuse a mí mismo algunas reglas. Me pareció inteligente no hospedarme nunca en el mismo lugar donde depositara el dinero. De esa manera no habría un recibo de hotel, ni un boleto de viaje. Podía entrar y salir como un fantasma. Decidí que todos mis viajes a Anguila serían lo más breve posible, sólo para negocios y que no me quedaría a pasar la noche.

Regresar sería muy fácil. Nuevamente, además de la documentación para registrar mi barco, no tenía nada que me relacionara con Anguila ni con el efectivo que acababa de depositar. Y la belleza de todo es que siendo abogado, al regresar a Estados Unidos, si me detuvieran en la aduana y me preguntaran la razón de mi viaje, diría: «Son negocios y soy abogado.» No tenía que identificar a mi cliente, ni siquiera los servicios legales prestados o el lugar.

Eso habría detenido cualquier otra línea de investigaciones.

También esperaba que mi regalo sorpresa para Monique limitara las preguntas innecesarias que ella pudiera hacer respecto a mis clientes. Pero, debería de haber sabido para entonces que, al ser una oficial de policía, su naturaleza sería demasiado inquisitiva.

—Estás haciendo demasiados viajes al Caribe, tal vez deberías abrir una oficina allá —dijo.

—Bueno, ya te lo he dicho, es un paraíso fiscal. Todos quieren una tajada. Es mucho mejor que trabajar en bienes raíces toda la semana.

Entrecerró los ojos y me observó detenidamente.

—Espero que tengas cuidado.

—Sé lo que hago. Es sólo papeleo legal. Querías que trabajara de nuevo y lo estoy haciendo. Todo es para nuestro beneficio.

Estaba sentada en la mesa de la cocina. Caminé hacia ella y llegué por detrás para darle un beso en la cabeza para que se sintiera segura, me detuve un poco y olí su cabello ligeramente perfumado. Amaba a Monique y me veía con ella en el futuro, todo eso era verdad. Pero, como no sabía a dónde me llevaría esta aventura, ni por cuánto tiempo, estaba seguro de que la única forma para protegerla era decirle lo menos posible. Técnicamente no le mentiría. Eso era lo que me decía a mí mismo.

Ella parecía aceptarlo, por ahora, pero me preguntaba por cuánto tiempo podría mantenerlo como mi secreto.

Pensaba en todo eso cuando me tiró una bola de tirabuzón. Ella tenía un amigo policía llamado Paddy Montana. Lo habían acusado de robar joyería y necesitaba un abogado. ¿Yo, por ejemplo?

—¿Un policía?, —pregunté incrédulo—. ¿Quiere que yo sea su abogado?

—Sí. Le dije que estaba segura que lo ayudarías.

Monique me miró fijamente, con sus ojos oscuros brillantes. ¿Qué más podía yo hacer?

Saqué una cerveza fría del refrigerador y me senté a la sombra en el jardín.

Pensé en ello. Un abogado de narcotraficantes y, ¿también de policías?

¿Podría mi vida volverse todavía más desquiciada?

NUEVE

TIEMPO DE MALABARES

Los niños jugaban en la calle cuando me dirigía al centro para ir a la oficina. Debían de haber terminado la escuela para las vacaciones.

Se acercaba la Navidad, pero en Miami el tiempo era agradable con 22°c y el sol invernal provocaba un frescor que se recibía con gusto después de un verano bochornoso. En esta época del año era muy diferente al frío implacable de mi natal Nueva York.

Habían pasado 10 años desde que me mudé al Estado Soleado, después de Vietnam, y la vida no podía haber sido más diferente de lo que había imaginado cuando me fui al Sur por primera vez.

Mi familia había llegado a Estados Unidos proveniente de Rusia en 1923, en un escape afortunado, porque al año siguiente la migración se restringió y, durante la Segunda Guerra Mundial, toda la gente del pueblo de mis padres que no pudo salir fue ejecutada por la invasión del ejército alemán, como parte del exterminio judío de Hitler. Crecí en un pequeño y apacible pueblo al norte de la ciudad de Nueva York y tuve la infancia de un suburbio típico. Mi padre tomaba el tren a la ciudad todos los días, donde tenía un negocio de importación de ropa para hombre desde el Medio Oriente. Mientras estuve en Vietnam, mis padres se mudaron a Miami Beach siguiendo a otros parientes que se habían reubicado en Florida. A mi regreso, parecía lógico regresar a vivir con ellos y me matriculé en la escuela de Derecho en Miami.

Ruth y Robert, mi madre y mi padre, debieron de haberse preguntado lo que yo hacía de mi vida. Después de que todo pareciera estar en su lugar, con un buen trabajo, esposa y departamento, de pronto me divorcié y salía con una madre divorciada. Mi hermana Michele, una agente de bienes raíces, se convertiría en la hermana respetable. Si con Monique era parco con la verdad, lo era aún más con mi familia.

Les describía mis días como ocupados, porque de esa manera estarían protegidos.

Aunque estaban a oscuras respecto a mi vida, para cualquiera de nuestros vecinos en Coral Gables, quienes habían decorado su casa con escarcha y luces navideñas justo después del Día de Acción de Gracias, yo parecía cualquier profesionista normal que vivía con su pareja.

Monique trabajaba como detective de delitos financieros en aquella época y los vecinos la veían salir con atuendo de civil. Mientras tanto, yo hacía todo lo posible por parecer la persona promedio al ir rutinariamente a mi oficina en el centro.

Lo que los vecinos no sabían, era que me había convertido en el guardián de una floreciente red criminal. Se había esparcido la noticia de mi capacidad para hacer desaparecer dinero sucio y hacerlo aparecer como inversiones completamente relucientes con altas tasas de interés. Cuando Ed y Benny empezaron a alardear de que los barcos que usaban para contrabandear dinero estaban siendo registrados a miles de millas de los mares donde navegaban, todos querían una compañía británica con un nombre que hiciera pensar que los barcos eran transportes legítimos.

Yo mismo registraba los barcos. Benny tenía una flota completa que había registrado de nuevo para estar un paso más adelante de la aduana y, como todo lo que tenía que ver con Henry Jackson generaba un costo, me di a la tarea de encontrar una manera de hacerlo yo mismo, y utilizar a sus ayudantes sólo cuando fuera necesario.

Los viajes para el contrabando de efectivo en grandes cantidades se habían convertido en algo tan común como lavarse los dientes. Yo no necesitaba estar en todos los viajes. En aquellos días, yo preparaba todo y arreglaba cosas un día antes.

Muy pronto, Benny enviaba millones a los paraísos fiscales. En su último viaje, yo lo esperaba en la torre de control de Anguila, tal era la familiaridad con el personal de ese lugar. Benny desembarcó con alguien a quien yo no conocía. Un extraño silencioso de pelo negro que parecía menos respetable que mi cliente y a quien no le importaba el código de vestir que todos habíamos adoptado para los viajes a Anguila. Parecía traficante.

Benny lo había presentado como Rick Baker, uno de sus lugartenientes. Nos estrechamos la mano, pero me sentí incómodo y expuesto ante un recién llegado que conocía mis métodos de primera mano. Necesitaba reforzar mejor mi nueva regla: los nuevos clientes solamente pueden introducir socios antes de que la transacción tenga lugar. De esa manera, yo no divulgaría mis secretos de profesión sin verificar antes a estas personas.

Utilicé esa práctica cuando Benny me presentó a su hermano Carlos. Yo estaba contento de hacer negocios con él porque confiaba en Benny. Sin embargo, cuando apareció poco después con Freddie y Enzo, unos tontos que decían trabajar para la familia Cotrone, quienes querían registrar una compañía, puse mis límites, e inventé una excusa para decirles que no podía ayudarlos. No había rencores, pero no quería a la mafia como cliente.

En cualquier caso, tenía más que suficiente en la cabeza.

A través de otros contactos que había hecho en las islas Caimán, conocí al supervisor de barcos, Samuel Matthews, quien por una cantidad mucho menor, no tenía problema en darme los documentos necesarios para registrar una nave. Hasta vino a Miami y a Fort

Lauderdale para llevar a cabo sus funciones; aparentemente, tenía familiares en Florida.

Ya había visto a Henry hacerlo tantas veces como para aprender lo necesario para ahorrar dinero a mis clientes y, cuando Samuel me proporcionaba el certificado de los astilleros, entonces yo podía ir a la oficina en Anguila para registrar los barcos en el Reino Unido. De la misma manera en la que los autos se valúan por su kilometraje recorrido, para documentar un barco es necesario tener los datos de todos y cada uno de los propietarios previos desde que dejó el astillero. No era fácil, pero el hecho que los barcos pudieran registrarse desde territorios más extensos, dependientes del Reino Unido, se convirtió en una mejor táctica ventajosa para los traficantes. Cuando todo el papeleo se enviaba laboriosamente a través del Atlántico, yo había actualizado ya los documentos del registro.

Si la aduana abordaba un barco que considerara sospechoso, al contactar al gobierno británico para verificar la información acerca del último propietario, era muy probable que recibieran como respuesta que la información ya estaba en camino. Cuando los datos que yo hubiera registrado llegaban a Gales, el barco ya se habría utilizado una o dos veces para introducir droga a Estados Unidos. Incluso, en ese momento, los barcos se consideraban desechables, si el riesgo de tenerlos era demasiado alto.

Después de algunos meses de probar esta teoría, pensé en medios alternativos para el registro de barcos. Después de investigar un poco, volé de Miami a Filadelfia y renté un taxi para cruzar el límite con Delaware. Una vez ahí, me dirigí a una pequeña tienda de avíos para pesca del la cual había oído que proporcionaba registros para barcos estadounidenses.

Con facturas de venta falsas de Samuel y de compañías anónimas, me salí con la mía y obtuve registros de Delaware.

Cuando regresé al aeropuerto de Miami, Benny me estaba esperando para llevar los registros recién expedidos para que su capitán los utilizara en caso de que los abordaran. Para entonces, los barcos podían navegar con una matrícula de Florida y cambiarla por una de Delaware una vez en alta mar, en el caso y las veces que fuera necesario e, incluso, regresar con documentos británicos. Los barcos prácticamente no podían rastrearse.

Benny me había dicho que aun si la aduana tenía sospechas acerca de un barco, aunque lo desmantelaran, la semana siguiente los datos de ese barco habrían cambiado y haría su siguiente viaje como si fuera un barco nuevo, con un nombre nuevo en la popa y, tal vez, hasta un nuevo color.

Una maravilla más de Delaware es que podía inventar empresas utilizando un proveedor de servicios empresariales, quien firmaría los documentos necesarios como oficial naval. Las compañías recién formadas, cuyos documentos no servían para rastrear a los clientes, estaban registradas como propietarias de los barcos utilizados para transportar cocaína. Además, como ventaja adicional, Delaware se jactaba de tener ventas libres de impuestos, es decir, las empresas se ahorraban dinero al registrar los barcos ahí, en vez de hacerlo en Florida donde los impuestos de venta eran muy altos, y donde la posibilidad de un pequeño ahorro en la compra de un velero o barco de motor de seis cifras era nula.

Mi plan respecto a las nuevas compañías, al ser constituidas en Estados Unidos, era que expiraran antes de que siquiera fuera necesario elaborar su primera declaración anual de impuestos. De esa manera, nunca tendría que informar quiénes eran los verdaderos propietarios. Así pues, si las empresas se constituían en junio, un año tendría 15 meses para hacer negocios antes de que tuviera que elaborar una declaración de impuestos. Para entonces, simplemente dejaría a la compañía a su suerte y empezaría otra en otro sitio.

Con una red de clientes cada vez más amplia a la cual satisfacer, estaba contento de contar con los conocimientos de negocios y la experiencia para hacer que el efectivo fluyera.

Mi confianza recién hallada me convenció también de comenzar a establecer algunas normas básicas fijas. Si mis servicios iban a tener una gran demanda, necesitaba asegurarme de que podía confiar en las personas que me recomendaban.

Pensaba en ello la mañana en la que acudí a una cita con Charlie Núñez. Después de supervisar él mismo la operación en Anguila, él también quería una inversión propia fuera del país y quería hacer negocios que no tuvieran que ver con Benny.

De ahí fui a la corte, después a la casa de Andre porque quería que conociera a un químico que elaboraba sus propias metanfetaminas y que habláramos de cómo podía ayudarle a colocar sus ganancias ilegales.

Después, necesitaba hacer arreglos para que un supervisor visitara un barco que Ed quería utilizar en su siguiente operación de contrabando, y también para saber cuándo sería mi próximo viaje a Anguila.

Todo el tiempo tenía que asegurarme de que el papeleo fuera legal para no despertar las sospechas de las autoridades, y también para que nada se filtrara en el despacho de abogados penales con quienes compartía oficina.

Mi cerebro iba a mil kilómetros por hora. A donde quiera que mirara, había problemas por resolver para mis clientes. A mi alrededor, todos parecían llevar vidas normales. Parecía que yo era el único con algo qué ocultar. Incluso las rutinas eran estresantes cuando me detenía a pensar cómo éstas podían encajar en mis actividades criminales.

Los hijos de Monique pronto pasarían sus vacaciones con nosotros. Katherine y Luke habían vivido con su padre mientras ella se concentraba en hacer carrera. Su llegada significaba más estrés, pero pensé que podría arreglármelas. Yo era quien mantenía alejadas a las autoridades de mis clientes y de su dinero. Ése era mi papel principal. Si algo se filtrara y si yo no hacía las cosas correctamente, mis clientes irían a prisión y yo podría terminar con una bala en la cabeza. Aunque estos hombres eran amistosos cuando las líneas de coca estaban listas y la fiesta estaba en su punto máximo, si algo llegara a suceder que amenazara sus pequeños imperios, sería yo quien pagaría el precio, sobre todo ahora que yo sabía con quiénes trabajaban.

La presión era fuerte, pero a pesar de todo esto, no parecía un trabajo. Era más bien como una aventura, por trillado que pueda sonar. Yo era el único que cumplía con el papel. Como decía Henry Jackson, la gente puede murmurar, pero nadie hacía nada.

Henry había sido el hallazgo del siglo, pero yo ya sabía que tenía que perfeccionarme constantemente para ser el primero en el juego. Si ponía los negocios de todos en la misma ruta, ésta podría ser rastreada fácilmente por una serie de autoridades a las cuales les encantaría terminar con nuestra nada insignificante operación. Lo que necesitaba eran nuevos planes y nuevos lugares dónde esconder el dinero.

Charlie me simpatizaba. El cubano de 1.90m, atlético y apenas con 20 años, relativamente no tenía mucha experiencia. Pude darme cuenta en nuestro viaje a Anguila que era muy listo y que tenía cabeza para los negocios. Había comenzado como un vendedor de droga en pequeña escala, pero después de aliarse a Benny, subió en los mandos y ahora era la mano derecha del capo.

Nos conocimos en un pequeño café cerca de mi oficina y hablaba con una seriedad que no coincidía con su corta edad.

—Conozco los riesgos —dijo con solemnidad—. A mi hermano lo acusaron de estafar a una banda colombiana a la que convenció de poder vender su marihuana. Pensaron que él los había engañado y le dispararon en la cara. La reacción que tuvo su amigo le salvó la vida. La bala le pasó rozando en el cuello. Después de eso se alejó del negocio, pero su cicatriz es el recuerdo que le quedó.

No supe si me lo decía como una amenaza, pero si necesitaba un recordatorio de lo que estaba en juego, Charlie acababa de dármelo. A pesar de las implicaciones, Charlie era un hombre que simpatizaba a todos y yo estaba preparado para ayudarlo. Lo había educado su madre, quien había huido de Cuba con sus dos hijos. Él era lo suficientemente inteligente como para tener un trabajo legal pero, como muchos chicos cubanos exiliados que crecían en Miami, cayó en el mundo de las drogas porque éste le ofrecía un camino corto a la riqueza.

En eso podía identificarme con él. Cuando accedí a ayudar a Ed con su efectivo, pude darme cuenta del potencial para ganar 10 mil dólares a la semana como mínimo, es decir, diez veces más los 2 mil a la semana que había estado ganando legalmente como abogado. Después de usar ropa sobrante del ejército cuando viví un tiempo con Andre, ahora podía vestirme con trajes caros, consentir a Monique con cenas en restaurantes elegantes y pagar todo lo que quisiéramos con efectivo. Dejé 10 mil dólares en efectivo en casa para emergencias y escondí el resto en mi cuenta a nombre de José López en Anguila.

Charlie tenía muchos contactos e, incluso entonces, me percaté de que era lo suficientemente ambicioso como para no conformarse con ser el lugarteniente de Benny por demasiado tiempo. Tenía su propio efectivo y quería un lugar seguro para esconderlo. Escuchó atentamente los consejos que le di. Se estaba convirtiendo en un pez gordo, pero su cabeza estaba bien puesta. No era un *cowboy* dispuesto a morir. Me di cuenta de que una parte suya envidiaba la decisión de su hermano de haber abandonado el negocio, y sabía que si ésta era la única vida que conocía, tenía que sacarle el mayor provecho posible.

Después de verlo, analicé el negocio en cuestión. Si Charlie quería sus propias compañías en Anguila, yo podría usar el viaje para registrar también el barco de Ed.

Tuve el tiempo justo para pasar a la oficina y recoger los papeles del caso de Lady, el policía, antes de presentarnos en la corte muy cerca de ahí. Cuando llegué los elevadores no servían, y subí con esfuerzo maldiciendo al mantenimiento del edificio en cada escalón.

Un abogado sudoroso a quien le faltaba el aire saludó a un funcionario nervioso afuera de la corte. Él había supervisado un desalojo particularmente desagradable de emigrantes cubanos, cuando desapareció un mueble.

Los cubanos lo acusaron de habérselo robado: no tenía valor monetario alguno, pero al parecer era una antigüedad de la familia. El policía declaró que solamente había sacado el mueble para obligarlos a salir de la casa, pues no pensó que fuera algo valioso.

Insistía en que se trataba más bien de un error que de un delito.

Aunque era obvia su culpabilidad, accedí a ayudarle, primero como un favor para Monique y, segundo, porque le daba credibilidad a mi práctica como abogado legítimo y, tercero, porque tenía curiosidad de ver cómo era defender a un policía por un cargo criminal.

Ya había descubierto que el área de asuntos internos de la policía no veía con buenos ojos que un abogado civil manejara un caso suyo, y no parecían entender que cualquier medida disciplinaria tenía que esperar hasta que terminara el caso en la corte. Había estado en una audiencia de la corte con Paddy y le aconsejé que doblara las manos y que se congraciara con el juez. Ese día se dictaría su sentencia.

Cuando esperábamos a que nos llamaran a la sala, era evidente que el juez se tomaba mucho tiempo procesando a vendedores de droga de poca monta. Cuando terminó con una sucesión de pobres diablos que abandonaban la sala, mi cliente se volvió hacia mí para decirme:

—Toda esta gente es escoria —murmuró—. Todos los crímenes que enfrentamos se reducen a las drogas. Asesinatos, robos, asaltos, tiroteos, todo por las drogas. Deberíamos colgarlos. Esta ciudad quedaría limpia de un día para otro.

Lo decía en serio. Había un desprecio real en su cara. Me encogí de hombros sin mirarlo sintiendo que me sonrojaba.

No tenía idea de que su abogado, el hombre sentado junto a él, ayudaba a financiar las compañías que él despreciaba. Pero eso no impidió que me inundaran unas oleadas de culpabilidad. Gotas de sudor me cubrían la frente y nada tenían que ver con la sala calurosa ni con la pronta retirada que yo tenía que hacer.

No podía pensar en nada que decir que fuera remotamente convincente.

El guardia de la corte anunció la llegada del juez.

Me salvó la campana… o la justicia.

Después de una vehemente petición de indulgencia de mi parte, de golpe, el juez puso como ejemplo al policía y lo dejó libre con una multa; buen resultado, aunque después el sistema buscaría dar de baja su certificación como policía.

Aliviado, Paddy me dio un apretón de manos entusiasta afuera de la corte. El pánico había pasado y me mostraba su gratitud, pero yo tenía que estar en Shenandoah, al otro lado de la ciudad, para mi cita con Andre, así que me disculpé y me fui.

Mi amigo se echó a reir cuando me vio agobiado por el trabajo. Mucho habían cambiado las cosas desde aquellos días en que pasábamos el tiempo juntos, cuando nuestra única preocupación era quién prendería la parrilla para asar la carne.

—Tienes mucha demanda —dijo cuando lo puse al corriente de cómo había ido mejorando mi negocio—. Los estás legalizando. Es perfecto.

—Sólo lo hice para ayudar a Ed —expliqué—. Quién sabe en qué termine todo esto.

—Disfrútalo, amigo —sonrió Andre—. Pero ten cuidado. —Se recostó—. Este puede ser un juego muy lucrativo, pero recuerda, no confíes en nadie. Ed será el primero en darte la espalda si la cosa se pone fea.

—No puedes decirlo en serio —miré a Andre—. ¿No estamos todos en esto? Unidos no caeremos...

—...Pero divididos sí —contestó—. Sólo quiero que tengas los ojos abiertos.

—Eso suena a una amenaza.

Movió la cabeza.

—Sólo es un consejo, amigo mío. Ven, hay alguien que quiere verte.

David Vanderberg no podía ser lo más opuesto a un narcotraficante aunque lo intentara. Era un químico graduado de Dakota del Norte quien había dado la espalda a una carrera convencional —y yo me identificaba con ello— para desarrollar una forma de metedrina particularmente potente, o metanfetamina, desde su granja orgánica.

Sentado con orgullo explicándome su rechazo al uso de pesticidas en la granja que tenía con su esposa Mary, no se daba cuenta de la ironía que había en preparar un estimulante artificial para venderlo y obtener ganancias. Me sorprendió cómo el negocio atraía a gente de todas las áreas: abogados, doctores, contadores o científicos, todos ellos atraídos al juego, ya fuera como participantes o, incluso, como lavadores de dinero.

Como ya había hecho antes con algunos proveedores, Andre organizó la distribución de las sustancias y repartía su parte de las ganancias a David.

El químico quería colocar algún dinero fuera del país. Era fácil y era alguien a quien fácilmente podía añadir a mi creciente lista de clientes.

—Vas a estar aquí para Año Nuevo, ¿verdad?, —gritó André mientras me iba.

—Cuenta con ello —respondí antes de subir al auto para acudir a mi última cita del día.

La cita era con Ed. Desde el momento en el que entré a su casa, me di cuenta de que estaba tenso. Sus ojos estaban rojísimos y parecía que había estado haciendo demasiadas pruebas del producto que se encargaba de vender. Desde su primera entrega de marihuana, se había extendido al ramo más lucrativo del negocio que era el polvo blanco. Pude notar que estaba muy nervioso.

—Eres un hombre muy ocupado. Me da gusto por ti —dijo como si tratara de ser amable, pero me di cuenta de que había algo raro—. He estado tratando de localizarte desde hace unos días.

Parecía un poco molesto.

—Bueno —dije—, desde que llegué de Anguila todos tus amigos quieren lo mismo, compañías en el extranjero, cuentas de banco. Tú lo comenzaste.

Traté de reír.

—Sí —contestó pero parecía distante. Parecía más estresado de lo normal. Se veía demacrado y su confianza acostumbrada había disminuido—. Trajimos un barco hace dos días, pero la aduana está husmeando —dijo, como si se anticipara a una pregunta mía—. Por el momento, no es seguro traer la droga. Kelly encontró unos posibles barcos en Fort Lauderdale, y necesito que alguien me haga una pequeña investigación. ¿Conoces a alguien? ¿Alguien en quien pueda confiar?

Inmediatamente pensé en Samuel Matthews.

—Sí. Es un supervisor que me ayudó con unos barcos para Benny.

—Muy bien —dijo Ed sin mirarme siquiera—. Escucha, Ken: estoy muy contento de que las cosas vayan muy bien contigo. Pero recuerda que fui yo quien puso a toda esta gente en tu camino. Tu lealtad es conmigo.

—No es una cuestión de lealtad, Ed —contesté—. Si alguien viene conmigo y tiene problemas, yo sólo trato de ayudar. Eso es todo.

Le expliqué que mientras más pesquisas hiciera, más se beneficiarían todos y le conté sobre los registros de Delaware.

No me escuchaba. Quién sabe por qué estaba tan de mal humor, me despedí y me fui a casa. Ya tenía demasiado por qué preocuparme. Pero en el auto comencé a enfurecerme.

¿Esta arrogancia se debía al éxito? Yo había legalizado su pequeño imperio. Tal vez había nacido con una cuchara de plata en su boca y esperaba que todos se tiraran a sus pies.

Tenía tantas cosas encima como para preocuparme de los problemas de Ed. A la mañana siguiente, necesitaba empezar a planear mi siguiente «operación maleta» al Caribe.

Estaba en mi oficina justamente haciéndolo, cuando sonó el teléfono. Era Charlie.

—Quiero que conozcas a alguien. ¿Tienes tiempo a la hora de la comida?

—Claro. ¿Quién es? —Pregunté.

—Te explico cuando te vea. Es un pez muy gordo. Si haces un buen trabajo, puede ser muy lucrativo... para todos.

—Suena muy misterioso.

—Nos vemos en el Red Snapper a la una y media.

Mi regla de aceptar solamente a nuevos clientes acompañados personalmente por quiénes los recomendaran no era completamente segura, pero era una manera de evitar que un agente encubierto se presentara como recomendado. No sabía quién vigilaba ni a quién vigilaban, pero necesitaba protegerme.

El Red Snapper era un restaurante frente al mar cerca de la marina, muy popular entre narcotraficantes, sobre todo después del atardecer.

A la hora de la comida, acudía una clientela de negocios y era el lugar perfecto para hablar de cosas no muy legales.

Llegué y encontré una mesa. Poco después llegó Charlie, solo.

—¿Dónde está tu compañero?

—Ya viene en camino. No tardará.

—Y, ¿quién es?

—Se llama Bernard Calderón —dijo Charlie haciendo una pausa como dejando en el aire el apodo de alguien que yo ya conociera.

Mi mirada fría lo contradijo.

El mayor traficante de cocaína de Miami, me dijo. Pude detectar la admiración en su voz. Bernard, originario de París, había vivido en Vancouver por algunos años antes de venir a Miami. Tenía una compañía de barcos en Miami Beach llamada Barcos y Naves de America, BNA. Ya había visto el logo.

Charlie estaba a punto de explayarse en los detalles de su historia cuando nos distrajo el sonido ensordecedor de un motor afuera del restaurante.

Era un Jaguar XKE azul, convertible, sin capota, que estaba entrando al estacionamiento. En el asiento del conductor había un hombre muy bronceado entre 40 o 50 años; empezaba a quedarse calvo. Cuando bajó del auto, me pareció que su delgada figura le daba un aspecto muy saludable.

Junto a él, en el asiento del copiloto, venía una joven mujer asiática cuya belleza cortaba el aliento; era delgada y morena, y cubría sus ojos con unas gafas oscuras enormes.

—Ese es Bernard —dijo Charlie en voz baja. Como si leyera mi mente, añadió—: esa es su esposa.

La pareja se abrió paso en el restaurante y nos levantamos de la mesa para saludarlos. De cerca, el francés parecía más bronceado que saludable y su nariz aguileña y facciones finas hacían pensar que su apariencia no fue lo primero que atrajo a su despampanante compañera.

—Bernard, este es Ken, nuestro abogado —nos presentó Charlie—; Ken, este es Bernard, y su linda esposa, Tao.

Nos saludó a la europea, con dos besos en la mejilla, y Bernard me dio un apretón de manos tomando mi mano entre las suyas con una emoción exagerada.

—*Monsieur* Rijcock, es un placer conocerlo —dijo, con un fuerte acento francés que me hizo preguntarme cuánto tiempo habría vivido en Canadá.

Nos sentamos, comimos y muy pronto este hombre me pareció encantador y simpático. Nunca se habría pensado que fuera un narcotraficante y la mente maestra de una operación multimillonaria. Hablaba como hombre de negocios, no como narcotraficante. Por momentos incluso olvidé la razón de nuestra reunión.

—*Monsieur* Calderón —indagué—; Charlie me ha dicho que sus negocios son los barcos.

—*Mais oui*. Mi bella esposa —dijo, dirigiéndose a la perfumada Tao, que le sonrió como si lo hubieran ensayado—; su padre fabrica la chatarra china más impresionante en Taiwán. Yo la mando a Miami.

—¿Navegan desde allá?

—*Non, non.* Los barcos se desmantelan y se transportan en contenedores en grandes barcos y se entregan a los clientes en Miami.

—Impresionante —dije yo, mientras Charlie y Bernard intercambiaban miradas y sonrisas.

Sin embargo, después de las cortesías, el francés cambió el tema de la conversación para explicar por qué buscaba mis servicios.

—Quiero que haga para mí lo que hace para Ed, Charlie y todos los demás. Quiero que lleve mi dinero al extranjero y me gusta la idea de esos territorios que usted utiliza en el Caribe. *Monsieur* Rijcock, lo que quiero también es, ¿como se dice? Ciudadanía económica. No quiero solamente cuentas de banco en esos países.

Quiero pasaportes. Tengo entendido que en algunas de estas islas las nacionalidades están disponibles por un módico precio.

Era verdad. Después de lograr su independencia, efectivamente un pequeño país vendía pasaportes baratos. Si alguien compraba un condominio ahí y pagaba al gobierno una cuota de 50 mil dólares, era posible obtener un pasaporte de ese país con la ventaja de convertirse en un miembro de la Mancomunidad de Naciones. Eso significaba que no se necesitaba una visa para visitar otro país de la Mancomunidad, así que con su nuevo pasaporte, Bernard sería capaz de viajar a Canadá y regresar a Estados Unidos con tranquilidad y sin la inconveniencia de tener que tramitar una visa en cada viaje.

Me di cuenta por qué se interesaba. Debido a nuestra relación con Henry Jackson, el Henry Kissinger de la región a quien prácticamente era imposible acusarlo de nada, no vi por qué no hacerlo.

A medida que transcurría la comida, me preguntaba si la razón por la cual se había hecho millonario era un tema tabú. Sin embargo, al final, el francés confirmó a qué se dedicaba y, al hacerlo, hizo gala del extraño sentido del humor de los capos de la droga. Sonrió:

—El negocio está floreciendo, a pesar de la estrecha vigilancia de la Aduana de Estados Unidos, la DEA y la policía —dijo—. Parece que hay mucha demanda para esto. Para mí es como si estuviéramos en el negocio de cultivar papas. A todos les gustan las papas, todos quieren papas; quiénes somos nosotros para negarles sus pequeños placeres, ¿eh?

Reímos.

La comida llegó a su fin con la promesa de que buscaría las respuestas a las preguntas de Bernard y que me comunicaría con él. De nuevo, a resolver más problemas.

Cuando nos despedimos con besos en ambas mejillas y cálidos apretones de manos, no pude evitar sentir que éste sería el principio de una gran amistad.

—¿Qué vamos a hacer en Año Nuevo? —me preguntó Monique cuando crucé la puerta.

—Lo que tú quieras —respondí—. Devon va a hacer una fiesta. Conocemos a muchos de sus invitados.

Devon era un abogado penal con quien compartía la oficina. Después del año que había tenido, en el que mi vida había cambiado completamente, quise desistir de una vez por todas.

La semana antes de la fiesta estaba con Andre cuando me mostró un pequeño bloque de gelatina cortado en pequeños cubos. Sabía que era LSD.

Soltó un silbido.

—Son «ventanales» de ácido, amigo mío. Tienes que probarlo.

Crecí en la época del LSD en los sesenta, pero después dejé de usarlo porque me daba la impresión de que aceleraba el envejecimiento. Pero al verlo ahí, prácticamente haciéndome señas desde la mano de Andre, caí en la tentación una vez más.

Tuvimos un viaje vívido y largo aquella noche, y el efecto era tan bueno que Andre me dio un poco para llevarme a casa. Me imaginé que la noche del Año Nuevo era justo la ocasión para una fiesta de toda la noche. Me tomé otro cubito poco después de llegar. En poco tiempo ya estaba en otro planeta. Recuerdo vagamente que un doctor invitado a la fiesta miraba mis ojos y decía:

—Debes estar bajo el efecto de algún medicamento.

No mame, Doc, pensé al oírlo.

Recuerdo que el Año Nuevo llegó antes de que Mónique decidiera que lo mejor sería que ella condujera. Yo no estaba en condiciones.

Fue la mejor manera de terminar un año brutal. Al caer en un sueño profundo, me preguntaba lo que los siguientes meses me traerían.

DIEZ

SIMPATÍA POR EL DIABLO

DE NUEVO ÍBAMOS POR AIRE. Ed y Kelly de la banda original de Anguilla; Andre, que se nos unió en esta ocasión, y otro compañero de viaje: un guionista de cine neurótico y excéntrico.

Esta vez no íbamos al Sur a los climas cálidos del Caribe. Nos dirigíamos al Este, a las playas de California, a una reunión inverosímil con productores de Hollywood para un extraño proyecto que incluía a los Rolling Stones, un famoso blusero y un estudio de Hollywood.

Cuando Ed propuso la idea de este viaje, pensé que había fumado demasiada marihuana de la que él y su tripulación habían metido al país junto con la coca. Como ya me había contado de su aprecio por los bluseros del Mississippi y del encargo que le hizo el Smithsonian de que conservara para la posteridad la herencia de ese género, se sentía muy interesado en recalcarme la importancia del lugar que ocupa Robert Johnson en la historia de la música.

Johnson fue uno de los gigantes del blues. Su tonada *Cross Road Blues* fue reverenciada por los Stones y Eric Clapton. Murió en

circunstancias misteriosas a la temprana edad de 27 años, supuestamente envenenado con estricnina en una botella de whiskey
emponzoñada que le habría dado un marido celoso, airado de que
el cantante coqueteara con su esposa.

Aunque sólo grabó alrededor de 29 canciones en un lapso de
24 meses, su herencia se extendió más allá del influjo que tuvo en
la década de 1930.

Según la leyenda popular, Johnson hizo un pacto con el Diablo
y le entregó el alma a cambio de un dominio de la guitarra que
ningún mortal pudiera igualar. Obviamente, vender el alma era
una noción con la que podíamos sentirnos identificados muchos
de los que habíamos entrado en el tráfico de cocaína en Miami en
la década de 1980. Su historia daría para una buena película, y es
lo que Ed planeaba hacer.

Bañado de riquezas, buscaba nuevas vías para invertir y había
logrado adquirir los derechos para escribir un guión sobre la vida de
Johnson. Dado lo poco que se sabía sobre la enigmática leyenda del
blues, era asombroso que el guionista de Miami, Gray Allison, hubiera
podido montar una historia. Pero no sólo había hecho eso, sino que
en algún momento le ofreció la opción de comprar los derechos del
guión a los Rolling Stones, que también eran muy aficionados al blues
y a Johnson en particular.

Los derechos expiraron antes de que pudiera hacerse la película;
pero atento a las posibilidades (y con sus antecedentes como hijo
caprichoso de un profesional de Hollywood), Ed vio una oportunidad de combinar sus dos pasiones y llevar la historia de Johnson
a la pantalla grande. Me dijo que estaba a punto de cerrar un trato
y quería conocer a los productores que harían posible la cinta.

Hasta ahí, parecía viable, pero cuando me habló de las personas
que había enlistado para convertir su sueño en realidad comencé a
abrigar serias dudas. Se puso en contacto con dos personas que afir-
maban trabajar con una de las mayores productoras de Hollywood.
Alentado por el tipo de producciones por la que era conocida, Ed
se sintió todavía más entusiasmado cuando estos dos chanchulle-

ros aseguraron que creían poder convencer al cantante conocido como Prince para que representara el papel protagónico. Daba la casualidad que Prince, que por entonces se forjaba una reputación de talento polémico capaz de transitar del R&B a la música comercial, no era mucho más joven que Johnson cuando murió. Cuando Ed se emocionaba con los planes, juro que le veía brillos en los ojos. Estaba loco por el proyecto.

Ed insistió en que quería que lo acompañara. Para entonces, yo me veía como su abogado para todos sus negocios, no únicamente el lavado, y pensaba, qué carambas, que también podía añadir las cuestiones legales del entretenimiento a mi creciente cartera de ejercicios legales.

Primero me envió a Delray Beach, al norte de Fort Lauderdale, para que me reuniera con un especialista retirado a que me diera algunas recomendaciones sobre el mundillo del espectáculo. Una de sus sugerencias fue que leyera la revista *Variety* para mantenerme al tanto de lo que pasaba.

Después nos movilizamos. Primero, sacamos a Gray, perplejo, de su departamento y nos trepamos en un avión rumbo a California.

Por una vez no tuve que esconderle la verdad a Monique. Lo único que hizo fue alzar la vista y considerarlo otro de los planes inviables de Ed para ganar dinero. A veces los traficantes, como todo el mundo, tienen sueños... y pueden pagarlos.

Aterrizamos en Hollywood, con el guionista a cuestas y poniendo nuestro mayor esfuerzo por parecer legítimos empresarios de Miami, con trajes *nice* y lentes oscuros. Nos quedamos en un hotel de lujo de Beverly Hills. Tuvimos problemas para hacer que se levantara el guionista para nuestra junta matutina, porque acostumbraba dormir con máscara para ojos y tapones para los oídos. Era un tanto extraño.

Cuando llegó el momento de conocer a los productores, se hizo evidente que haría falta un milagro para que el proyecto despegara del suelo. Después de presentarnos con los dos hombres en su oficina en la Pacific Coast Highway, le dije a Andre en un susurro:

—Estos sujetos parecen más estafadores que productores.

Los tipos listos bien podrían haber salido de Miami Vice, de tanto que parecían marihuanos ordinarios. Cierto que hablaban con estilo y soltaban las interjecciones oportunas, y Ed salió de la junta sintiéndose lleno de energía y convencido de que el proyecto iba a materializarse. Yo tenía mis dudas, pero quería mostrarme optimista.

En la reunión, que duró todo el día, barajamos ideas sobre quién actuaría qué personaje y Ed se entusiasmaba más y más. Los productores anticipaban que una banda sonora en la que Eric Clapton, los Stones y otros interpretaran canciones de Johnson sería más redituable que la propia película. Accedieron con gusto a todas las peticiones de Ed, que se reducían básicamente a que apareciera su nombre como «Productor Ejecutivo» en los créditos.

Después de horas de darle vueltas a los detalles, la junta terminó con la afirmación de ellos de que sus abogados redactarían el contrato y nos lo mandarían al Este para que lo firmáramos. Ed y Kelly se fueron a Rodeo Drive a celebrar con una juerga de compras en tiendas de diseñador. Luego, nos fuimos a Sunset Strip a una parranda de toda la noche.

Tuvimos que levantarnos temprano para tomar el avión de vuelta a Miami. Dejamos al guionista en su casa de Coconut Grove. En el camino, Ed quiso que imagináramos nuevas ideas sobre cómo limpiar su efectivo sucio y nuevas maneras de evitar la detección de los agentes aduanales y la guardia costera, cada vez más vigilantes.

Entonces hice una sugerencia para otra treta que pretendía aprovechar para Ed y mis otros clientes.

—¿Recuerdas ese contador que te recomendé para que pusiera en orden tus impuestos?

—¿Quién? ¿Ese Lewis algo? —Ed parecía aburrido.

—Sí —le dije—. Es posible que tenga un método para legitimar parte de tu dinero sin tener que sacarlo de Estados Unidos.

Ed prestó atención.

—Te escucho.

Le dije que Lewis tenía clientes que vendían productos alimenticios en volumen. Tenían grandes existencias de productos y enormes equipos de ventas para desplazar los bienes. Casi todas las operaciones se hacían en efectivo. El jefe de esta empresa —a cambio de jugosos honorarios— se ofrecía a contratar como vendedores a parte de los miembros del equipo de Ed. Los nuevos empleados ganarían únicamente comisiones.

En realidad, los empleados nunca se presentarían a trabajar, pero en los libros aparecerían como si fueran vendedores muy prósperos. Durante un año, los recién contratados harían ventas por todas partes. Los registros de sus ventas serían ficticios, pero estarían cubiertos porque la empresa tendría suficientes existencias. Parecería que los vendedores del cliente eran extraordinarios.

Hasta podría ser que parte de las ventas se hicieran al extranjero, a compañías fantasma en países del tercer mundo, donde es muy difícil llevar registros convenientes.

La empresa pagaría la comisión sobre las ventas y el empleado-cliente declararía impuestos sobre las comisiones para tenerlo todo dentro de los márgenes legales. Ed podía meter cuanto dinero quisiera en la empresa para que saliera como ganancias gravables.

—Después de dos años —continué—, hasta podrían usar sus fondos limpios para adquirir un negocio legítimo, como un restaurante, y lavar más dinero por ese medio.

Ed resplandecía.

—¿Dices que un restaurante?

Le lanzó una mirada a Kelly. Ella no dijo nada, pero a cambio le mostró una sonrisa que reveló que se comunicaban en un plano no verbal.

—Es brillante —dijo, enderezándose en su asiento—. Me encanta. ¿Puedes organizar este plan de los vendedores para Kelly y para mí?

—No veo por qué no. Ya se ha hecho. La empresa pasa por tiempos difíciles y necesita la inyección de efectivo para volver a obtener utilidades. Ustedes les harían un favor. —Continué—: Tiene otra ventaja si tú y Kelly hacen esto. Muestra públicamente que tienen un medio de ganarse la vida. Nadie puede cuestionar de dónde sacan dinero, porque está en los libros. Supongo que no les importa pagar algo en forma de impuestos a cambio de esas ganancias escandalosas que obtienen.

—Para nada —dijo Ed—. ¡Bien hecho, hermano!

Le gustaba decir que éramos como hermanos, pero siempre tuve dudas de su aprecio. Me habían advertido desde el principio que él sería el primero en caer.

Se acomodó en su asiento, pero se mantenía calmado apenas una fracción de segundo. Volvió a ponerse serio.

—Muy bien —dijo y se volvió a enderezar—. Podría ser una manera de lavar algo de efectivo, pero ¿qué vamos a hacer con los botes?

Ed me explicó que perdió uno incautado en la aduana. No encontraron drogas, pero bastaba para revelar que estaban llamando la atención. Se sentía preocupado de que si no despistaban a los agentes aduanales, no podrían seguir traficando.

Kelly empezó a hablar.

—Lo que necesitamos es algo que la aduana no toque si abordan los botes; algo en donde no se les ocurra buscar.

Ed asintió con la cabeza. Se produjo un silencio de unos minutos en los que todos tratamos de pensar en una solución.

—Creo que lo tengo —dijo Ed—: equipo de seguridad. —Lo miramos sin entender—. El equipo de seguridad es lo único de un bote que no se manipula. Nadie lo toca. —Nuestra reacción indicaba que necesitábamos algo más convincente—. Si podemos ocultar el equipo en algún elemento de seguridad, como una balsa salvavidas, los agentes aduanales nunca pensarían en buscar ahí. Si nos abordan en el mar, aunque despedacen el bote y no encuentren nada, de todos modos no van a incautar ni a destruir el equipo de seguridad, porque ¿qué pasaría si el bote se hunde en una tormenta? Se meterían en un gran problema. Si pudiéramos crear algo totalmente falso, pero perfecto como almacenamiento, creo que tendríamos una ventaja.

Kelly asintió, se inclinó y le plantó teatralmente un beso en la mejilla.

—Eres un genio.

Andre y yo nos miramos con escepticismo. En la teoría, la idea hubiera podido ser buena, pero nos la imaginábamos funcionando tan bien como sus planes cinematográficos.

Mis sospechas sobre la engañosa película se confirmaron un par de semanas después del regreso de California. Según lo que le abogado retirado me había aconsejado que hiciera, hojeaba el ultimo número de *Variety* cuando detecté una noticia interesante. Dos productores de Hollywood, que habían sido detenidos y acusados de fraude masivo, fueron despedidos de su estudio y ahora enfrentaban una demanda por un millón de dólares.

No hay premio por adivinar quiénes eran los productores.

La noticia fue un golpe para Ed, porque había crecido en Hollywood y soñaba con tener éxito ahí. En alguna medida, yo esperaba que volviera a tentar su suerte con otro estudio y que insistiera hasta encontrar un socio, pero parecía resignado a su destino y lo veía ansioso por seguir adelante.

Era obvio que se necesitaba algo más grande que eso para apartarlo de su ruta. No pasó mucho tiempo para que descubriera su ultimo ardid. Pocas semanas más tarde, me pidió excitado que fuera a su casa. Cuando llegué, me recibió sosteniendo un objeto que parecía un enorme torpedo blanco, con letras grandes y diseños sobre un lado.

—¿Qué es eso? —le pregunté, olvidado de la conversación que tuvimos en el viaje de regreso de California.

—Es la boya Stayfloat —me contestó, como si fuera obvio.

Desde luego, tenía el aspecto de un artículo que se vería en un bote. A lo largo del cilindro había toda clase de insignias y marcas registradas que parecían genuinas, junto con el nombre de los fabricantes de Florida que lo diseñaron.

—Es un aparato de flotación para emergencias —anunció, como si acabara de inventar la rueda. Se llevan debajo de la cubierta; si el barco zozobra en una tormenta, estos cilindros sellados evitan que se hunda y el bote se endereza solo.

—¿De verdad hacen eso? —le pregunté.

Ed me miró con incredulidad.

—Va a estar lleno de coca, pero los agentes aduanales no lo saben. Lo único que saben es que si lo tocan van a reducir las posibilidades de sobrevivir en una tormenta fuerte.

—¿Dónde los conseguiste? —le pregunté con un tono de verdadero respeto.

—Los diseñaron y construyeron para nosotros en una fábrica del distrito industrial de Hialeah. Muy realistas, ¿no?

Tuve que estar de acuerdo. Era impresionante.

—Los voy a guardar en contenedores bajo la cubierta. Los agentes aduanales pueden abrir los contenedores, pero estoy seguro de que cuando vean que son dispositivos de flotación, no van a querer tocarlos.

Vi cómo le daba vueltas al cilindro plástico que llevaba en las manos. Lo acaricie y admiré su brillo, pero tuve que devolvérselo. Si aplicara sus considerables talentos a otra línea de trabajo, bien hubiera podido ser un líder industrial o alguien que marcara una diferencia verdadera para la sociedad. Pero decidió emplear sus destrezas en aumentar las ganancias de los productores de drogas.

Me sonrió.

—Vamos —me dijo al tiempo que me rodeaba con el brazo—. Vamos a tomar algo.

Mientras nos dirigíamos a la cocina, pensé de pronto en que la facilidad con que me revelaba sus estratagemas ponía de relieve la inusitada relación entre abogado y estafador que habíamos llegado a disfrutar.

Hasta antes de conocer a Ed, acostumbraba levantar un muro entre las personas a las que prestaba servicios profesionales y yo. Pero estábamos metidos hasta el cuello en empresas ilegales que comprendían operaciones encubiertas cada vez más innovadoras.

Así como la Mafia se guardaba todo en familia, nosotros nos mostrábamos la misma cercanía y, al mismo tiempo, bloqueábamos a los que pudieran olerse algo: ex compañeros, vecinos, incluso familiares.

Ed me dio una cerveza y chocamos las botellas para celebrar.

—Hay algo más que quiero informarte —me dijo con un aspecto de satisfacción que se extendía por toda su cara.

—¿Qué es? —le pregunté.

—¿Te acuerdas de que dijiste que podíamos invertir en un restaurante?

—No estoy seguro de haber dicho eso; más bien, que podía ser una opción después de lavar parte de las ganancias.

—Lo que sea. De todos modos, es lo que voy a hacer: voy a invertir en mi restaurante. Kelly también. Será nuestro pasatiempo. Piénsalo. Un lugar seguro donde podamos comer, beber o planear nuestro próximo movimiento. Miami nunca ha visto nada así.

Era de una brillantez dudosa, pero en ese momento, Ed creía que paraba las balas con la boca.

—Un restaurante así puede ser un punto de atención para que la DEA y la aduana vigilen todos sus movimientos, pero no es tan mala idea. Es un negocio en el que se puede invertir —le dije— y otra manera de lavar el dinero.

—Eso es lo que me gusta de ti, Ken —me respondió con una sonrisa—. Siempre piensas en el trabajo.

Durante un tiempo Ed y yo fuimos prácticamente inseparables. Nos sirvió para hacer algunas excursiones interesantes.

En todo lo que pudo, la ciudad de Coral Gables, el suburbio acomodado de Miami donde Monique y yo teníamos nuestra casa, celebró la unión con su ciudad hermana, Cartagena, Colombia. Las ciudades están unidas oficialmente por su belleza y elegancia. Pero algo más que tiene en común con Miami la tercera ciudad del hemisferio occidental (después de La Habana y Santo Domingo), aparte de las largas costas arenosas, es la cantidad de cocaína que inunda sus calles todos los años.

Es algo a lo que las autoridades de la ciudad hubieran querido restar importancia, pero mis clientes y yo estábamos ansiosos por explorar Cartagena como destino de fiesta.

En mi primer verano después de iniciar mi nueva carrera como lavador de dinero, y al tiempo que en Colombia se aceleraban los preparativos de las festividades anuales, Ed, Andre, Benny y otros personajes importantes propusieron que fuéramos al festival anual de música caribeña de Cartagena, que se verificaba durante cinco días en dos enormes plazas de toros.

A mí se me ocurrió una idea más novedosa. Me presenté en las oficinas del alcalde y lo convencí de que me nombrara representante oficial de la ciudad para el programa de las dos ciudades. Pregunté si, en mi calidad de funcionario, podía llevar una delegación a Cartagena como embajadores de Coral Gables.

Asombrosamente, se concedió mi deseo y, armado con una bandera oficial de la ciudad y una luminosa proclama, celebramos cinco días. Pasamos las noches despiertos, impulsados por el principal producto de exportación del país. Nos apoderamos de una gran cantidad de cocaína, vendida al precio baratísimo de tres dólares por gramo y, después de conseguir el equipo necesario, preparamos la base libre en la habitación del hotel. Era un truco que había perfeccionado en la cocineta de Andre y muestra hasta dónde llegábamos para darnos un toque extra. En ese entonces, la base libre era la forma de consumir cocaína que causaba más adicción. Era conocida como la droga que había causado al comediante estadounidense Richard Prior quemaduras que lo pusieron en peligro de morir, cuando la fuente de calor que usaba para inhalarla le prendió fuego a su ropa. También era una droga fácil de producir.

Consistía en mezclar cocaína en polvo con bicarbonato de sodio y agua y calentarla en un tubo de ensayo. El resultado era cocaína base, literalmente, el precursor del clorhidrato de cocaína. Debía tomarse inmediatamente.

Un amigo bromeaba diciendo que nunca se ve base libre regada por ahí en la casa de un camarada. Si la tienes, te la inhalas.

La descarga era extremadamente intensa y el consumidor quería repetirla una y otra vez. Otra ventaja, si es que puede llamarse así, era que, a diferencia del polvo de cocaína, no se perdía el hambre. Como para preparar la base libre había que aplicar una temperatura extremadamente alta, a modo de vaporizarla para inhalarla, siempre se corría el riesgo de incendiarse uno mismo o, quizá peor, de prenderle fuego a la habitación. Podíamos estar desquiciados, pero nunca olvidé mi capacitación como bombero voluntario y tenía el cuidado de alejar todo lo que fuera inflamable antes de poner manos a la obra. Lo último que quería en Cartagena era tener que explicar qué hacían cinco cadáveres fritos en una habitación de hotel.

Parrandeamos mucho, pero no nos olvidamos de cumplir nuestros deberes como embajadores, así que visitamos al alcalde de Cartagena y le presentamos el documento.

Estoy seguro de que si el alcalde de Coral Gables hubiera sabido que sus diplomáticos oficiales eran, de hecho, unos narcotraficantes y su abogado, lo habría pensado dos veces antes de avalarnos, pero era una prueba de la facilidad con que mis clientes y yo podíamos deslizarnos entre la sociedad estadounidense común y el mundo de la ilegalidad.

La pasamos muy bien, y cuando llegó el momento de volver, decidí que sería bueno llevarme un par de botellas del ron blanco Tres Esquinas, que no se conseguía en Estados Unidos. Tres Esquinas era notable por su botella triangular. Le regalé una botella a Tony, uno de los acompañantes de Ed que, al igual que yo, había estado en Vietnam. Pasé por la aduana sin incidentes, pero Tony no tuvo tanta suerte. Todavía en malas condiciones por la juerga excesiva, lo apartaron de la fila. Sin duda se le había olvidado la botella de alcohol que iba dentro de su mochila y, cuando los funcionarios la abrieron, el aroma punzante de una botella de licor rota les llegó instantáneamente.

El agente aduanal le preguntó:

—Dígame, señor, ¿cuál fue el objetivo de su viaje a Colombia? Todavía borracho, Tony farfulló: «Fiesta y el sol.»

Fue entonces cuando descubrió que la Aduana de Estados Unidos no tiene sentido del humor cuando se trata de licores introducidos en el país por viajeros embriagados.

Lo detuvieron doce horas para interrogarlo y esperar a que se pasara la borrachera, lo cual fue una pena, porque nos bajamos del avión para ir directo a otra fiesta. Era una tradición entre nuestra clientela celebrar fiestas de viernes trece. En ese año (1981) hubo tres.

Mientras Tony se deshidrataba en los separos, tuvimos una gran fiesta al aire libre en la casa de Andre. Compramos mucha cerveza de todo el mundo y llenamos chapoteaderos infantiles con hielo, para que estuviera fría.

Hacía cinco días que no veía a Monique. Poco antes había cambiado de puesto, de policía uniformada a empleada de oficina en la división de delincuencia. Al resto de la banda no se les escapaba la ironía de la situación: ahora investigaba las actividades de delincuentes profesionales. Sus nuevas funciones le exigían más horas de trabajo y empezamos a vernos todavía menos.

—Se nota que se la pasaron muy bien —me comentó cuando le narré nuestras hazañas en Colombia—. Me hubiera gustado estar ahí.

—Habrá otros viajes —le dije, tratando de quitarle importancia.

—¡Bah!, tal vez —contestó. Si hubiera estado más atento, habría detectado las primeras señales de que a la par que tratábamos de mantener nuestra vida profesional lo más separada posible, nuestra vida social comenzaba a seguir el mismo camino.

En lugar de eso, tomé otra cerveza y me distraje con la conmoción que causó la llegada de Tony a la fiesta, siete horas después que todos los demás.

Dejé a Monique y corrí para enterarme de sus suplicios. La cerveza seguía corriendo, la música sonaba y como desaparecían una tras otra las líneas de cocaína, no le veía ningún inconveniente a hacerlo yo también.

ONCE

¿PROBLEMAS EN EL PARAÍSO?

«EL PARAÍSO PERDIDO» era el título de la portada.

La revista *Time* es famosa por sus portadas, pero ésta en particular me llamó la atención en el puesto de revistas cuando caminaba en el aeropuerto de Miami.

Mostraba una imagen del «estado del sol» con la leyenda: «El Sur de Florida», en letras resaltadas, como las utilizadas en los folletos de viaje. Al verlas más de cerca, las letras formaban imágenes que a Florida no le habría gustado proyectar al mundo.

Malhechores, algunos de los cuales tuvieron un final prematuro y violento, fajos de dinero y droga confiscada sustituían, aparentemente, a los emblemáticos flamencos, playas y palmeras del estado sureño.

En vez del verde exuberante que habían usado en el diseño de la portada para ilustrar el norte de Florida, en el Sur, sobre mi Miami, se había utilizado un rojo intenso como el de las señales de peligro, y el señor Sol, siempre tan sonriente, mostraba ahora el ceño fruncido.

En las páginas interiores había una imagen de un policía inclinado sobre el cuerpo de un hombre degollado junto a una cartera vacía. Otra foto mostraba una embarcación de alta velocidad cargada con media tonelada de marihuana en Biscayne Bay. En otra foto se mostraba a un grupo de refugiados cubanos que vivían en una tienda de campaña bajo el puente de una autopista.

El sur de Florida se consideraba una región caótica. Al parecer, una epidemia de violencia criminal, una plaga de drogas ilegales y una ola de refugiados de Mariel había inundado el estado, y Miami en particular, como un huracán. El próspero pero un poco soñoliento destino que tanto le gustaba a los estadounidenses jubilados, estaba en peligro de ser destruido por bandas criminales y dinero sucio.

Times hizo un resumen con las estadísticas. En la lista más reciente de las diez ciudades más devastadas por el crimen realizada por el FBI, tres de ellas se ubicaban en el sur de Florida, con Miami en una nada envidiable primera posición. Un poco más abajo, West Palm Beach era la quinta, y Forth Lauderdale ocupaba el octavo lugar. Miami también ostentaba la tasa más alta de asesinatos en Estados Unidos: 70 muertes por cada 100 mil habitantes, y las predicciones señalaban que esa cifra se incrementaría aún más. Alrededor de un tercio de esos asesinatos se relacionaban con las drogas.

De toda la marihuana y cocaína que inundaba a Estados Unidos, aproximadamente 70% se introducía a través del sur de Florida. Se decía que el tráfico de drogas podría haber sido la «industria» más importante de la región, con un valor entre los 7 y los 12 mil millones de dólares, por encima, incluso, de los bienes raíces y el turismo.

Aparentemente, circulaban tantos billetes de 50 y 100 dólares relacionados con la droga en Miami, que el Banco de la Reserva Federal del Estado registraba un superávit de 5 mil millones. El dinero de la droga, señalaba el artículo, era el responsable de corromper a la banca, los bienes raíces, la ley e incluso la industria pesquera, la cual se interesaba más en desembarcar los llamados «meros cuadrados», es decir, sacos de marihuana que se parecían mucho a las escamas de esa especie de pez.

De no tomar medidas, la región entera, señalaba acertadamente *Time*, se iría al infierno sentada en una carretilla.

Me encogí de hombros, enrollé la revista, la metí en mi maleta y caminé hacia el atardecer que estaba por terminar. Acababa de regresar de Sint Maarten en donde había aprovechado otra laguna de impuestos en los paraísos fiscales.

En vez de mi acostumbrado viaje a Anguila, renté un pequeño avión privado para viajar a Road Town, capital de las Íslas Vírgenes británicas y le pedí al piloto, un contacto de Andre, llamado Trevor Gilchrist, que se quedara en el avión. Tomé un taxi que me llevó a las oficinas de un contador llamado William O'Leary. Como socio de Henry Jackson, O'Leary tenía un montón de compañías recién constituidas. Escogí una sociedad limitada,* la adquirí, regresé al taxi, me subí al avión y me fui sin que nadie supiera que había estado en la isla.

Del aeropuerto de Miami, tenía el tiempo justo para tomar un taxi a casa, darme una ducha y cambiarme de ropa para ir directamente a la fiesta que ofrecía Bernard en Miami Beach.

Monique trabajaba como de costumbre, tal como lo hacía entonces; no había nadie en casa y miré de reojo nuestro nuevo BMW negro Serie 3 estacionado afuera, el único indicio de riqueza de nuestra discreta existencia. Por capricho, decidimos que necesitábamos otro auto. Fuimos a la concesionaria y le dijimos al vendedor que le habíamos echado el ojo a un 318i. El vendedor estaba listo para echarnos su discurso de ventas acerca del sistema de pagos, cuando abrí el portafolios y le dije:

—¿No le importa que paguemos en efectivo?

Monique saltaba de la emoción cuando nos dio las llaves; era un privilegio que enmascaraba las imperfecciones de nuestra relación.

---

* Sociedad o empresa anónima sin actividad comercial que ha sido creada para acumular años y, posteriormente, ésta se vende. *(N. del E.)*

—Es grandioso —dijo con una amplia sonrisa. Ella sospechaba ya la fuente de financiamiento de nuestro nuevo estilo de vida, pero quiso hacerse de la vista gorda. No estaba seguro de cuánto tiempo podría ocultarle toda la verdad, pero estaba agradecido de que no hiciera preguntas.

Ella no era la única que no hacía preguntas. Todos en Miami estaban en el mismo juego. Hasta el vendedor de autos, quien felizmente acababa de vender uno de sus autos para ejecutivos, también estaba en el juego. En circunstancias normales, él debería haber reportado un pago sospechoso, pero estaba feliz de tomar el efectivo, sin preguntar nada. Había ofrecido un plan de préstamo para disimular recibiendo el efectivo debajo del agua, pero yo no quise aceptarlo.

Me cambié de ropa y miré en el fondo del clóset. El efectivo se desparramaba de unas maletas en fajos de 100 dólares. Parecía como si hubiera robado la Reserva Federal. Me pregunté cuántos de esos billetes estaban contaminados por la droga, como decía el artículo. ¿Todos lo estaban?

El trabajo de Monique era la excusa que podría dar por ir solo a la fiesta de Bernard, pero la verdad es que ella había dejado en claro que no quería ir. Ella no conocía al francés, pero sabía suficiente acerca de los intereses de sus negocios como para entender que lo mejor sería que se mantuviera al margen.

—No tengo idea de quién irá —había dicho unos días antes, cuando le pregunté si iría conmigo—. Y no quiero saber.

Así que llegué solo a fiesta de Bernard justo cuando la fiesta comenzaba a entrar en calor. No era el mejor ambiente para una policía como ella, pero muchos colegas de su brigada habrían dado cualquier cosa por estar ahí.

Era una galería de rufianes, traficantes y distribuidores de toda Norteamérica y Cuba. Las líneas de cocaína se preparaban en una mesa de cristal. Charlie estaba ahí con su gente y unas amigas, y en cualquier dirección que se mirara, había hermosas jóvenes pasando el rato con los traficantes como si fueran estrellas del rock. La champaña se enfriaba en hielo y había cerveza en la bañera, la música estaba a todo lo que daba y las habitaciones estaban llenas de gente con intereses en el negocio.

Al mirar la casa detrás de mí, reflexioné en lo que Monique había dicho acerca de la gente con la que yo pasaba casi todo el tiempo, o para quienes yo trabajaba. ¿Eran clientes, amigos, semiclientes? Las líneas se habían borrado y yo ya no estaba muy seguro.

Poco después de haber comenzado el despacho de abogados de la gran ciudad, el jefe de la DEA en Miami había dicho que había abogados defensores y abogados penalistas. De cualquier forma que quisiera disfrazarlo, yo me había convertido en un abogado penal, completamente comprometido a tomar el dinero de mis clientes y lavarlo.

La vida era un conflicto constante. Por un lado, yo era un abogado practicante, hasta representaba a policías, como si fuera un ciudadano normal en la comunidad. Pero el otro lado de la moneda es que, secretamente, también representaba a personas que eran criminales profesionales. Mis privilegios como abogado ya no significaban nada.

No sé por qué estaba pensando en todo esto. Tal vez ese artículo me había sacudido y había puesto sobre la mesa algunas verdades.

Fue Bernard quien me sacó de mi estado contemplativo.

—Kenneth. —Se acercó a mi con dos vasos de alcohol fuerte, me dio uno—. Amigo, ¿cómo te fue hoy?

—Bien. Todo fue tal como lo pediste.

—*C'est magnifique.* Vamos a celebrar. Parece que te vendría bien un trago.

Regresamos a la fiesta. La verdad es que para entonces, mi negocios con Bernard se acomodaban perfectamente con el trabajo que hacía también para los capos. Había registrado compañía tras compañía en Anguila para él y sus socios como fachadas para los barcos que utilizaban para traficar cocaína y marihuana.

Prácticamente cada semana tenía más fondos para que yo los invirtiera en cuentas en el extranjero, o para financiar el registro de compañías en el exterior. En Anguila, los dólares estadounidenses podían cambiarse por cheques de la cuenta de Nueva York, es decir, cheques de la cuenta en Manhattan a través del banco corresponsal en la isla. Bernard enviaba esos instrumentos a una cuenta corporativa en Panamá. Después el dinero iba a lugares como China y Francia. Es decir, yo podía incluir sus operaciones en los viajes que yo hacía a Anguila para Ed, Benny o Charlie, quien cada vez más trabajaba por su cuenta.

Todo había llegado a un punto en el que yo llevaba a cabo tantas tareas para diferentes clientes y sus socios, que ya era posible mezclar los negocios entre las empresas constituidas para diferentes grupos de clientes. Si algún grupo necesitaba un cheque de caja por 500 mil dólares y otro cliente mío tenía un fondo en el extranjero que necesitara repatriar a Estados Unidos, en efectivo, la solución era muy fácil.

Lo llamé «el intercambio». Yo adquiría el cheque en los paraísos fiscales del Caribe para un cliente utilizando los fondos de otro cliente. Una variante era que los fondos que un cliente quisiera repatriar a Estados Unidos, los pagaba con el dinero de otro cliente que necesitara enviar los suyos al extranjero.

Viéndolo así, era muy ingenioso, porque no estaba transfiriendo fondos a ningún sitio. Ni siquiera se exponía a nadie y no había riesgo de perder el dinero.

Tenía poco tiempo de haber logrado incluir trabajo legítimo en mis viajes a los paraísos fiscales. Ray Stevens era un hombre de negocios estadounidense quien se había mudado a las Antillas Holandesas y era propietario de un condominio de lujo en Brickell Quay en Miami que yo le había ayudado a adquirir. Sus circunstancias cambiaron y cuando tuvo que regresar a Estados Unidos, rentó la villa a una pareja. Después de un par de meses sus inquilinos huyeron abandonando la propiedad. Ray me pidió que fuera a verificarla, lo cual era fácil porque de todas maneras me dirigiría ahí para el viaje acostumbrado de los negocios de George y de otros clientes.

Después de concluir mi actividad ilegal del día, fui a inspeccionar la hermosa propiedad frente al mar. Aunque todavía se encontraba en un estado razonable, hubo dos cosas que me llamaron la atención. Un pequeño clóset repleto de ropa de camuflaje y un equipo de radio y navegación que sólo podría provenir de un avión. ¿Acaso sería una casa que había sido utilizada como una propiedad «fachada» de un cartel?

Ray se había puesto tranquilo al saber que su propiedad estaba intacta y que pronto la rentaría a un hombre de negocios respetable. Yo entregué el equipo que encontré a la aduana de Estados Unidos, donde prometieron hacer investigaciones. Bueno, no quería que nadie pensara que yo no cumplía con mis obligaciones de funcionario de la ley, ¿verdad?

Y, a fin de cuentas, estaba ganando una bonita suma por mis servicios.

Yo estaba realizando un acto de equilibrismo, y hasta el momento lo estaba haciendo muy bien. Con cada viaje me volvía más osado, con cada estafa quería siempre idear alguna otra mejor.

¿Qué podría salir mal?

Después de que Bernard y yo brindáramos por nuestra exitosa relación de negocios, caminé junto a la mesa y casualmente me preparé rápidamente dos líneas gruesas de cocaína una detrás de otra, después llené mi copa y salí al balcón. La música estruendosa de la fiesta a mis espaldas se perdía en el cielo que se oscurecía. En la bahía las luces brillaban contra el atardecer. La aduana trabajaba a marchas forzadas, pero tratar de detener el flujo de la droga a Miami era como pretender tapar el sol con un dedo.

Sentí cómo el efecto de la coca estallaba en mi cerebro. Todo parecía fenomenal otra vez.

—Ey, ¿qué estás haciendo aquí solo?

Me volví. Era una de las chicas que trabajaba como parte de la tripulación en uno de los barcos que traficaban droga. No tenía más de 25 años; era rubia, tenía el pelo largo y brillante, y estaba vestida para matar: traía una faldita entallada de piel blanca y una blusa *strapless*.

—Sólo estaba tomando un poco de aire.

—Vamos, entra, te estás perdiendo una fiesta muy buena.

Sonrió, me tomó de la mano y me llevó de regreso a la fiesta y sus tacones repicaban en el piso. Siguiéndola bajo el efecto de la cocaína, pensé de nuevo en el artículo de la revista que había visto al bajar del avión.

¿Paraíso perdido? ¿De qué demonios estarían hablando?

DOCE

¿DÓNDE PUSE ESOS CINCUENTA MIL?

—Disculpe, ¿señor Rijock? Parece que hay una discrepancia en la cantidad que desea depositar hoy.

William era un empleado del banco que ya me conocía y, claramente, estaba apenado por importunarme.

—¿En serio? —pregunté—. Qué fastidio. Dígame cuánto falta y yo le daré la diferencia

Había sacado mi billetera y contaba algunos billetes, un poco molesto porque yo o mi cliente no habíamos tenido cuidado al contar. Desde que empecé a lavar dinero, nunca había faltado nada, ni un dólar. Aunque odiaba tener demasiado efectivo encima, a excepción de los cientos de miles de dólares del bolso para mis operaciones regulares a Sint Maarten, por lo general, llevaba conmigo 2 mil dólares para emergencias.

Saqué un fajo y me levanté para darle el dinero. El empleado me miró todavía con preocupación.

—¿Entonces…? —repetí— ¿Cuánto nos falta?

—Mmmh —hizo una pausa—; 50 mil… para ser exactos.

—¿Qué?

No podía creerlo. ¿Qué clase de broma pesada era esa?

—Verifique de nuevo. Tal vez haya cometido un error. O la máquina debe de estar mal calibrada. Esto es imposible.

—Ya lo verificamos, señor Rijock. Usted nos informó que deseaba depositar 300 mil. Sólo tenemos 250 mil. No hay ningún problema con la máquina.

No puede ser, pensé. Hoy no. No, no, no. La ligera molestia que tuve en un principio al cuestionar mi profesionalismo, la disolvió un pánico total. ¿Qué demonios estaba pasando?

Empecé a palpar mis bolsillos y frenéticamente saqué billetes, recibos y otros papeles como si de verdad fuera a encontrar 50 mil dólares en billetes de 100 escondidos por ahí. Abrí mi maleta y aparté la ropa suelta para encontrarme solamente con el fondo el bolso.

Alcé la vista hacia el empleado que estaba de pie, esperando a que le diera el efectivo perdido.

—¿Entonces…? —dije.

—¿Señor?

—No lo tengo. Tiene que haber un error con su máquina. Necesito ver al gerente, algún superior, alguien que pueda aclarar esto.

—Por supuesto —respondió con una especie de gesto de simpatía fingida, como el de un doctor hacia un paciente cuando le dice que no hay nada qué hacer.

Miré con recelo a otros clientes del banco a mi alrededor. ¿Alguien había metido la mano en mi bolsillo o en la maleta en un descuido?

Sentí cómo subía una oleada de calor. Dios mío, tenía que dejar la coca. Me estaba volviendo paranoico.

¿Y si no era la coca? ¿Y si alguien había echado mano de ellos? Era ridículo, nunca perdí de vista el efectivo. Además, ¿cómo podía alguien haber extraído sólo un poco y no todo el dinero?

Con todo, mi dosis casi diaria no era de mucha ayuda en momentos como éste.

Me quedé mirando el piso y comencé a caminar hacia atrás desde donde me encontraba, como si tratara de no alterar la escena del crimen. Busqué la puerta, pero era disparatado pensar que habría un camino de billetes en la calle, como si se hubieran caído por un agujero de mi bolsillo.

Un momento... ¿no perdí de vista el efectivo? Bueno, sólo cuando lo escondí en el conducto de ventilación sobre el lavabo del baño en mi habitación del hotel.

Esto no podía estar pasando. Miré el reloj; aún no eran las 10 de la mañana. Entre los papeles que había sacado de mi bolsillo, estaba todavía la llave de la habitación. Aún no la había dejado libre. ¿Tendría tiempo suficiente para regresar al hotel e inspeccionar la habitación antes de que llegaran las camareras?

Deposité el dinero que llevaba y regresé al hotel.

Me abrí camino entre los transeúntes hasta llegar al bote taxi tratando de averiguar qué había sucedido.

Éste no había sido un viaje ordinario a Sint Maarten. Cierto, la ruta era la misma, la rutina del depósito había sido la misma y el tiempo de estancia había sido el mismo. Pero ésta había sido la primera vez que trabajaba en representación de un nuevo cliente.

Mi mente regresó a la fiesta de Bernard en su condominio frente al mar en Miami Beach justo unas semanas antes. En esa fiesta descubrí cómo funcionaba la «pequeña» operación de Bernard. Observé con asombro cómo se acercaba a cada uno de sus socios en turno y les murmuraba en español:

—*Tengo un regalo para usted.*[*]

Yo entendía español, pero no el código. Charlie lo descifraría.

—Eso quiere decir que tiene chatarra china en camino a Miami.

—¿Qué? —pregunté ingenuamente— ¿Toda esta gente utiliza chatarra tradicional?

Charlie sonrió y me explicó. Cuando los barcos pasaban por el canal de Panamá, éstos recogían carga. Cuando llegaban a Miami, los traficantes no sólo obtenían sus barcos, sino también cargamentos de la mejor droga colombiana. Eso significaba que Bernard tenía

---

[*] En español en el original. *(N. del E.)*

nuevas reservas para vender. «En cada barco», dijo Charlie, «puedo llevar hasta 10 millones de dólares de cocaína o más.»

Solté un silbido.

Más tarde, aquella noche, Bernard me había presentado a otro narcotraficante. Alain Lacombe quien era franco-canadiense como Bernard, un poco más viejo y más gordo, y enseguida tuve la impresión de que también haría numerosos negocios con él. Como Bernard, se conducía como todo un hombre de negocios. Nuestro anfitrión había hablado maravillas de mis cualidades como abogado que podía lavar dinero sin dejar el menor rastro.

Lacombe sugirió que quería hacer una prueba con la moderada cantidad de 150 mil dólares para abrir una cuenta en el extranjero. Bernard también me había dado 150 mil para realizar algunos registros de barcos y algunos depósitos. Todo había sido muy fácil, y era sólo un ejemplo del tipo de clientes que yo adquiría casi mensualmente.

¿Acaso había perdido 50 mil dólares del dinero de un cliente nuevo? ¿Qué implicaría esto en mi relación con Bernard?

Nunca me había quedado en ese hotel, de propietarios holandeses, pero con frecuencia pasaba frente a él en camino a mis sitios acostumbrados y decidí probarlo.

El viaje de regreso me tomó una eternidad. Llegué al muelle y me encontré con que no había un solo bote taxi. Normalmente, hacían fila.

Mientras caminaba de un lado para otro, retrocedí dos días. ¿Había contado el efectivo? ¿Me había cerciorado de separar los fajos de billetes?

Tanto el dinero de Bernard como el de Lacombe se había empacado cuidadosamente en bloques de billetes de 100 dólares. Como rutina, les había quitado las ligas y las envolturas, pero sin deshacer los bloques. Siempre me deshacía de cualquier objeto sólido para evitar que los detectores del aeropuerto encontraran algo.

¿Qué explicación podría dar de todo esto? Y, por si fuera poco, mi agitación aumentó en el trayecto de Anguila a Sint Maarten.

—136—

Un turista intentó hacerme plática. Normalmente disfrutaba estas charlas con desconocidos porque me parecía que así se disipaba cualquier sospecha de los agentes encubiertos de la DEA. Ese día, yo traía muy mala cara.

—Anímese, amigo —dijo el turista de edad avanzada.

Seguí con mi mala cara. Creo que lo pensó mejor.

De regreso a la habitación, tomé una silla que estaba junto al armario, la llevé al baño y desatornillé la rejilla del ducto de ventilación.

Me asomé por el ducto de acero. Nada. Estaba vacío. Metí el brazo en el ducto y busqué a tientas en la oscuridad. Nada. Por la prisa, la noche anterior, ¿habría empujado algunos billetes hacia la esquina del ducto? Bajé, me dirigí al armario y saqué un gancho para la ropa. Rápidamente improvisé una vara con un gancho en un extremo, subí de nuevo y busqué en las esquina del ducto de ventilación. De nuevo, nada.

Bajé y me senté en la cama. Por enésima vez verifiqué mi portafolios, esperando encontrar un escondite secreto que se me hubiera escapado.

Nada. ¿A dónde se había ido el dinero? ¿Cómo iba a explicar todo eso a Bernard, y peor aún, a Lacombe? Una cosa era estropearlo todo con un cliente, pero además sentía vergüenza por hacer quedar mal a Bernard al haberme recomendado con su amigo y que depositara su confianza en mí.

Estaba seguro de que Bernard no me había dado la cantidad errónea. Teníamos muy poco tiempo de haber comenzado a trabajar juntos y, en cuanto a sus depósitos, él siempre había sido de lo más escrupuloso.

Tal vez se trataba de una especie de prueba. Por principio de cuentas, ¿habrían sido realmente 150 mil dólares? ¿Estaría verificando Lacombe que efectivamente se depositara el dinero? Si yo hubiera informado que el dinero se había depositado sin problemas y le mostrara un recibo falso, ¿habría sido una prueba de que yo era un estafador?

Tal vez cuando informara que la cantidad se había quedado corta, eso probaría que yo no era corrupto. Pero al subir al avión de regreso a Miami, supe que no podía admitir haber perdido esos dólares.

Bernard y yo nos vimos para almorzar y, a regañadientes, le conté lo que había sucedido.

Se encogió de hombros.

—¿Es el dinero de Alain?

—Sí. Tu depósito no tuvo problemas.

—Entonces no hay problema —dijo, y siguió comiendo.

Para Bernard Calderón 50 mil dólares eran sólo morralla.

En cualquier caso, él tenía cosas más importantes qué discutir conmigo. Estaba desesperado porque yo arreglara sus pasaportes en Saint Kitts.

—Acabo de regresar de una reunión muy interesante en Panamá con unos colombianos. Fue muy fructífera. Debo asegurar el abasto durante muchos meses en el futuro. Lo que ayudará a tener relaciones sin problemas es entregarles los pasaportes que piden.

Le dije que haría mi mejor esfuerzo para arreglar todo.

Sacó de su bolsillo unos retratos y me los dio. Siguió comiendo y, entre bocado y bocado de robalo, dijo:

—Esta es la gente que quiere los pasaportes.

Eché un vistazo a las fotos. Eran retratos de tres colombianos con pinta de que podrían asesinar a un hermano por unas monedas. Mi corazón se detuvo. Reconocí a uno de ellos. Era un miembro de la familia Ochoa, un lugarteniente importante del cártel de Medellín.

De ahí provenía la cocaína de Bernard. Mis especulaciones sobre la fuente de la droga eran correctas. Yo estaba entre los capos colombianos y tal vez la mafia. *Bien hecho Ken.*

Asentí y tranquilamente puse las fotos en mi portafolios, deseando que Bernard estuviera tan entretenido con su pescado a la parrilla que no se diera cuenta cómo me temblaban las manos.

—Muy bien, déjamelo a mí —fue todo lo que pude decir.

Terminamos de almorzar y cada uno nos dirigimos a nuestros autos. Al ver cómo se alejaba ruidosamente Bernard en su

Jaguar, me senté en mi auto y me detuve a pensar en la que me estaba metiendo.

Además de los hermanos Ochoa, el más notorio del cártel de Medellín era Pablo Escobar. Su imperio se estimaba en cientos de miles de millones de dólares y también era responsable de la muerte de miles de personas, como los que había asesinado Griselda Blanco.

¿Qué pasaría si rehusara su petición? ¿Qué pasaría si el dinero de un negocio en el que estuviera involucrada la familia Cotrone se perdiera? Me las había arreglado para no tener que tratar directamente con Freddie o Enzo, pero ¿y qué tal si ellos eran los verdaderos beneficiarios de la transacción que había organizado a través de Carlos Hernández? Mi vida estaría en la cuerda floja.

Me sentía en el límite cuando conducía a casa. Di la vuelta en nuestra calle y me quedé frío de nuevo.

Afuera de nuestra casa insulsa había dos patrullas. No era inusual ver una patrulla estacionada fuera de nuestra casa; Monique era policía después de todo. Pero había algo que me hizo sentir ansioso. Esos retratos que me había dado Bernard me hicieron ver todo con mucha más claridad.

¿Esas patrullas eran una coincidencia? ¿Sólo eran amigos que visitaban a Monique? ¿No debería ella estar trabajando? Por un momento pensé en seguir conduciendo y seguirme de largo.

Pero algo, tal vez la misma curiosidad temeraria que me hizo entrar a este tipo de vida, hizo que estacionara el coche y, con toda la tranquilidad que pude tener, entré a la casa para ver las vueltas que el destino tenía preparadas para mí.

No era exactamente lo que me temía. Monique estaba sentada en la mesa de la cocina. Junto a ella estaban otros dos detectives.

—Hola, querido —dijo Monique para saludarme con su entusiasmo acostumbrado, se levantó de la silla y me abrazó, dándome un beso—. Esperaba que llegaras pronto. Ellos son Barney y Dan. Quieren saber si puedes ayudarles.

—Señor Rijock —dijo el primer policía extendiendo su mano.

¿No podían los policías dejar a un lado solemnidad?—, Paddy nos dijo que usted hizo un gran trabajo representándolo en su caso. Nosotros tenemos también unos problemas legales y nos gustaría que nos representara.

—¿Eso es todo? —dije aliviado—. Por un segundo pensé que estaba en problemas.

—No, no; nada de eso —dijo el segundo policía—. ¿Acaba de pasarse un alto o algo así?

Todos rieron, incluyéndome; pero me temblaba la quijada.

—Algo así —dije pensando en las fotos que traía en el bolsillo—. Tal vez, sea natural que con sólo verlos a ustedes, muchachos, cualquiera se ponga nervioso.

Resultó que Barney y Dan tenían problemas legales menores, que necesitaban los conocimientos de un abogado y se habían quedado sin nadie que los representara.

Escuché sus historias, les prometí que los ayudaría y los añadí a mi lista de pendientes. Después de todo, un abogado puede darse el lujo de escoger para quién trabaja. Por supuesto que podemos rehusar un trabajo, pero mientras más clientes legítimos pudiera tener, mucho mejor, y qué mejor aval para un despacho de abogados que unos policías. Esto sí podría manejarlo.

Hasta que se marcharon pude empezar a relajarme por primera vez desde el almuerzo con Bernard.

—¿Por qué te quedaste hoy en casa? —le pregunté a Monique cuando nos quedamos solos.

—¿Lo has olvidado? Me tomé la tarde porque John vendrá con Katherine y Luke.

—No, no lo olvidé —mentí—. Pensé que vendrían más tarde.

Los hijos de Monique pasarían las vacaciones de verano con nosotros. Como si la vida no fuera lo suficientemente complicada, ahora actuaría también como padre de tiempo completo de un par de adolescentes. Katherine y Luke eran buenos chicos y agradecí lo estimulante que sería para Monique reunirse con ellos por un periodo relativamente largo.

Llevaba una relación un poco tensa pero civilizada con John, su exmarido, pero había sido muy difícil para ella apartarse de sus hijos mientras trataba de construir su carrera.

Como cada vez nos veíamos menos en aquellos días, no me presionaba para que nos casáramos y, en cierta forma, era un alivio. Mientras me involucraba más y más con el lavado de dinero, se reforzaba más mi actitud de no involucrarnos legalmente con nadie. Si algo me pasara, Monique también sería considerada responsable, perdería su trabajo, la arrestarían o, cuando menos, perdería todo si las cortes decidían seguir el caso hasta recuperar los bienes originados por el delito. Entonces no podía verlo, pero de la misma manera en que ella tuvo que tomar una dura decisión por el bien de sus hijos, yo tenía que hacer lo mismo para protegerla.

Los chicos llegaron aquella tarde y nos comportamos como una familia un poco inusual. Venían a quedarse con nosotros periódicamente, pero esta vez serían ocho semanas intensas de cuidar de los hijos. Para mí era extraño encontrarme en medio de la experiencia de ser papá a la inversa, pues los hijos ya eran adolescentes.

Cualquier preocupación que yo hubiera tenido de que los chicos interfirieran con mi trabajo por quedarse con nosotros, se disolvieron. Ya tenía una rutina bien aprendida para mantener cualquier información comprometedora lejos de Monique, así que tomé las mismas medidas con los chicos.

De hecho, cuando regresaba de mis viajes regulares al Caribe, llevábamos una vida familiar normal. Hacíamos parrilladas los fines de semana e íbamos a los centros comerciales o a Coconut Grove.

Para cualquiera que se le ocurriera meter la nariz en nuestros asuntos, éramos una familia típica: el abogado, su esposa policía y sus dos hijos.

Así que estaba bastante relajado cuando Monique me informó que ella y John habían acordado que Katherine y Luke extenderían su estancia con nosotros indefinidamente, irían a su escuela privada y harían de Coral Gables su hogar permanente.

—Claro —dije yo, evidentemente contento por Monique.
—No se pierde nada con intentarlo, ¿no?

TRECE

SUS HONORARIOS, SEÑOR RIJOCK

CHARLIE LOS HABÍA RECOMENDADO.

Él estaba ansioso por dejar a Benny y a su hermano y poder trabajar por su cuenta. Sin embargo, se había involucrado con los hermanos Martínez, quienes eran un poco más toscos que los cubanos con quienes yo prefería tratar.

Siguiendo mi regla de aceptar a nuevos clientes sólo si otro cliente los recomendaba personalmente, me costó trabajo decir que no cuando Charlie me presentó a Joey, el más joven de los hermanos.

No me percaté entonces, pero Joey era la imagen pública decente de la familia Martínez. Más tarde descubriría en él características que hoy podrían considerarse indicadores de un desorden de personalidad más profundo; su capacidad de concentración era muy limitada, cualquier cosa lo irritaba y, como una especie de prerrequisito en los miembros de su familia, podía explotar con mucha facilidad. Sin embargo, parecía tranquilo, inteligente y dispuesto a escuchar consejos cuando nos conocimos por primera vez.

Aunque eran relativamente jóvenes, al parecer los hermanos tenían una operación impresionante. Su fachada eran los bienes raíces, lo que les permitía echar mano de diferentes casas de seguridad por periodos cortos de tiempo para su tráfico ilegal y moverse de una casa a otra en caso necesario.

Joey era guapo y elegante, hasta podía pasar por un agente inmobiliario ansioso por su comisión. También podía ser encantador. Cuando Charlie nos presentó (después de todo él me había presentado a Bernard), Joey me impresionó porque mencionó en la conversación el tema de Vietnam, pues éste aún ocupaba un lugar en mi corazón.

—Charlie me dijo que estuviste en Nam —dijo. Yo asentí—. Mi hermano Enrique también estuvo ahí. Creo que fue brutal. Regresó convertido en otra persona.

—¿De veras?

Por extraño que parezca, después de haber vivido durante años en una sociedad civilizada que no quiso reconocer que un conflicto armado de 15 años hubiera existido jamás, desde que había entrado a este negocio, todos tenían una historia qué contar acerca de Vietnam.

—¿Dónde estuvo?

—Era *marine*. Estuvo dos años en servicio y al final lo contrató la CIA para algunas operaciones encubiertas.

—¿En serio?

Su historia podía ser verdadera y Charlie respondía personalmente por estas personas, así que no tuve motivo para desconfiar.

Su petición era simple y para mí, muy fácil de realizar. Como muchos otros clientes, él quería establecer algunas compañías en el extranjero y tenía también algunos barcos que quería disfrazar. Era trabajo de rutina arreglar el registro de naves para el tráfico de cocaína de las Bahamas a Florida.

Cuando nos pusimos de pie para marcharnos, vi un destello metálico en su cintura. Traía algo parecido a una pistola semiautomática en sus jeans. Eso no era inusual. Hasta yo escondía una automática .45 en casa para cualquier emergencia, más que nada para protegernos de cualquier robo cuando traía encima demasiado efectivo. Por naturaleza, era precavido con los *cowboys* que ostentaban su pistola como una especie de declaración de machismo. Ese era el tipo de rufián que abriría fuego en una multitud por una venganza, espolvoreando balas en vez de pimienta en los restaurantes. Había intentado limitar mis relaciones solamente a capos inteligentes, aunque con defectos, como Ed, Andre y Bernard.

Cuando estuvimos solos se lo mencioné a Charlie.

—¿Para qué es la pistola? ¿Lo busca la policía?

—No te preocupes —me tranquilizó—. Así es Joey. Le gusta fanfarronear. Perro que ladra no muerde.

Eso me temía.

Terminé el trabajo como lo había solicitado. Habría sido de lo más fácil recoger mis honorarios y que cada quien siguiera con su vida.

Ese era el plan, pero como ya había mencionado al principio de la historia, la realidad era que me encontraba con una bolsa de cocaína pura como pago, no sabía qué hacer con ella y no podía encontrar a André, mi puerto seguro en medio de la tormenta.

Conduje por las calles de Kendall como si tuviera 90 años y diera un paseo dominical. Todo en orden. Sin novedad. Mantener el auto dentro del límite era una dura batalla, pues cada impulso de mi cuerpo pedía a gritos pisar el acelerador.

¿Por qué demonios acepté esa bolsa? Podría haberla dejado ahí. ¿A quién le importaba que no tuviera buenos modales? ¿A quién le importaba que alguien se ofendiera? No era nada comparado con el delito que yo estaba cometiendo en ese momento. ¿Medio kilo de cocaína? Son por lo menos 15 años obligatorios de prisión entre un montón de criminales de carrera. ¡Quince malditos años!

El sudor me escurría por las cejas aunque tenía el aire acondicionado al máximo. Encorvado sobre el volante, mis ojos iban de un lado a otro como flechas en el espejo retrovisor buscando cualquier indicio de una patrulla, o de que alguien estuviera siguiéndome.

¿Cuánto tiempo llevaba ese auto negro detrás de mí? ¿No usaban los agentes federales cristales polarizados? Seguramente son agentes. Pueden haber vigilado esa casa durante semanas. Esos gángsters con pistola seguramente llamaron la atención de los policías, la DEA, el FBI, de todos.

Yo era hombre muerto.

Mantén tu velocidad, me dije. Yo avanzaba lentamente por el carril central respetando cada punto del reglamento de conducir. Era el perfecto conductor aprendiz. Señalaba cada vuelta sin pasar del límite de velocidad. Entonces supe por qué los conductores que entregan cocaína siempre conducen 10 kilómetros por hora por debajo del límite en las autopistas interestatales: para mantenerse lejos de los radares.

Finalmente, me acercaba a Coral Gables. Mi única salvación es que era poco después de medio día. Monique estaba en el trabajo y los chicos estaban en la escuela.

¿Los chicos?

Dios mío. Los chicos. Con toda esta emoción me había olvidado completamente de ellos. ¿Cómo demonios escondería medio kilo de cocaína en la casa sin que nadie pudiera encontrarla?

Me estacioné en nuestra calle. La paranoia se había apoderado de mí por completo. Pasé tres veces frente a la casa para identificar cualquier auto que fuera de la policía o de la DEA que merodeara la casa, antes de recobrar el valor para estacionarme.

Con el motor apagado, me quedé un momento en el auto. ¿Y si hubiera alguien en la casa? ¿Qué explicación daría acerca de la bolsa?

Finalmente decidí enfrentarme a lo que fuera después de todo el plan que había pensado para llegar hasta aquí; bajé del auto. Con toda la tranquilidad de la que fui capaz caminé hacia la cajuela, miré con nerviosismo a mi alrededor y saqué la bolsa.

Hasta parecía que podría traer un cadáver enrollado en una alfombra. Me sentía demasiado expuesto. Y, sin embargo, todo lo que yo hacía era llevar una bolsa perfectamente normal a mi casa. ¿Qué podía haber de sospechoso en eso?

—Hola, ya llegué —dije en medio de una casa silenciosa. Era la primera vez en mi vida que hacía eso.

Qué bueno, no había nadie en casa. Ese simple hecho me habría delatado.

Tal como esperaba y anhelaba, no hubo respuesta.

Como un adolescente tratando de esconder la evidencia de una fiesta en el momento en el que sus padres van llegando a casa, fui de cuarto en cuarto tratando de encontrar un lugar para esconder esta tóxica bomba de tiempo.

Ningún lugar me parecía conveniente. Todos los clósets se utilizaban mucho como para que alguno permaneciera cerrado todo un día. Por un momento, hasta pensé en las habitaciones de los chicos como escondite. Estaban tan desordenadas que no podían encontrar ni sus propias pertenencias. Después me di cuenta de que hacer eso me convertiría en el adulto más enfermo del barrio.

No, el único lugar era debajo de la cama, nuestra cama. Monique muy rara vez echaba un vistazo ahí, e incluso si lo hiciera, pensaría que se trataba sólo del bolso que utilizaba en mis viajes a los paraísos fiscales.

Lo empujé hasta el fondo de mi lado de la cama. Como precaución, puse estratégicamente un par de tenis viejos junto al bolso. Si cambiaban de posición sabría que alguien lo habría encontrado.

¿Estaría seguro el bolso por 24 horas?

Al día siguiente llamé a Andre para preguntar cómo iba el asunto de encontrar un comprador para esta cosa.

—Perdón, amigo. Mi contacto está fuera de la ciudad. Tomará un par de semanas encontrar a alguien que te lo quite de encima. ¿No te importa guardarlo bien por ese tiempo?

—¿Dos semanas? ¿Dos semanas? Esto es Miami. No puedo creer que no puedas encontrar a nadie que quiera medio kilo.

—La gente con la que yo trato maneja cantidades mucho más altas, mi hermano. Nos están haciendo un favor. Todo saldrá bien. Relájate.

—Para ti es fácil decirlo. No tienes a dos adolescentes husmeando en tus cosas.

Andre sólo rió.

—Sí, haz eso.

Eso no estaba en la descripción del trabajo.

Por extraño que parezca, a pesar de los atracones de cocaína que a veces me daba y el gusto de Monique por esa cosa, nunca dejábamos nuestra dotación a la vista. Siendo ella una agente de policía y yo un abogado, no quise darle ninguna razón a la policía para venir, o para usar mejor la expresión, no quise que *husmearan*.

Esa era una de mis reglas de oro. Una regla que se había roto en pedazos.

Pasé dos semanas al borde de los nervios, preocupado de que alguien se topara con el bolso, que lo encontrara y que tratara de usarlo para algo. Lo último que quería era que los chicos se lo llevaran a la escuela o a una actividad deportiva.

Andre cumplió su palabra y en dos semanas encontró a alguien que compraría la cocaína por 10 mil dólares, es decir, lo que se solía pagar en un mercado inundado por la droga.

Fui por el bolso debajo de la cama cuando no había nadie en casa. Justo antes de sacarlo, me detuve.

Espera un momento; no dejé este zapato así, ¿verdad? Parecía que lo habían movido, a propósito. Cuando lo saqué, vi que el bolso estaba a medio abrir. ¿Lo había cerrado bien?

¿Lo habría encontrado Monique? ¿Pensaría que se trataba de dinero de reserva del que podía disponer? El paquete todavía estaba sellado, así que esa idea estaba descartada. ¿Lo habrían descubierto los chicos y tenían miedo de mencionarlo?

Lo único que sabía es que quería sacarlo de la casa cuanto antes.

Después de la venta, Andre contó el dinero que me tocaba de la transacción y me lo dio. Había acordado compartirlo con él. Después de todo, había sido una ganancia inesperada y, si no puedes compartirla con tus amigos, entonces no eres muy buen amigo.

—Ahí tienes, Ken. No estuvo tan mal, ¿verdad?

Le lancé una mirada fulminante.

—No me importa ser un intermediario. Sólo depende de lo que haya en juego —dije.

Andre reía.

CATORCE

LA SALIDA DEL ELEVADOR

ERA JUEVES, UN DÍA COMO CUALQUIER OTRO.

Estaba en mi oficina ordenando mis casos legales para revisarlos el fin de semana para que nada pudiera impedir mi viaje de costumbre. En casa, ya había preparado la ropa que utilizaría después: una camisa hawaiana y unos shorts viejos, elegidos cuidadosamente para mezclarme con los turistas que iban a Saint Maarten.

En mi habitación había un viejo portafolio de piel artificial que nadie notaría, en el cual había empacado 200 mil dólares en efectivo, listos para limpiarlos, lavarlos y, finalmente, invertirlos para mis clientes, sin dejar rastro alguno sobre su origen. El resto del efectivo lo llevaría conmigo, escondido con ingenio.

La única diferencia era que esta vez había una pequeña complicación.

Otro trabajo salió al paso. Tenía que rescatar al capitán de un barco a quien habían atrapado con 800 kilos de clorhidrato de cocaína puro.

Dos días antes, Bernard me había llamado porque tenía un problema.

—Tienen el barco —me dijo—. También a Jean-Luc.

La aduana de Estados Unidos había abordado una de sus naves después de que ésta entró en el río de Miami. Una vez abordo, entraron en el camarote del piloto y descubrieron la droga.

Arrestaron a todos, incluido el capitán de Bernard, Jean-Luc Renoir. Jean-Luc, también francés y carismático, era un leal socio de mi cliente. Sin embargo, desde el martes había comenzado una larga estancia en la prisión.

Esa clase de sucesos era suficiente para poner a prueba la lealtad de cualquiera.

La fianza que fijó el juez era de 12 millones de dólares, casi el valor estimado de la cocaína confiscada en el mercado al mayoreo. La cantidad parecería de lo menos razonable, pero a la corte no le gusta que los narcotraficantes se vayan como si nada hubiera pasado. Entonces, aun si lo hubiera querido, era imposible que Bernard pudiera pagar por su libertad. Por principio de cuentas, ¿quién puede desprenderse de 12 millones porque los tiene a la mano? Además, es necesario demostrar que el dinero se ha obtenido por medios lícitos. A menos que seas un millonario que ha ganado su dinero legítimamente, ¿quién se presenta en la corte con esa cantidad de dinero?

Las instrucciones de Bernard fueron claras:

—Sácalo de ahí —me dijo—. Utiliza cualquier pretexto que puedas. Tendrás una recompensa de 50 mil si puedes ayudarlo.

Entonces Pascale, la novia de Jean-Luc, me llamó. Glamorosa y delgada, a Pascale no le costaba ningún trabajo verse atractiva. Era la novia típica de un hombre que había caído en la trampa del mundo del crimen organizado por una promesa de riqueza interminable. Muchachas guapas que viven rápido para morir jóvenes, con la amenaza del peligro siempre presente. Sin embargo, a diferencia de la mayoría de las novias de los narcotraficantes, no era del tipo de chica que saldría corriendo a la primera señal de problemas, y parecía estar con Jean-Paul en las buenas y en las malas.

Pascale me dijo que Bernard había huido del país, aterrorizado porque la aduana había confiscado el barco y arrestado a Jean-Luc, pues entonces no tardarían demasiado en atrapar a su jefe.

Para mayor confusión, desde su arresto la fianza de Jean-Luc se había reducido, y al poco tiempo al parecer el procurador del estado había retirado todos los cargos. ¿Qué estaba pasando?

Mis instrucciones seguían siendo las mismas. Tenía que arrancar a Jean-Luc de las garras del procurador del Estado a toda costa, pero no sería nada fácil.

Cuando Pascale me dijo que habían retirado los cargos contra Jean-Luc, por un momento me pregunté si la evidencia incautada si tendría que ver. No se trataba de eso. Cuando atrapan a alguien con las manos en la masa, con 12 millones de dólares en cocaína, no hay manera de que salga libre.

Algo olía mal. Normalmente hacen falta 21 días para presentar cargos. Este caso había atravesado el tiempo a velocidad luz. Alguien tenía mucha prisa.

Eso sólo quería decir algo: Jean-Luc tendría inmunidad y lo obligarían a rendir testimonio en contra de Bernard y toda su organización. Si la Aduana rastreaba las drogas y daba con Bernard, entonces podrían atraparme a mí. Esto no era nada bueno.

Bernard había desafiado todos los intentos de la policía, de la Aduana y de la DEA por averiguar quién había estado inundando Miami Beach con cocaína durante años.

Yo había establecido una serie de empresas en el Caribe, y Bernard poseía los registros. ¿Sería esa la belleza de los territorios británicos en el Caribe, más que las playas blancas y las diez horas de sol al día?

Conducir una investigación para averiguar quiénes eran los propietarios de las empresas iba en contra de la ley y se castigaba con multa o con prisión. Siempre pensé que era una disposición legal un poco retorcida, pero brillante a la vez.

Sin embargo, el castillo de naipes se derrumbaba.

Después de que Bernard me llamara, no podía acercarme a Jean-Luc hasta no saber exactamente a lo que me estaba exponiendo. Por un momento, pensé que tenía que quedarme quieto. Con toda seguridad no había manera de que pudiera ayudarlo. No sabía si estaba cooperando con las autoridades, y si me llamaba, no sabría si me estarían grabando.

Yo recibía órdenes de su jefe. Y cuando Pascale me llamó un poco agitada para decirme que estaban retirando los cargos, tenía que intervenir. Tenía que actuar, no sólo como abogado, sino como parte de una conspiración criminal cuyo único objetivo era proteger sus operaciones ilícitas.

Así que el jueves en la mañana, en vez de dejar a un lado mis planes para hacer mi viaje acostumbrado para lavar dinero, me dirigí a la corte en el centro para averiguar qué estaba pasando. Cuando llegué a la corte, ya habían cerrado el caso.

Técnicamente, Jean-Luc era un hombre libre. Eso quería decir que el procurador del Estado lo tenía en su oficina, en un piso de arriba, para otorgarle inmunidad a cambio de su alma… y a cambio de todo lo que supiera de Bernard.

El dilema que enfrentaba Jean-Luc era sencillo: habían retirado los cargos en su contra y no había nada pendiente, pero tendría que rendir testimonio o ir a la cárcel. Pueden dejar a alguien encerrado por años hasta que cambie de opinión y coopere con ellos. Tómalo o déjalo, no había otra opción.

Tenía que actuar muy rápido. Hasta donde yo sabía, si Jean-Luc estaba arriba entrevistándose con el procurador, toda la organización podía volar en pedazos. Así funcionaba: se atrapaba a alguien de los primeros estratos de la organización, se le ofrecía inmunidad y se le utilizaba para llegar a todos los que estuvieran en los estratos superiores. A la inversa del efecto dominó. Por lo general funciona, pero no si el asunto estaba en mis manos.

Cuando llegué a la oficina del procurador, la entrevista estaba por comenzar. Atravesé el gran salón donde tenían a Jean-Luc. Había 15 agentes y fiscales, era como una galería de capos, pero de las autoridades. Frente a Jean-Luc había un montón de fotos y diagramas de barcos.

No hubo presentaciones. Era obvio, por las expresiones de los fiscales, que no me querían ahí. Yo era una presencia incómoda. Tenía el tiempo en mi contra. Dije lo primero que me vino a la mente.

—Soy el abogado de este hombre. No puedo permitir que rinda testimonio.

—¿Por qué no? —preguntó el procurador del Estado con una mirada que me decía que era tan bienvenido como una nube negra en un día soleado—. Le hemos otorgado inmunidad.

Miré las caras que me observaban. Reconocí a dos fiscales federales. Esa era mi oportunidad de ganar un poco de tiempo.

—No puede atestiguar a menos que obtenga protección federal. Todos estos son delitos estatales y federales. Si va a testificar, necesito que le den inmunidad por los delitos federales.

A regañadientes me lo concedieron, pero me estaba quedando sin opciones.

Tuve que devanarme los sesos y después tuve una idea. El problema era que no sabía si funcionaría.

—Este hombre es un ciudadano francés —dije—. Ha vivido en las Antillas francesas y ustedes tienen una agencia de procuración de justicia francesa aquí. Como debe arrestarlo la Sûreté, no puedo permitirle que rinda testimonio, a menos que la ley francesa le otorgue inmunidad por sus delitos.

Mi solicitud los dejó atónitos. Nadie objetó mi argumento. ¿Acaso sería yo el único que sabía que la ley francesa no otorgaba ese tipo de inmunidad? Decidí jugármela con un farol y parecía que había funcionado. Mientras deliberaban, saqué a Jean-Luc de la sala.

Justo cuando todo parecía indicar que podíamos largarnos, hubo una conmoción. El procurador del Estado quería que un juez diera un fallo en contra de mi maniobra. Era el final. Me había vencido.

Todo sucedió a la velocidad de la luz. Fui con el procurador a encontrarnos con un juez, quien seguramente se percataría de mi jugarreta. Pero todavía tenía suerte. El único juez disponible presidía una audiencia en la corte en la cual sentenciaba a un acusado a pena de muerte y explicaba las razones de su fallo.

Si había una circunstancia en la que nunca podías interrumpir a un juez era precisamente en ésta.

El procurador no tuvo otra opción. Jean-Luc era un hombre libre y pudo dejar la sala de audiencias después de haber acordado que yo regresaría al día siguiente para el fallo de la inmunidad francesa. Decir que Jean-Luc estaba eufórico era quedarse corto. Entre traicionar a toda su organización o pasar muchos años en la cárcel cumpliendo su sentencia por haberse rehusado a rendir testimonio, de pronto ya era libre.

Salió de «Guatemala» para entrar en «Guatepeor», sólo que no lo sabía.

Sujeté a Jean-Luc y me lo llevé al estacionamiento, lo metí en el coche y nos fuimos. El capitán traía la misma ropa desde que lo habían arrestado dos días antes, pero estaba extasiado. Su libertad había regresado. En diez minutos llegamos a mi oficina, pero yo sabía que de ésta no podríamos zafarnos muy fácilmente. No dejarían de vigilarme ni a sol ni a sombra.

Estaba seguro de que si Jean-Luc hubiera permanecido en esa sala media hora más antes de mi llegada, todo habría terminado. Habrían obtenido lo suficiente como para formular cargos contra Calderón y, por asociación, en contra mía y de otros clientes también. Después de todo, Calderón distribuía la cocaína de toda una serie de grandes narcotraficantes de Miami.

Jean-Luc se había mostrado muy amable, pero no había duda de que habría hecho cualquier cosa para salvar el pellejo. El honor no existe entre ladrones.

Cuando regresé a mi oficina, había otra sorpresa esperándome. Una vez más la suerte me sonreía.

Christine, la secretaria que trabajaba en la oficina, me saludó cuando regresamos.

—Hay un montón de policías allá afuera —dijo—. Reconozco a dos y apuesto a que hay otros más cruzando la calle. No tiene nada que ver contigo, ¿verdad? —preguntó, escrutándome.

Ambos padres de Christine eran policías, un hecho incidental que ella había mencionado cuando la contraté y que nunca imaginé que me daría muy buenos dividendos en el futuro.

Los policías vigilaban la oficina.

Sólo había una cosa que hacer. Llamé a Pascale y le pedí que viniera a reunirse con Jean-Luc en un restaurante que estaba en el segundo piso del edificio en cuyo décimo piso yo vivía. Mi plan era sencillo. Mientras yo distraía a los policías que estaban afuera, Jean-Luc y Pascale se escabullirían por una entrada lateral para escaparse. A dónde irían después, era cosa de ellos. En efecto, mi trabajo ya estaba hecho, pero lo mejor para todos nosotros era que se esfumaran.

Pascale llegó y tuvo un encuentro muy emotivo con Jean-Luc. Miré el reloj. Tenía menos de tres horas para tomar el vuelo a Sint Maarten. A pesar del drama del día, tenía que tomar sin falta mi vuelo acostumbrado.

A media tarde el restaurante estaba vacío y, como estaba en el segundo piso, estábamos fuera de miradas curiosas. Le recomendé a Jean-Luc que utilizara una de las salidas laterales o traseras para escapar. Cuando los dos amantes se perdieron de vista luego de hacer un gesto de despedida con la mano, llegó el momento de que yo asumiera el papel principal.

Tomé unos cuantos expedientes al azar de mi oficina, bajé las escaleras y disimuladamente, pasé junto al auto de los policías que me espiaban. El corazón me latía muy fuerte al intentar disimular que yo no sabía que estaban ahí y estaba convencido de que podían ver cómo me saltaba dentro del pecho.

Caminé por la calle, pero sentía que me seguían. Al mirar hacia atrás instintivamente aceleré el paso, pero luchaba por mostrar una actitud relajada. Estoy seguro de que otros policías siguieron vigilando mi oficina, esperando a que Jean-Luc apareciera en cualquier momento. Con toda razón, sospechaban que intentaría huir de la ciudad, así que querían atraparlo para asegurarse de que se presentara a la mañana siguiente en la corte.

Quise dar la impresión de que me estaba ocupando de mis asuntos como abogado civil en la corte mientras Jean-Luc me esperaba en la oficina. Siempre y cuando Jean-Luc y Pascale pudieran abandonar el edificio sin que los vieran, había una oportunidad de que todo saliera bien.

Caminar hasta la corte me tomaba cinco minutos. Una breve mirada furtiva antes de entrar al edificio me confirmó que me seguían y, como no querían perderme, cada vez se acercaban más.

Había practicado la abogacía durante 12 años en la corte civil. Una vez adentro, me dirigí directamente a los elevadores. Había uno a cada lado. Logré que se cerraran las puertas detrás de mí y presioné el botón que me llevaría al sexto piso.

El trayecto duró segundos, pero para mí fue una eternidad. Durante ese brevísimo momento, me sentí a salvo. No estaba seguro de que Jean-Luc y Pascale hubieran podido salir del edificio sin que los hubieran visto. Aun si lo habían logrado, no sabía cuáles eran sus planes. Pascale habría sido lo suficientemente inteligente como para llevarse algo de valor de su departamento, si sabía que nunca volvería. A dónde fueron después, no tenía la menor idea.

Si los atrapaban, con toda seguridad los policías se asegurarían de que Jean-Luc cumpliera con su cita en la corte. Si rendía testimonio, Bernard estaría en serios problemas, y yo también estaría expuesto. Había grandes probabilidades de que todo terminara muy mal.

Cuando salí del elevador a un piso lleno de oficinas y salas de audiencias, no quería esperar para ver si mis perseguidores habían tomado el otro elevador. Tan pronto como salí, fui hacia la escalera y bajé de dos en dos los peldaños; mis pasos hacían eco en el cubo de la escalera. Entre el ruido, intenté escuchar los sonidos de la gente que me seguía.

En el sótano, empujé las puertas para salir al estacionamiento subterráneo. Ahí estacionaban sus autos los jueces y el lugar estaba virtualmente desierto excepto, ocasionalmente, por un conductor que se dirigía a su auto. No pensé que los oficiales conocieran esta salida.

Caminé casi corriendo a la salida del estacionamiento y, una vez en la calle, abandoné cualquier pretensión de tranquilidad y corrí. Sentí cómo me escurría el sudor por la espalda, pero no me importaba. Corrí como loco, sin ver si me seguían.

Busqué refugio en el primer lugar que pude, una tintorería a unas cuantas cuadras de la corte. Respiraba con dificultad y traté de recuperar el aliento.

Con suerte, los oficiales que me seguían a la corte me estarían esperando afuera, convencidos de que muy pronto terminaría mis encargos y regresaría a la oficina. Sabía que me considerarían deshonesto por ayudar a liberar a un sospechoso de narcotráfico, pero esperaba que no me tomaran por alguien tan falso.

Cuando recuperé el aliento, crucé la calle, caminé hasta un teléfono público y llamé a un amigo. Necesitaba ayuda. Le conté que no podía regresar a mi auto, que era muy arriesgado y que quería que viniera a recogerme a la tintorería.

Ya eran pasadas las 3 pm. Mi vuelo era a las 5:25 pm.

Agradecí mi entrenamiento militar y mi insistencia en preparar las cosas más de la cuenta. Entré de prisa en la casa, me cambié de ropa casi en 60 segundos, tomé el portafolios con los 200 mil dólares y me fui al aeropuerto.

Para un observador casual, podría haber sido algo extraño. En un momento entraba corriendo en la casa vestido con un traje respetable, y al siguiente instante salía vestido con una camisa hawaiana y shorts.

Ajustándome a mi rutina semanal, ya había comprado el boleto en efectivo y me uní a la fila de los otros turistas que iban al Caribe. Hasta ese momento fue cuando pude respirar el aire que el miedo me había arrebatado.

No sólo me había revelado como un abogado deshonesto ante los fiscales estatales, federales e internacionales, sino que también me encontraba en medio de otra operación.

Ahí estaba yo, a punto de contrabandear un montón de efectivo sacándolo del país, horas después de liberar a un traficante. ¿Los agentes que buscaban a mi cliente también me buscaban a mí?

No había ninguna duda de que no pudiera hacer este viaje. De no hacer el depósito de efectivo sin problemas en el banco de Saint Maarten, mis otros clientes no tendrían su dinero a tiempo. Dependían de mí. Si no iba al banco el viernes, el dinero se demoraría en ingresar al sistema.

No era cuestión de vida o muerte, pero había trabajado muy duro para construir una reputación de puntualidad y no quería defraudar a mis clientes.

Después de un día entero lleno de ellas, aún había tiempo para una sorpresa más. Cuando llegué al área de salidas, observé la sala. Los pasajeros del vuelo a la ciudad de Panamá, que partía diez minutos antes que el mío, se documentaban para abordar el avión.

Entre ellos pude ver a un hombre delgado y sin afeitar acompañado de una rubia muy bonita. Se despedían de mí. Eran Jean-Luc y Pascale, que huían del país. Entonces supe que el cliente estaba a salvo y que mi responsabilidad había terminado. Les regresé el saludo.

Mientras ellos ya podían relajarse, a mí me quedaban todavía diez tensos minutos de espera. Hasta que no despegara mi avión, no podía estar completamente seguro de que la DEA no se encontraba abordo del avión y de que no me atraparía para interrogarme.

Un amigo abogado estaba listo para asumir la responsabilidad en la corte al día siguiente. El juez haría algunas preguntas de por qué tanto Jean-Luc como su abogado no se habían presentado en la corte. Era seguro que algunos se enojarían muchísimo.

A las 5:15 pm las turbinas comenzaron su marcha y en poco tiempo ya estábamos en el aire. Hasta entonces me hundí en mi asiento y respiré. Había sido un buen día. Me había ganado 50 mil dólares extras. Lo que bien empieza, bien acaba… para los criminales.

QUINCE

SI TU PECHO ES EL BLANCO, NO DEJES DE MOVERTE.

EL 14 DE NOVIEMBRE DE 1957 Joseph Barbara convocó a una reunión. No era cualquier reunión. Joe, «el Barbero», era un matón muy temido y también el jefe de la familia Bufalino. Sus invitados eran cien de los mafiosos más poderosos de Estados Unidos en aquella época.

Barbara quería discutir a fondo un acuerdo entre familias para delimitar sus territorios, establecer el control de los casinos, y de los imperios de las apuestas y las drogas. La reunión ultrasecreta se llevaría a cabo en su enorme propiedad en Apalachin, poco más de 300 kilómetros al noroeste de Nueva York.

Sin embargo, los capos de la mafia no contaban con el ojo avizor de la Policía Estatal Edgar D. Croswell, quien había observado una reunión anterior en casa de Barbara y le había parecido sospechoso que el hermano de el Barbero hubiera reservado habitaciones en hoteles locales. Montó una vigilancia discreta y se sorprendió al ver llegar tantos autos de lujo, la mayoría sin placas del estado. Al investigarlos más a fondo, resultó que los números de las placas coincidían con los de una docena de conocidos criminales.

Cuando una redada interrumpió la reunión, muchos miembros de la Cosa Nostra intentaron escapar, pero los detuvo un retén de la policía. Otros huyeron a través de los campos y bosques, arruinando sus trajes a la medida, soltando armas y efectivo mientras corrían, a tal grado que algunas semanas más tarde la agradecida gente del lugar seguía encontrando billetes de 100 dólares diseminados en el campo. Aunque alrededor de 50 hombres escaparon, 58 más fueron arrestados. La fallida reunión finalmente confirmó la existencia de la mafia estadounidense, algo que J. Edgar Hoover, el director de la Oficina Federal de Investigaciones, se había rehusado categóricamente a admitir.

La reunión en Apalachin se convirtió en una leyenda en la historia del crimen en Estados Unidos, pero su significado no habría llegado hasta Canadá o a Francia. Estoy seguro de que Bernard Calderón sabía del «gran éxito» de la reunión de los jefes de la mafia, por lo que 30 años después no intentaría una maniobra semejante.

Después del arresto de Jean-Luc y del decomiso de cocaína en el río de Miami River, Bernard huyó del país tan rápido para no enfrentar los cargos que le imputaran por tráfico de drogas, que incluso Tao no tenía idea de dónde se había metido.

Después de esconderse en Taiwán se mudó a su nativa Francia. Fue una maniobra inteligente, debido a la renuncia del gobierno francés de extraditar a sus ciudadanos sólo porque sí. Aunque allá estaba a salvo de cualquier acción legal, se sentía muy alejado de su imperio como para saber exactamente lo que había sucedido después de la confiscación de un cargamento considerable. Estaba desesperado por averiguar la magnitud del daño y, sobre todo, desesperado por saber en quién podía confiar todavía.

Convocó a una reunión con su sindicato del crimen en Guadalupe, en las Antillas francesas, lugar que según sus cálculos, aún se encontraba bajo la protección de su patria. El lugar era el equivalente para Miami de aquella histórica reunión de la mafia, y tuvo consecuencias casi igualmente catastróficas. Bernard no sabía que a la DEA había llegado información acerca de su pequeña reunión. Nunca sabría si alguien los había delatado o si habían intervenido los teléfonos, pero la DEA no sólo estaba enterada en qué isla se realizaría la reunión, sino incluso en qué hotel. El único problema de la DEA era que no sabía exactamente en qué habitación se había planeado hacer la reunión. Sin inmutarse, antes de la reunión, entraron osadamente en todas y cada una de las habitaciones del hotel, sin que el hecho de que tal acción fuera ilegal para las leyes francesas y corrieran el riesgo de ser detenidos. Las grabaciones no serían válidas bajo las leyes estadounidenses, pero funcionaban como un escaparate tanto a la operación de Calderón como de la arrogancia absoluta de la DEA.

La reunión de Bernard se llevó a cabo y los agentes de la DEA escucharon cómo el mayor traficante de cocaína recibía informes respecto a la salud de su imperio y cómo él daba a conocer sus planes.

Entre las revelaciones que tendrían implicaciones para mí, hubo una en la que Bernard fanfarroneó ante su grupo: «Cada vez que hay problemas en otro país, contratas a los mejores abogados que el dinero pueda comprar y no vas a prisión.»

Si hubiera sabido que Bernard tenía en tan alta estima a abogados como yo, habría tomado decisiones diferentes en los meses que se avecinaban. Era como si yo fuera totalmente ajeno a muchísimas cosas importantes.

No fue de sorprender que Bernard atrajera la vigilancia estrecha de la ley. Las dramáticas circunstancias en que Jean-Luc había escapado marcarían una nueva fase en el juego.

Sabía que podían buscarme. Desde ese momento, acepté que en lo concerniente al gobierno, yo ya era parte del problema.

En este punto, podría decirse que entre mis intereses debería haber estado alejarme de la línea de fuego y mantener un perfil bajo.

Aunque a veces, si tienes un blanco pintado en el pecho, simplemente no hay que dejar de moverse. Es más difícil que te den, por lo menos en teoría.

Trataba de mantener esta filosofía en mi mente cuando Charlie me llamó. Para entonces Bernard ya había retornado a Francia e intentaba encontrar la mejor manera de regresar a sus actividades.

Charlie le debía 50 mil dólares a Bernard antes de que confiscaran el barco, así que un vecino del francés en Miami Beach, llamado Tony Nesca, había resurgido después de una larga ausencia y le ofreció a Charlie llevar el dinero.

Yo confiaba en Charlie, pero Nesca no me convencía. Tenía buenas razones para sospechar. En ese entonces yo no lo sabía, pero Nesca ya había sido arrestado con cocaína en las Bahamas. En un intento desesperado por salvar el pellejo, trató de tentar a las autoridades haciendo alarde de que él personalmente podía entregarles a Bernard en bandeja de plata.

Se encontraría con Bernard después de haber rentado como fachada un departamento frente al mar en Miami Beach. Era su turno en el juego para salir de la cárcel.

El plan de Nesca era recoger el dinero conmigo y llevárselo a Bernard. No veía ningún problema en ello. Él me contactaría para decirme la hora y el lugar de la entrega.

—Muy bien —dije—. Llámame cuando tengas instrucciones.

Ya me había percatado de que a veces el destino te sonríe. Esta vez sucedería de nuevo. Después de una semana sin noticias de Nesca, la intuición me dijo que me alejara, así que le regresé el dinero a Charlie.

Inmediatamente después, Nesca me llamó.

—Oye, Ken. ¿Tienes el dinero? Nos vemos para que me des el dinero de Bernard.

—Perdón, Tony, pero no acostumbro a retener el dinero de los clientes. Lo regresé porque pasó mucho tiempo sin saber de ti.

Claramente no estaba contento con lo que había sucedido. Años después supe por qué. Nesca me estaba grabando en secreto. Era un anzuelo. Si le hubiera entregado el dinero, me podrían haber arrestado por conspiración criminal y por haber contribuido con los intentos de Bernard de evadir la justicia.

Aunque yo ignoraba el verdadero papel de Nesca, su forma de proceder me puso nervioso y sentí cómo la paranoia iba en aumento.

Después de haber sacado mi cabeza del agujero, ¿habría sido atinado pensar que me seguían? No podía estar seguro, pero sabía que era lo menos que podía esperar, ya que la DEA y otras autoridades ya tenían bastante idea de quiénes eran mis socios. Necesitaba modificar mi comportamiento, sólo por si las dudas. Lo más importante era mantener la apariencia de ser un profesionista legítimo, sin nada qué esconder. Así que me aseguré de acudir a la oficina a las 9 de la mañana todos los días y estar siempre disponible. Desde entonces me convertí en un especialista en lavar dinero las 24 horas del día los siete días de la semana para mis clientes, tomaba llamadas en casa y me aparecía para alguna reunión de emergencia con capos exigentes a cualquier hora de la noche.

En aquel entonces no había celulares y la única manera de contactar a la gente era mediante líneas telefónicas fijas o un localizador. Sabía que era difícil solicitar una orden de la corte para obtener los teléfonos de un despacho de abogados en el que trabajaban varias personas, así que les pedí a todos que me llamaran ahí, no a mi casa. Después del drama de la corte, supe que me vigilaban. Ya había cruzado la línea, lo sabía.

Me volví muy cauteloso respecto a mis movimientos. Constantemente me estacionaba en lugares distintos, cambiaba mis rutinas y me aseguraba de estacionarme sólo en lugares en los que podía ver si alguien me seguía. Como intenté protegerme de cualquier eventualidad, empecé a preocuparme por otros clientes. ¿Habrían arrestado a alguno de ellos para soltarlo después de haberlos informado acerca de mí?

¿Cómo podía confiar en que no hubieran hablado con la policía? Ya había visto de primera mano cómo podían accionarse los engranajes para que un operador de poca monta ayudara a atrapar a un capo.

¿Quién sabría que yo hacía viajes regulares al Caribe?

Aun si hiciera a un lado el obvio riesgo de una operación anzuelo, ¿sería posible que yo fuera el blanco de una operación cuidadosamente orquestada? No era muy probable, pero no quería correr ningún riesgo. De ahí en adelante, me aseguré de realizar solamente operaciones en efectivo y, siempre que fuera posible, hacer variaciones. Nunca llevaba más de mil dólares en la billetera y me mantenía alejado de las partes peligrosas de la ciudad.

Aunque yo vestía bien, nunca fui ostentoso ni hacía alarde de ello. Decidí que tenía que hacer las cosas bien si quería estar un paso adelante de la ley. En aquel entonces, en Miami, muchísimos abogados se metían en problemas y yo no quería ser uno de ellos.

Con Bernard fuera de la jugada, aunque temporalmente, mis viajes al Caribe fueron cada vez menos frecuentes. Eso le gustaba a Monique. Creo que se atrevió a anhelar que ello pudiera significar, por fin, una vida normal como esposa de un abogado.

Entonces, justo cuando comenzaba a sentir que las cosas empezaban a enfriarse, Tao me llamó de París. Estaba alterada.

—Es Bernard —decía entre sollozos con su fuerte acento oriental—. Está bajo custodia.

—¿Qué? ¿Cómo?

—Cometió un error —dijo con voz entrecortada—. Está en Génova. Pregunta por ti.

Tao me explicó que Bernard se volvía más osado cada vez que lograba evadir a la justicia. Había cruzado la frontera entre Francia e Italia, pero la Interpol lo había pescado.

—¿Qué puedo hacer? —pregunté.

—Quiere que lo visites.

—¿Yo? ¿Por qué? —No sabía qué hacer por él ahora que estaba bajo custodia.

—Quieren extraditarlo a Estados Unidos. Está luchando contra eso. Necesita que lo ayudes.

Mi instinto inicial fue sospechar. ¿Qué estaba pasando? Desde el drama de Jean-Luc y su fuga del país, yo intentaba alejarlo de mi mente.

—Por favor —imploraba—. Te voy a reservar un boleto. Te necesita.

¿Y qué iba a hacer yo? Si se trataba de una petición genuina, ¿cómo podría negarme? Realmente no tenía razón alguna para pensar que Bernard quisiera tenderme una trampa. Lo que a él le preocupaba me exponía a mí, así que seguramente no habría nada qué perder, ¿verdad?

Decidí que iría a verlo, pero necesitaba tener cierto control.

—Muy bien, iré a verlo, dame los datos. Pero tendrás que enviarme el dinero y yo haré mis propios arreglos para el viaje.

—Muchas gracias, monsieur Rijock. Bernard estará encantado.

Tao cumplió su palabra, me envió el dinero y reservé mi boleto.

Monique estaba menos que impresionada cuando le conté que un cliente enfrentaba una extradición en una cárcel en el extranjero. Pensé que al menos le debía esa información.

—Él tiene el dinero para conseguir a los mejores abogados, pero te quiere a ti... —dijo mientras se preparaba para ir a trabajar la mañana siguiente.

—Gracias por tu confianza.

—Ni siquiera eres un abogado penal. ¿Cómo podrías ayudarlo?

Traté de explicarle que quería a alguien en quien confiar. Alguien a quien conociera el sistema legal de Estados Unidos, alguien que diera asesoría experimentada para una defensa criminal.

Esta era una complicación más en mi vida de la cual no podría zafarme.

Arreglé mi vuelo a Italia un día después de un vuelo a Nueva York para asistir a la vigésima reunión de mi generación de la preparatoria. El plan era que Monique y Katherine vinieran conmigo. Disfrutarían una noche en Manhattan en un hotel agradable mientras yo hacía un viaje de media hora en auto a las afueras de la ciudad para asistir a una fiesta en el viejo bar que acostumbraba frecuentar.

La experiencia de encontrarme de nuevo con gente que no había visto en dos décadas fue más agradable de lo que había pensado. Todos charlaban emocionados acerca de los trabajos que habían tenido, sus matrimonios y sus hijos. Por razones obvias, me reservé silenciosamente el hecho de que yo me había convertido en un experto en lavar dinero; no es el tipo de tema para una conversación casual, como era de imaginarse:

«Sí, desde hace cinco años he estado financiando a algunas de las más grandes bandas de narcotraficantes con miles de millones de dólares, razón por la cual Estados Unidos se ha inundado de cocaína. Pero ya no hablemos de mí: cuéntame de tu casa de verano en Long Island.»

Esa conversación no funcionaría, así que sólo les conté que era un abogado, que estaba en una relación de tiempo atrás con una oficial de policía y que, después de Vietnam, disfrutaba del sol de Miami.

Sin embargo, ya entrada la noche empecé a modificar el estado de mi relación, particularmente con las chicas que no había visto desde la preparatoria, así que me guardé algunos detalles acerca de Monique. Al estar con Sally, una chica por la que llegué a sentir algo cuando yo era más joven, los pensamientos sobre mi novia se fueron por la ventana. Me había estado preocupando porque las cosas no funcionaban bien entre nosotros, y porque ya no veía mucho futuro. De hecho, no veía ningún futuro para mí. Esa era la realidad.

Antes de nuestro viaje a Nueva York, renté un departamento en Brickell Bay Club, el edificio en el que había vivido con mi primera esposa. Fue algo impulsivo. Había visto un impresionante departamento en una esquina del décimo piso, con una gran vista que iba de la bahía hacia los cabos irregulares, estaba disponible y lo renté el mismo día. Ni siquiera se lo había dicho a Monique. Yo había estado pagando la renta mientras pensaba qué hacer. Por lo menos me daba la oportunidad de deshacerme de un poco del efectivo del que me rodeaba.

Pero esa noche, mientras más me reencontraba con Sally, más temerario me sentía. Terminé pasando una apasionada noche con ella. No regresé al hotel en Nueva York y, después de estar despierto toda la noche, tenía que irme lo más rápido posible al aeropuerto para tomar el vuelo de Air Italia a Milán.

Después de tomar el tren a Génova, me di cuenta de que no tenía la menor idea de dónde se encontraba Bernard. Llegué a lo que parecía una estación de policía. Amablemente me dijeron que estaba detenido en una prisión del siglo XIII en las afueras de la ciudad.

Una italiana rubia que se ofreció a ayudarme fue aún más solícita cuando en la estación de policía les dije que tenía problemas. Era sobrecargo, hija de uno de los jefes de la policía. Nos llevamos muy bien de inmediato. Se ofreció a ayudarme a buscar un hotel. Le sugerí que lo hiciéramos después de cenar. Luego de una pasta y un Chianti, caminamos tomados del brazo por las calles de Génova para encontrar alojamiento. Me acompañó a mi habitación del hotel. Dos noches consecutivas, en dos continentes distintos, había dormido con dos mujeres despampanantes. Sobra decir que tampoco dormí mucho aquella noche.

No estaba tan descansado cuando finalmente llegué a la cárcel de Bernard a la mañana siguiente.

Esperaba una prisión medieval, pero este lugar parecía como de la Edad de Piedra. Enormes rejas de hierro forjado en la entrada y gruesos muros de piedra me condujeron a una prisión tan imponente, que no me habría sorprendido que el Conde de Montecristo fuera un recluso también.

—La comida es horrible —se quejaba Bernard cuando finalmente me encontré con él. Apreciaba las cosas buenas de la vida, así que podía entender lo mal que se lo estaba pasando—. Pero tengo mi propia fuente de comida y de entretenimiento.

¿Cómo no lo había pensado antes? Bernard me explicó que había podido pagar para que le llevaran mejor comida a él y a los otros reclusos de su sección para poder cenar decentemente.

—También patrocino al equipo de futbol local.

—¿Para qué? —pregunté sin entender por qué querría beneficiar al equipo local mientras se encontraba en prisión enfrentando una extradición.

—Porque se ve bien. Además, en agradecimiento, el dueño me trae vino y un show.

—¿Tienes vino en la prisión? —le dije y pensé que esta cárcel de la Edad de Piedra tal vez no era tan mala después de todo.

La verdad es que, aunque vivía con comodidades, estaba muy deprimido. Tao acababa de tener un hijo y Bernard estaba desesperado por verlo.

—¿En qué te puedo ayudar?

Quería que lo representara y que lo ayudara a luchar contra la extradición.

Le prometí que haría todo lo que pudiera y me despedí afectuosamente de él. De todos los capos de las drogas con quienes yo trataba, Bernard era el que me simpatizaba más. Permanecí en Génova un par de días y me reuní con un inteligente abogado italiano, quien se había comprometido a luchar para que la orden de extradición llegara a su fin.

Este sería un caso muy difícil. Como ya habían confiscado un barco en Miami, alrededor de 15 personas de la red de Bernard habían sido arrestadas. Aunque Jean-Luc se encontrara sano y salvo en Panamá, dado que los demás se encontraban en custodia, alguien tendría que cooperar.

En este negocio la lealtad sólo llegaba hasta aquí.

DIECISÉIS

«SI MUEVES EL BOTE, TE MUERES»

A MI REGRESO A FLORIDA ME DEDIQUÉ a buscar asesoría para él. Por fortuna, Bernard me había permitido tomar dinero de sus cuentas foráneas para cubrir los gastos de representación legal. Habíamos acordado que en un mes regresaría a Génova para tenerlo al corriente.

En Miami reuní a un equipo de defensores y los puse en contacto con su abogado en Italia. Luego, hice planes para ir a Génova y a París para tener a su esposa y a su familia al tanto de lo que pasaba.

Este viaje le interesaba a Monique.

—Nunca he ido a París —me dijo.

—¡Pues ven conmigo! —me sentía contento de incluirla en esta excursión, porque lo único que haría sería visitar a un cliente en la cárcel. No había que realizar ninguna actividad ilegal. Luego resultó que Katherine, su hija, que estaba en el primer año de universidad en Georgetown, también quería venir.

—No hay problema —le dije—. Que venga también.

Fuimos a Génova y mientras ellas recorrían la ciudad, visité a Bernard. De ahí volamos a París. Monique y Katherine se quedaron a recorrer los lugares de interés y yo me fui a Sarcelles, una población del siglo XIV a 32 kilómetros de la ciudad, donde Bernard tenía una casa de campo de cuatro pisos. Ahí vivía su hermana Françoise con su marido Vincent, pero sospeché que se pagaba con los millones de Bernard. Tao vivía también ahí, mientras se adaptaba a la vida como joven madre.

Françoise y Tao estaban enteradas del aprieto en que se encontraba Bernard, así que podía ser franco con ellas. Tenían mil preguntas acerca de lo que iba a pasar, así que hablamos durante horas. Françoise me dijo que Bernard tenía un hijo que estaba por cumplir veinte años, pero como el chico ignoraba cuáles eran los verdaderos tratos comerciales de su padre, ella ponderaba en qué momento le diría dónde se encontraba.

Cuando llegó la hora de volver con Monique y Katherine, Françoise me dijo:

—Kenneth, has sido un buen amigo de Bernard. Nunca lo olvidaremos. La próxima vez que vengas a Francia, quédate con nosotros, ¿está bien?

Pasamos el resto de la semana en París como turistas normales que buscan lugares dónde curiosear objetos de art deco. Siempre me habían interesado esos muebles y accesorios estilizados y tenía ganas de arreglar nuestra casa con ese estilo.

Apenas volvimos a Miami comencé a hacer planes para volver a Italia y Francia. Lo que habíamos acordado es que averiguaría con los abogados de Florida cómo avanzaba el caso, me enlazaría con los abogados de Génova para saber cómo iba el proceso de extradición y pondría al corriente a Bernard antes de ir a Sarcelles a actualizar al resto de la familia.

Françoise me parecía interesante y atractiva. Era unos diez años mayor que Bernard. Me contó que ella y su hermano quedaron huérfanos cuando Alemania invadió Francia en 1940. No quise preguntar demasiado, pero me dio la impresión de que había estado en un campo de concentración, por la visible angustia que mostraba al hablar de aquella época.

Se volvió una rutina que me quedara con la familia, salvo por una ocasión en que al llegar a la casona me topé con una fría recepción. Vincent salió a la puerta, la cerró silenciosamente y bajó los escalones de la entrada.

—Lo siento mucho, Kenneth, pero es mal momento. Tienes que irte —me susurró con tono perentorio.

—¿Qué pasa? —le dije, tratando de no sonar alarmado.

—Es que Christophe está aquí. —Christophe, el hijo adulto de Bernard, no sabía nada acerca del arresto de su padre.

—Entiendo. No te preocupes, me desapareceré.

—Lo siento —dijo Vincent—, Françoise te enviará un mensaje cuando sea conveniente.

No me quedó más alternativa que tomar una habitación en un hotel de la localidad y esperar a que pudieran verme.

Françoise nunca me lo confirmó, pero sabía que tenía algún control sobre las finanzas de Bernard. Cuando necesitaba pagar los honorarios de los abogados defensores, ella me llevaba al banco y tramitaba un cheque de caja por cantidades que muchas veces pasaban de cien mil dólares. Debido a las estrictas leyes bancarias de Francia, los cheques tenían una diagonal roja, lo que significaba que sólo podía cobrarlos el beneficiario y que no se podían endosar a un tercero.

Tao sobrellevaba bien las cosas. Tenía un guardaespaldas que nunca se apartaba de su lado. Visitaba con frecuencia a Bernard, pero con Françoise estaba bien atendida, considerando que estaba metida hasta el cuello en el imperio de su esposo, pues usaban los navíos de su padre para importar la cocaína por el canal de Panamá.

Los viajes a Europa me imponían un horario agotador, pero tenían sus ventajas. Disfrutaba la excelente comida de Génova, una hermosa vista al Mediterráneo y conocía París.

En cambio, aunque los kilómetros que me separaban de Monique eran los mismos, la distancia emocional entre los dos estaba creciendo. Sin duda era cuestión de tiempo para que la situación hiciera crisis.

Tenía que renunciar a algo para poder arreglar los viajes, estar al pendiente del caso de Bernard, manejar las cuentas de los otros clientes, llevar un despacho legal legítimo y mantenerme un paso adelante de las autoridades. No había más opción que dejar a Monique.

Había tenido tanto cuidado de separar los aspectos de mi vida que no tenía nada que compartir con ella. Se habían terminado los días en que ella pasaba tiempo con Andre y su grupo. Mis relaciones estrechas con peces más gordos imponían que ella se mantuviera alejada. Para entonces, ni siquiera teníamos una vida social común.

Había hecho una maestría en la universidad y estaba capacitada como psicóloga policial. Era un puesto exigente y agotador. No era una función que pudiera dejar en la estación al terminar su turno. Se volvió seria y contemplativa.

Mis devaneos con mujeres en Nueva York e Italia hacían evidente que ya no tenía el corazón puesto en nuestra relación. Quizá la presencia de los hijos hubiera tenido algo que ver. Eran chicos excelentes, pero aunque yo cultivaba sueños de sentar cabeza un día y llevar una vida normal, quizá con hijos propios, todavía no estaba listo para ser padre... y mucho menos padre de adolescentes.

Monique estaba totalmente en contra de volver a casarse y, como pensaba que era el momento de concentrarse en su carrera, estaba en una situación distinta de la mía. Me preguntaba si acaso podríamos tener un futuro juntos. Tal vez, pensaba, había llegado la hora de abrir mi departamento en el Brickell Bay Club.

Me había metido a tomar un respiro en un bar de Coconut Grove después de un día muy ajetreado. Ahí hice plática con una preciosa pelirroja (al parecer, tenía una debilidad por ellas). Se llamaba Joanne, trabajaba como corredora de bienes raíces y era mucho más joven que yo. Quedé hipnotizado. Nos lanzamos a un romance loco e impulsivo. Con todo lo que llevaba a cuestas, lo último que me hacía falta era otra mujer que tuviera que mantener contenta.

El día que puse fin a mi relación con Monique no hubo lágrimas ni recriminaciones, porque me llevé mis cosas cuando no estaba. La primera noticia que tuvo de que habíamos roto fue que no regresé a casa.

El romance con Joanne era apasionado y pleno, pero también estúpido. Después de apenas dos semanas, la muchacha comenzó a hacer alharaca acerca de casarnos y volví a entrar en pánico. Me fui tan rápidamente como había hecho con Monique y me trasladé directamente a mi departamento de lujo con su impresionante vista al mar.

A oscuras en la sala desierta, mientras veía las luces parpadear en el puerto, llamé por teléfono.

—Ven a verme al Brickell Bay Club. Quiero enseñarte algo.

Sólo habíamos estado separados unas semanas, pero cuando apareció en el estacionamiento, parecían haber sido años. En cuanto se cruzaron nuestras miradas, se hizo evidente que nuestra breve separación, unida a su nueva desconfianza y su actitud, volvieron a encender los sentimientos antiguos que abrigaba por Monique.

La conduje al décimo piso y abrí la puerta al departamento vacío que había rentado.

—¿Qué rayos es esto? ¿Quién vive aquí?

La hice pasar. Las ventanas de piso a techo daban al mar en dos direcciones.

—¿Qué te parece?

—¿Qué quieres decir con «qué te parece»?

—¿Te gustaría que fuera nuestro nuevo hogar?

Me miró como si estuviera loco. Pero alcancé a detectar que en sus labios se dibujaba una sonrisa que ella se esforzaba por ocultar.

—Anda —le dije—. Nos hará bien.

Debo admitir que no tenía la más mínima idea de cuál sería su reacción. Sorprendentemente, aceptó y comenzamos de inmediato los planes para mudarnos. No estoy seguro sobre si de verdad creía que era un capítulo nuevo de nuestra heterodoxa relación… quizá no era más que una solución al dilema en que me encontraba; pero, al menos por una temporada, me engañé pensando que teníamos un futuro juntos.

Sentía el mismo gusto que yo por los objetos art deco y eso nos dio la oportunidad de entregarnos a nuestra nueva pasión. Con un espléndido departamento nuevo para amueblar, derrochamos nuestro dinero en piezas originales de las décadas de los veinte y los treinta. Yo seguí viajando a Italia y París, y volvía con regalos para ella o un artículo nuevo que pudiéramos restaurar para nuestro departamento. Por un tiempo pareció que todo volvía a su cauce.

Rápidamente el departamento se transformó de arriba abajo. Los muebles y accesorios eran mi escape de las tensiones de lidiar con clientes poco refinados. Pero a medida que profundizaba en mi nuevo pasatiempo, las semejanzas se hicieron patentes. Para limpiar los artículos usaba un producto químico, acetona. Era el mismo compuesto con el que mis clientes probaban la potencia de su cocaína antes de acceder a comprarla. Guardaba mi acetona en un frasco metálico en el patio. Cuando Andre o Charlie venían de visita, era inevitable que aludieran irónicamente a mi cambio al narcotráfico y se preguntaban qué pruebas realizaba.

Durante un tiempo, realmente parecía que Monique y yo habíamos encontrado una rutina con la que estábamos contentos. A ella le encantaba la oportunidad de explorar Europa y yo apreciaba la posibilidad de ser su guía.

Cuando volvíamos de París, por lo regular en viernes por la noche, preparábamos el departamento para una fiesta a lo grande. Ordenábamos la champaña, aún había un suministro interminable de cocaína y nuestros amigos se arremolinaban en la nueva casa para festejar toda la noche.

Cuando no recibíamos visitas cenábamos en uno de los cuatro restaurantes del edificio. Evitábamos el Ménage. Ese centro nocturno seguía siendo el de moda, pero era demasiado arriesgado, pues su pista de baile en el sótano atraía a la nueva oleada de profesionales.

Me sentía como si hubiéramos regresado en el tiempo a vivir la existencia que debimos haber llevado cuando teníamos veinte años, cuando, para mí, la Guerra de Vietnam se me cruzó en el camino, y cuando Monique hizo su primer intento de sentar cabeza con un marido e hijos.

Nos engañamos pensando que era un tren de vida sostenible; es decir, que esto era todo lo que queríamos en la vida.

Entre tanto, mientras Bernard seguía resistiendo la extradición, ocurrió un suceso importante en el caso. Dos acusados menores que fueron detenidos al mismo tiempo que ellos fueron llevados a juicio por permitir que barcos con contrabando de drogas aprovecharan su puerto deportivo para descargar. Pero poco antes de la fecha en que debía iniciar el juicio, la hija de uno de los acusados se fue a nadar, saltó del trampolín, se rompió el cuello y quedó paralizada. El juez concedió la nulidad del juicio porque las circunstancias eran importunas y aplazó el proceso. Se fijo la fecha del nuevo juicio, y en el ínterin, los abogados de Bernard pudieron ver su caso y yo tuve la transcripción del primer juicio, lo que le dio a sus abogados una rara probadita de todo el proceso emprendido por el gobierno. Eso nunca pasa en un tribunal federal.

Durante catorce meses, mientras empezaba el nuevo juicio, visité a Bernard y lo mantuve al tanto de lo que pasaba. En ese tiempo su abogado en Italia había resultado un experto en demorar los procedimientos, pero al final se le acabaron las alternativas. Bernard iba a ser deportado a Miami para enfrentar un juicio. Dado el peso de las pruebas en su contra y sus clientes, era inconcebible que esta vez pudiera escapar de la justicia.

Por suerte para Bernard, la anulación del juicio y la demora en iniciar el proceso en firme nos permitió a los abogados de Estados Unidos comenzar a formar un cuadro en contra de los testigos del gobierno. El equipo vio que muchos de los principales testigos habían seguido una trayectoria abigarrada o llena de altibajos.

Algunos habían estado en la cárcel, otros tenían antecedentes o colaboraban con el gobierno a cambio de favores. No salían bien parados en comparación con Bernard y los demás acusados que, hasta entonces, habían llevado una vida impoluta e intachable.

Un testigo importante del caso era Nesca, el vecino de Bernard que trató de enredarme con la policía. Lo confirmé viendo los detalles de estos documentos penales. Cuando un investigador descubrió que Nesca había mentido en una demanda de custodia infantil en Nueva Inglaterra, los abogados de Bernard pudieron arrojar dudas sobre su credibilidad como testigo.

Las grabaciones de la conversación en la versión de Bernard sobre la cumbre de Apalachin también fueron puestas a disposición de los abogados. A primera instancia, parecía que las cintas aportaban pruebas condenatorias que seguramente lo mandarían a la cárcel. Pero luego, el equipo legal se dio cuenta de que la DEA no había solicitado una orden de un juez para castigar el acto de espionaje ni la hubieran recibido de haberla pedido. Era tal el celo del gobierno por atrapar a Bernard, que habían infringido las leyes de Francia. Las grabaciones (y todas las pruebas que contenían) no serían admitidas.

En medio de todo esto recibí noticias alarmantes. Habían detenido a Charlie Núñez. Desde que se había separado de Benny para llevar sus propios asuntos, su organización distribuía cocaína en las Bahamas, pero había tenido problemas. Desesperados, contrataron a un capitán sin hacer la necesaria verificación de los antecedentes. Les salió caro. Era un agente encubierto de la DEA.

Toda la vida me temí que esos locos hermanos Martínez, siempre armados, serían su perdición y, al parecer, iba a tener razón. En el momento en que el bote zarpó de las Bahamas aparecieron la DEA y los funcionarios aduanales. Confiscaron la carga y Charlie y el resto de la tripulación quedaron detenidos. Para colmo, los hermanos Martínez escaparon porque en esa ocasión no estaban a bordo.

Me preocupaba que la detención de Charlie fuera a tener implicaciones para mí.

Apenas unas semanas antes había ido a Anguila con Nico para examinar el barco de investigación que usaron para docenas de operaciones. Perdí la cuenta de las veces que registré la embarcación en Delaware y en Inglaterra. Cuando volví al puerto me percaté de que agentes gubernamentales estudiaban el bote, así que le puse una nota al mecánico: «¡Desaparece! Hay policías vigilando el barco. No te acerques.»

Nico me llamó. Dijo que los hermanos se habían visto obligados a abandonar el barco de dieciocho metros donde todavía estaba detenido en Anguila.

—¿Qué van a hacer con él? —pregunté.

—Nada.

—¿Es prudente? El barco es evidencia. Debe ser destruido.

—Nadie va a tocarlo. Los hermanos quieren que te lo diga específicamente.

—No me acercaría al barco para nada —insistí.

—Muy bien. Enrique dice que si mueves el barco, te mata.

Fue la primera vez que recibí una amenaza directa. No me sorprendió que fueran los hermanos Martínez. Me puso los nervios de punta, pero sabía que no haría nada que concitara su ira.

Después de todo lo que había hecho por ellos, me dolía que insinuaran que los había traicionado.

Había más pruebas de que la red se estaba cerrando. Charlie fue uno de mis primeros clientes. El caso de Bernard había recalcado cuánto se estaban acercando las autoridades, pero estaban todavía más cerca de Charlie. ¿Cuánto tiempo faltaba para que vinieran por mí?

La amenaza de Enrique mostraba lo nerviosos que se estaban sintiendo todos.

¿Tenía que irme de Miami? ¿Salir de Estados Unidos? ¿Debería huir a Centroamérica? Había guerra en Nicaragua. ¿Podría esconderme ahí y adoptar una nueva identidad? Ni siquiera tenía que avisarle a Monique. Simplemente desaparecería.

Resultaba atrayente, pero huir no era la opción.

Busqué a Ed. Por estos días, recurría cada vez menos a mí,

porque había querido llevarse su dinero de Anguila a Suiza y se lo desaconsejé.

Allá no tendríamos garantizada la misma protección, pero él objetaba que había que pagarle honorarios a Henry por cada transacción.

Tenía la impresión de que él pensaba que ya no le hacía falta. Pero con el agua llegándonos al cuello, quería cerciorarme de que todavía éramos amigos.

Fui a visitarlo con Monique. La casa se encontraba casi totalmente a oscuras y él estaba solo. Le dio gusto vernos, aunque tenía los ojos inyectados de rojo. Se veía drogado.

Rápidamente vimos por qué. Estaba inhalando heroína.

Miami estaba inundado con drogas de todas las clases, pero la heroína no se veía a menudo. La vida en el gueto no se llevaba con la hedonista fiebre de festejar.

Platicamos un momento y nos convidó a los dos para que probáramos de su chino de papel de aluminio.

Monique dio las gracias. Había pintado su raya con la coca, y de todas formas, estaba reduciendo su consumo de drogas recreativas.

Por mi parte, sentía curiosidad.

Me puse en la boca el mismo rollito que Ed usaba para inhalar. Encendí el aluminio y miré cómo hervía la brea café. Cuando empezó a despedir vapores, los inhalé lentamente. Por un instante me sentí eufórico, pero con la misma rapidez con que llegó esa emoción, me sentí abrumado por las náuseas.

—Si vomitas, te sentirás mejor —me dijo Ed.

—No, gracias. Te lo cedo todo.

En la noche me acosaron sueños vívidos. Pudo haber sido la heroína, la amenaza de muerte de Enrique o la tensión de las detenciones.

Para nada sentía que tuviera todos los hilos en la mano. Si iba a capotear esta tormenta, tenía que estar en la mejor forma. Había tenido suerte. Desde que llevaba una vida de lujo me había mantenido delgado y mi salud había sido buena.

Ahora me sentía intoxicado. Era el momento de dar marcha atrás. Entre tanto, todavía tenía el problema de dos clientes importantes en el Metropolitan Correction Centre, la cárcel federal de Miami donde permanecían los acusados antes de pasar a juicio. Ahí tenían compañía notable. Uno de los presos era Manuel Noriega, el ex dictador militar de Panamá al que Estados Unidos depuso y acusó de delincuencia organizada, lavado de dinero y tráfico de drogas.

Visité a Bernard y a Charlie en la cárcel, pero sólo con eso corrí un enorme riesgo y atraje más la atención hacia mí. Aunque fui a hablar con ellos sobre sus casos, los únicos abogados que debían presentarse eran los defensores. En lo que respecta a mi representación de esas personas, no era un abogado penalista, sino civil.

Por fin llegaron buenas noticias cuando, después de un juicio prolongado, todos los acusados, incluyendo a Bernard, quedaron absueltos, lo cual es asombroso tomando en cuenta que hallaron 800 kilos de cocaína a bordo de su barco en el río de Miami.

Inmediatamente después de la exoneración, el asistente del fiscal trató indebidamente de volver a detener a Bernard por otras acusaciones no relacionadas, bajo cargos que tenía guardados en su expediente. Pero como las leyes de extradición prohíben que se juzgue a una persona por cargos diferentes de aquellos por los que fue extraditada, el juez del distrito no tuvo más alternativa que ordenar su liberación.

El asistente del fiscal que llevó el caso renunció poco después. Nunca supimos si lo obligaron o si dimitió por el desdoro de haber dejado que un caso que parecía completamente cerrado se le escapara entre los dedos. Comoquiera que haya sido, luego reapareció como abogado defensor especializado en representar a informantes que en el gremio criminal eran llamados «soplones».

Uno de los abogados del despacho que representaba a Bernard lo recogió en el Centro Federal de Detención y lo trasladó directamente al aeropuerto internacional de Miami, donde abordó un vuelo que lo llevó a Francia y a la libertad.

No tenía dudas de que volvería al negocio. Cuando Bernard esperaba juicio en la cárcel de Miami, me pidió que fuera a las

Antillas francesas a indagar acerca de un bote que estaba perdido. También quería que, estando allá, me pusiera en contacto con uno de sus socios y le asegurara que volvería al juego en cuanto lo liberaran.

Sabía que para la gente como Bernard era una obsesión. La absolución le había dado a su organización un nuevo impulso en el que yo no estaba incluido. Bernard volvió al sur de Francia y estableció un imperio con la esperanza de hacer en Europa lo que habían manejado prósperamente en Estados Unidos. No duró mucho. Al final, la policía francesa atrapó a Bernard y a su tripulación. En ese momento, fue el mayor caso de cocaína del país. La justicia fue expedita y les aplicaron una pena de veinte años sin posibilidad de libertad bajo palabra. Hasta Tao, su obediente esposa, recibió una pena de diez años. Trató de apelar, pero el viejo sistema napoleónico francés no veía con buenos ojos las peticiones de clemencia que no se sustentaban en méritos, y al parecer duplicaron su condena.

Charlie enfrentó una condena igualmente dura, pues le impusieron veinte años por su participación en el golpe de Bahamas. Por desgracia, confió en lo que le dijeron sus abogados sobre que ganarían en la apelación. Lo enviaron a pasar siete años en una de las cárceles federales más difíciles del país.

El largo brazo de la justicia alcanzó por fin a Jean-Luc, el capitán francés de barco. Aunque escapó a Panamá, estuvo prófugo algunos meses hasta que cometió el error de ir al aeropuerto y un oficial de la DEA lo reconoció. Fue declarado persona *non grata* en Panamá y expulsado del país. Traído de vuelta a Miami, recibió una condena de dos años. Esta vez, como era considerado un verdadero criminal de riesgo, no hubo ningún truco mágico que lo liberara. No tuvo derecho a fianza.

Le dieron una dura lección. ¿Cuántos más quedarían igual de fritos?

DIECISIETE

EL QUIEBRE

EL AGENTE DEAN ROBERTS de la división del FBI en Miami Beach estaba frustrado.

Le habían pedido que durante un año investigara acusaciones de lavado de dinero en el Caribe, pero hasta entonces no había tenido resultados.

Como los paraísos fiscales estaban fuera del alcance de las autoridades estadounidenses, y al estar bajo la jurisdicción de gobiernos a miles de kilómetros, estos lugares habían creado sus propias reglas, Roberts sabía que imperaba la corrupción y que estos paraísos operaban como refugios para maleantes, pero no podía hacer nada al respecto.

La inacción lo volvió malhumorado y grosero. Deseaba echarle el guante a los criminales que se burlaban de las autoridades. Sus colegas que lo recordaban como alguien más cordial y atento, evitaban ahora a este hombre de 40 años.

Aquella mañana, el agente Roberts estaba a punto de recibir noticias que cambiarían su suerte.

Su superior, el agente especial Rich Lernes, se acercó a su escritorio y dejó caer un expediente sobre la pila de documentos que Roberts estaba revisando.

—¿Qué es esto? —dijo Roberts sin siquiera levantar la cabeza.

—Es tu día de suerte.

Lerner se fue sin decir nada más.

A regañadientes primero, Roberts examinó los archivos. Tenían como título «Operación Man.»

La información se remontaba a un incidente en el verano de 1981, cuando la policía realizó una redada en Florida a un club de yates, en la cual se habían confiscado 15 toneladas de marihuana y se había arrestado a una persona. Fue un triunfo decente, aunque no pudieron dar con el hombre clave de esa operación de narcotráfico, Eddie Romano. El jefe de la banda pudo escapar en esa ocasión, pero estaba nervioso, pues necesitaba esconder 550 mil dólares.

En su desesperación, le pidió a un viejo amigo, Sam Malloy, que instalara una caja fuerte en el piso de su taller mecánico.

Diligentemente, Malloy guardó el dinero, pero la idea de tanta riqueza al alcance de su mano le quemaba por dentro. Una noche trató de violar la caja fuerte con un mazo. Al principio no cedía, pero con la ayuda de un rotomartillo, finalmente pudo abrirla y huyó.

En un motel en su camino hacia el Norte, conoció a una prostituta. Desafortunadamente, resultó ser la puta más cara de la historia: Cuando se despertó por la mañana, tenía 550 mil dólares menos y la chica se había ido.

Ese fue su primer error; el segundo fue regresar al sur de Florida.

Cuando reapareció, Romano pidió verlo en el club de yates. El jefe de la banda quería que Malloy lo acompañara en un viajecito.

Cuando estuvieron mar adentro, los compinches de Romano encadenaron a Malloy y le pusieron un ancla. Antes de tirar al traidor por la borda por partida doble, Romano quiso enseñarle a su amigo lo que pensaba de la traición.

—Quiero hacerlo yo mismo —le dijo a sus compinches.

Con una tranquilidad escalofriante, sacó una pistola y le disparó a Malloy en la cabeza.

El cuerpo sin vida fue arrojado al agua, y la pistola también.

Finalmente, Romano sería sentenciado por narcotráfico y por homicidio.

Pero el medio millón que Malloy había perdido era una gota de agua en el océano, por así decirlo, comparado con las ganancias totales de Romano por tráfico de drogas, que ascendían a 100 millones de dólares.

El encargado de lavar gran parte de su efectivo era su matón, Simon Anderson. Universitario, inteligente y educado, era también un asesino despiadado, y se sospechaba que había secuestrado y asesinado a tres capos del mundo del hampa. Con cientos de dólares en una maleta, Anderson salió de Estados Unidos con un nombre falso con rumbo a Inglaterra.

¿Su plan? Lavar el efectivo en bancos de la Isla de Man, un territorio dependiente de la Corona, es decir, una isla británica con leyes bancarias propias como en los paraísos fiscales del Caribe.

Su asistente era un abogado de Manx, Alex Hennessey, con quien creó compañías falsas y cuentas bancarias con nombres falsos. Lo que Anderson no sabía era que sus negocios con Hennessey estaban bajo vigilancia.

Scotland Yard se había interesado por el abogado, ya que investigaba el paradero de 26 millones de libras, resultado del robo a la aseguradora Brink's-Mat. El golpe ocurrido en noviembre de 1983 era muy famoso en el folklore criminal inglés. Cuando seis ladrones irrumpieron en la bodega de Brink's-Mat en Heathrow, pensaron que se llevarían 3 millones de libras en efectivo. Sin embargo, al llegar, encontraron tres toneladas de lingotes de oro con un valor de 26 millones de libras. Se trató del robo más grande en la historia del crimen británico.

Aunque dos hombres recibieron sentencias de más de 25 años, la mayoría del oro robado nunca se recuperó, y nunca atraparon a los otros cuatro ladrones. Se decía que cualquier persona que llevara encima oro adquirido después de 1983, probablemente llevaba oro de Brink's-Mat.

El caso fue tan notorio que la policía se encontraba bajo presión para presentar resultados. Los detectives de Scotland Yard sospechaban que Hennessey había lavado algunos de los millones perdidos. Aunque estaba al frente de una pequeña empresa en Manx, Hennessey estaba involucrado hasta el cuello después de haber lavado dinero de traficantes estadounidenses mediante compañías registradas en el paraíso fiscal británico. Al pisar los talones a Hennessey, la policía se encontraría con Anderson.

Gracias a una estrecha vigilancia, la policía observó cómo el abogado, quien tenía también un historial de posesión de cocaína, acudía a una cita con Anderson en el centro de Londres. Ellos tenían las manos atadas respecto a Anderson hasta que intuyeron que iría a España a visitar a un hombre involucrado en el robo de Brink's-Mat. Fue entonces que se abalanzaron sobre él.

Se le interrogó detenidamente respecto al tráfico de droga y acerca de la fuente de su dinero. Anderson reivindicó su inocencia asegurando: «No soy tan malo. Fui a la universidad. Todos somos universitarios blancos. No hay colombianos ni cubanos. Los universitarios tenemos principios.»

El análisis de sus cuentas de banco en Londres mostró depósitos de 300 mil libras, y en una cuenta de la Isla de Man se encontró más de un millón de libras.

Para entonces, la policía tenía también bastantes cargos contra Hennessey. Una cuestión de jurisdicción estipulaba que los agentes tenían que hacer juramento como policía especial para tener plenos poderes en la Isla de Man. Después de haber hecho el juramento, los agentes se dispusieron a arrestar al abogado.

Parecía que le habían quitado un peso de encima cuando lo arrestaron. Hennessey temía por su vida, lo cual no era de sorprender debido a la historia de violencia de Anderson.

Hennessey accedió a cooperar con la policía a cambio de una sentencia reducida y voló con los detectives a Florida para ayudarlos con sus averiguaciones. La policía se sorprendió al confirmar que él se encontraba justo en medio de una colosal maniobra de lavado trasatlántico de dinero; sabía tanto que les tomó meses interrogarlo.

La policía descubrió también que Hennessey había ayudado a convertir una pequeña organización de beneficencia en el norte de Inglaterra en una fachada con la cual se deshacía de dinero sucio. Se decía que entre los que la habían utilizado para esconder grandes sumas de dinero y oro, se encontraba Fedinando Marcos, el depuesto presidente de las Filipinas y su esposa Imelda. Por otro lado, los sindicatos del crimen con lazos en la mafia, también se beneficiaron de los servicios que ofrecía la organización de beneficencia en Inglaterra.

La cooperación de Hennessey lo ayudó a reducir su sentencia a solamente 18 meses y nueve meses de arresto, después de haber admitido que había manejado 100 mil libras del dinero del robo del Brink's-Mat.

Su información hizo que los detectives descubrieran las oficinas de un contador en las Islas Vírgenes, un tal William O'Leary.

Hicieron la redada en la madrugada, y esgrimiendo una orden de cateo, confiscaron los archivos. Muy pronto, fue evidente que O'Leary era un elemento clave en el lavado de dinero de la droga de Estados Unidos. Complacidos con el resultado de la redada, Scotland Yard alertó a la DEA, a la aduana y al Departamento de Tesorería de Estados Unidos.

Los archivos de O'Leary y Hennessey eran un tesoro oculto de evidencias para la policía. Eran tantos, que hizo falta un avión para llevarlo todo de regreso a Fort Lauderdale.

Bajo su propia responsabilidad, O'Leary y Hennessey usaban tres archivos por transacción: uno para el cliente, otro para los auditores y un tercero para ellos. De todos los archivos, el tercero era la clave para descubrir toda la operación, contenía los códigos del sistema, las notas manuscritas, la contabilidad de las transferencias, las transferencias de efectivo, los giros de dinero y cómo se recibían éstos.

De cara a la prisión, O'Leary no tuvo más alternativa que cooperar completamente con Estados Unidos a cambio de su inmunidad. Después de un interrogatorio, admitió haber recibido más de 100 millones de dólares en ganancias. Durante uno de sus numerosos interrogatorios con la policía, se hizo evidente que este contador británico de 33 años tenía la urgencia de implicar no sólo a quienes le ayudaron con sus propias actividades, sino a todos los que lo rodeaban.

Identificó a diez de las más grandes organizaciones de tráfico de drogas en Estados Unidos.

—Si creen que esto es malo —le dijo a los detectives—, deberían ver lo que pasa en la isla de junto, en Anguila.

Por su cooperación, los cargos en su contra se retiraron.

Aunque fuera como una pepita de oro la revelación de que se llevaba a cabo una gran estafa de lavado de dinero en una isla vecina, Estados Unidos aún no tenía jurisdicción en los territorios ingleses de ultramar. Sin embargo, Dean Roberts había entendido el significado de este informe. Si los detectives de Scotland Yard podían trabajar con la DEA, existía la posibilidad de un arreglo más formal.

¿Y qué tal si hubiera una fuerza conjunta entre el FBI y el Reino Unido? Si ésta se llevara a cabo correctamente, entonces tendría el potencial para sortear los pequeños obstáculos de la ley internacional. Si el FBI hiciera conexiones con sus contrapartes en el Reino Unido, entonces podría armarse con órdenes de arresto para investigar las denuncias de lavado de dinero en Anguila.

Dio un salto como movido por un resorte, y Roberts se dirigió a la oficina de Lerner con el expediente en la mano.

—¿Podemos reunirnos con ellos?

—¿Con quiénes?

—Con los ingleses.

—Cuando quieras. Están en la ciudad con los de la DEA. Repasa tu historia colonial, Rich. La vas a necesitar cuando arregle una reunión.

A la cabeza del equipo británico de la investigación se encontraba el detective de fraudes, Trevor Davy. Más o menos tenía la misma edad que Roberts y parecían cortados por la misma tijera. Aunque físicamente más imponente que su contraparte estadounidense, su deseo de derrotar a quienes financiaban al crimen organizado y a las bandas de narcotraficantes era el mismo que el de Roberts. Su reputación de malhumorado y sombrío cuando las cosas no eran como él quería, eran un reflejo de las de hombre del FBI.

Por insistencia de Roberts, Davy y su colega, el detective Keith Black, se reunieron con el FBI esa semana. Desde el momento en el que los presentaron, ambos supieron que trabajarían muy bien juntos. El FBI pudo ofrecer un margen de maniobra en Estados Unidos, por el cual Davy sólo pudo haber soñado, mientras que para Roberts, Scotland Yard podía revelar los secretos de los paraísos fiscales.

Se trataba de los inicios de una fuerza conjunta para combatir el crimen en estos pequeños enclaves del imperio británico.

Al principio se acordó trabajar según se presentaran las circunstancias, con lo cual se inició un esfuerzo de cooperación único entre las dos agencias. Davy y Black establecieron su base en Miami y trabajaron estrechamente con el FBI. El equipo fue rápido en formular una lista de objetivos, basados en la información que O'Leary había proporcionado. Un nombre en esa lista tenía especial significado para mí.

—Entonces, ¿quién es el principal hombre en Anguila? —preguntó Roberts a Davy.

—Henry Jackson. Opera desde Saint Kitts. Tiene el rimbombante título de Asesor Constitucional de Su Majestad —dijo en un tono que sugería que al inglés no le importaban mucho los títulos.

Roberts estudió el informe.

—Está metido en varios asuntos al mismo tiempo.

—Hagámosle una visita.

DIECIOCHO

MIENTRAS MÁS CAMBIAN LAS COSAS, MÁS PERMANECE TODO IGUAL

A VECES LOS CAMBIOS MÁS TREPIDANTES en la vida de una persona vienen de los movimientos más imperceptibles.

Aparentemente, no habría nada de excepcional en la compra de una casa que yo había ayudado a gestionar para uno de los amigos de Andre. Siempre ayudaba a la gente en este tipo de cosas. No había nada de extraordinario acerca de la propiedad, una casa elegante y familiar en Coral Gables, no muy lejos de donde yo vivía con Monique. Al cerrar el trato, en la reunión de rutina para firmar los papeles necesarios, no había sucedido nada: se entregó el cheque a cambio de las llaves, y todo sugería que se trataba de un día normal.

No estaba preparado para llegar a la reunión y cerrar el trato con Irene, la amiga de Andre y, por primera vez, conocí a la agente de bienes raíces que arregló la venta.

—Hola —dijo ella—. Soy Denise.

Se encendió una chispa dentro de mí.

Había permanecido sentada con las piernas cruzadas y cuando se puso de pie para saludarme, lo primero que noté en ella fue su figura. Era tan alta como yo, y vestía un traje sastre muy de negocios; era guapa y elegante. Además era pelirroja. Caí rendido.

Desde ese momento, las formalidades para cerrar la venta serían sólo un pretexto, pues el propósito verdadero para reunirme con ella era conocerla mejor. Las cuestiones legales concluyeron, intercambiamos datos, todo con la excusa de posibles negocios futuros, aunque me di cuenta de un cierto interés de su parte por la sonrisa que me lanzó al marcharse al final.

Telefoneé a Denise casi inmediatamente después y la invité a cenar. Me di cuenta de que si surgía una posibilidad no había que dejarla ir.

Después de ver a algunos clientes respecto a un negocio urgente que necesitaba concluir, antes de pensar siquiera en la vida social, regresé inmediatamente a mi departamento. Después de cambiarme con prisa, me detuve un poco para echar un vistazo a la casa que había creado con Monique en Brickell Bay Club.

En todas las habitaciones había muebles antiguos art decó, objetos bellos de Europa y de Nueva York. Hasta el interruptor de la luz era una pieza auténtica de los años 20.

Al mirar hacia la bahía podía distinguirse la delgada línea de las lanchas de la aduana que patrullaban el muelle. Corrían rumores de que el cargamento de una nueva droga estaba por llegar, más poderosa aún que la cocaína. Más poderosa quería decir más rentable. Si ese era el caso, no pasaría mucho tiempo antes de que todos quisieran una tajada.

Recogí mis pertenencias y salí del departamento justo cuando Monique regresaba.

—¿A dónde vas?

—Voy a salir. Voy a ver a un cliente.

—¿Otra vez?

—Ya sabes cómo es esto. Confían en mí.

Monique parecía resignada.

—Pensé que habías dicho que lo dejarías. A veces pienso que tus clientes significan más que yo.

LAVADO DE DINERO

—No pienses eso —le dije—. Son esos clientes los que han pagado todo esto.

—No quiero un departamento elegante. Quiero una relación.

—Monique… —me quejé, pero lo dije sin sentir nada en realidad. Estaba desesperado por irme—. Vamos, no seas así.

Iba a darle un beso para calmarla, pero se apartó y me dejó con el beso en el aire.

Podía haberme quedado para calmarla, pero estaba más interesado en lo que nos deparaba la noche a mi nueva compañera y a mí. Sin mirar de soslayo siquiera, salí y cerré la puerta.

Mientras bajaba en el elevador al estacionamiento, me reprendí a mí mismo por haberle mentido. El triste hecho de vivir vidas tan separadas ya, no me alentaba a hacer el esfuerzo. Ninguno de los dos teníamos el valor.

Vi a Denise para cenar en un pequeño restaurante de mariscos en Cayo Biscayne, la idílica comunidad isleña donde ella vivía, a casi 10 kilómetros de Miami. Inmediatamente nos llevamos muy bien. Me dijo que tenía 29 años y que había sido sobrecargo de Pan Am en *charters* de la Casa Blanca. Lo creí sin chistar por lo cuidado de su apariencia. Su maquillaje era impecable y su pelo era brillante. Escultural y de largas piernas, era todo lo que Monique no era.

Eso fue el principio de lo que podría llamarse un tórrido romance. Me las arreglaba para tener momentos en el día para verla y, muy pronto, renuncié a tratar de encubrir mis movimientos. Había sabido mantener tantos secretos fuera del alcance de Monique, que se había convertido en una segunda naturaleza.

Traté de ser una pareja diligente, hasta traté de hacerla de papá cuando sus hijos vinieron a vivir con nosotros, pero había demasiada distancia entre nosotros; muchas cosas habían quedado sin decir. Sabía muy poco acerca de la vida que yo había llevado en los últimos seis años, que ni siquiera podría haber recurrido a ella de haberlo intentado.

La edad comenzaba a hacer sus estragos. Yo había llegado a los cuarenta, sin haberme casado, no tenía hijos ni nada que se pareciera a una vida normal. Probablemente habría luchado por arreglar las cosas con Monique, pero Denise vino a cambiar todo eso. Me había flechado.

Denise me aceptó tal como yo era. Tenía un entendimiento innato para la escena de las drogas y para la gente que llevaba ese tipo de vida. Era un buen trabajo, pero cualquiera que lo hubiera sabido, no me habría aceptado. Hasta empecé a presentarla con algunos de los clientes. No tenía miedo y, probablemente, la había seducido tanto dinero en efectivo disponible. Había tenido un novio en el negocio de las drogas, así que sabía cuáles eran todos los indicios y podía interpretar las señales de alarma.

Estábamos en la misma frecuencia. No había esfuerzo alguno.

No fue ninguna sorpresa cuando poco después, a los dos meses, me sugirió que viviéramos juntos. No dejé ir la oportunidad.

Denise no podía ser más opuesta a Monique. Aunque era indudablemente hermosa, al ser una chica de los sesenta y por si fuera poco, policía, Monique no era de las que ostentan su sexualidad, ni le gustaba exhibirse. Le gustaban la ropa y la joyería cara con que la consentía. Con Denise, las baratijas que le traía del Caribe seguían guardadas en cajas en el fondo del clóset.

No le conté nada a Denise acerca de Monique, por supuesto. Ese tipo de detalles puede arruinar una relación que apenas florece, pues pensaba que era soltero con un enorme ingreso disponible y que acababa de mudarme de casa.

Intenté decirme a mí mismo que le estaba haciendo un favor a Monique. Al dejarla, podría salvarla de cualquier investigación, que ciertamente le hubiera costado el trabajo que tanto quería.

Así que por segunda vez en tres años, hui de Monique. La historia se repetía. Fui a casa, me llevé ropa y dinero y me fui.

Resolví que podía quedarse con el departamento y con todos los muebles art decó que con tanto esfuerzo yo compré y restauré. Se lo había ganado.

Si eso fue algo impulsivo, no sé si también lo fue casarme con Denise un mes después de mudarme a su casa. Un mes antes de la boda, Denise me dio una noticia que nunca pensé que escucharía: Iba a ser padre.

Yo estaba encantado. Después de sufrir una mala experiencia con su primer marido, Denise siempre se había preocupado por no poder tener hijos. Había sido una bendición.

Todo encajaba perfectamente. ¿Estaría ya sentando cabeza y tendría una vida normal?

Todavía lavaba dinero, pero con Bernard y Charlie fuera de la jugada, me atreví a pensar que podía alejarme de ese tipo de vida. No estaba seguro de que me envidiara por haber trabajado tanto en la situación del francés, pero desde que lo habían arrestado, mi relación con Ed era casi nula.

Abrió su restaurant con Kelly, pero no fui a la noche de la inauguración. Fue de lo mejor. Oasis de medianoche, en Kendall, había abierto con gran fanfarria. Como socio de Ed y Kelly, Michael Lewis, el contador, se les había unido, seducido por el dinero y para regentar el lugar a nombre de sus socios.

La noche de la inauguración atrajo a diferentes figuras del mundo de las drogas, pero también a la DEA que, desde el estacionamiento, tomaba nota de las placas de los autos. En su primer año, gran parte de las ganancias del narco se invirtieron en el restaurante, con lo que se convirtió en el sexto sitio más rentable de su tipo en todo Estados Unidos.

Noche tras noche, Ed presidía las reuniones con su séquito, pero según había escuchado, su pequeño imperio se estaba desmoronando. Curiosamente, su vida tenía paralelos extraños con la mía. Él y Kelly también se habían mudado de Coral Gables a Cayo Biscayne, no muy lejos de donde Denise y yo vivíamos. Todavía hacía algunos encargos para ellos, pero cada vez menos y, cuando lo hacía, era Kelly quien me daba las instrucciones.

Cuando dejé a Monique, Andre me había dicho que las cosas no iban nada bien con Ed y su pareja de varios años.

Ya lo había olvidado, cuando al llegar al Tobacco Road, el bar más antiguo de Miami y lugar preferido de Al Capone durante la

Prohibición, me llevé una sorpresa al encontrarme con Ed. Se veía muy mal, hinchado, y su piel antes tan bronceada, se veía grasosa y con manchas.

—¿Ed? —pregunté, porque de verdad no estaba seguro de que fuera él.

—Ken. Vaya, vaya —contestó levantando la cabeza para examinarme por encima de su cerveza.

—¿Cómo has estado? —pregunté.

—De maravilla —dijo—. No podría estar mejor. La vida es bella.

Su respuesta me hizo pensar cuánto tiempo habría estado en este bache, pero yo había ido a ese bar por una cerveza, así que pedí una y me senté junto a él.

—¿Cómo van los negocios? —intenté parecer interesado de verdad.

—Como nunca —contestó.

Estaba a punto de responder cuando él dijo: «Por fin tengo asesores financieros decentes que me ayudan.»

Pensé confrontarlo, pero me pareció mejor no hacer caso. Ya había visto lo pesado que podía ponerse Ed con algunas personas. Era tonto pensar que no se comportaría así conmigo un buen día.

—Me da gusto saberlo —sonreí.

—Mira, Ken: agradezco tu ayuda para que comenzáramos y todo eso, pero la verdad es que no entendiste nada.

Esta vez sus palabras eran hirientes. No contesté.

—O sea, mira —continuó—: ¿sabías que todas esas compañías que estableciste para mí en un principio se disolvieron después de un año? ¿Qué demonios fue eso?

Pensé en defender mi esquina explicándole por qué había hecho el papeleo de tal manera que esas empresas expiraran y nadie pudiera rastrear a sus propietarios, pero no lo hice. Si era demasiado estúpido como para no deducir por qué lo había hecho, ciertamente no iba a explicárselo ahora. Ese era mi oficio en el negocio, eran mis secretos.

Simplemente me encogí de hombros.

—Ahí lo tienes —dijo, como si se justificara—. No tienes idea.

—Parece que no la tengo —dije—. Parece que te va muy bien sin mí. Finalmente, ¿tomaste la ruta suiza?

—Fue lo mejor que pude haber hecho. Fue inteligente de tu parte hacer parecer que lo que hacías era complicado, pero no lo era. Yo mismo puedo hacerlo y no tengo que pagar las grandes cantidades que tu primo y su amigo Jackson exigían.

Ya había escuchado suficiente de su perorata, así que bebí mi cerveza y lo dejé ahí.

Me daba tristeza que la lógica de Ed fuera tan retorcida que no pudiera ver todo en lo que yo lo había ayudado. El hombre que alguna vez había anunciado que éramos como hermanos, ahora era feliz difamándome.

Conduje hasta la casa de Denise y traté de olvidarme de él. Teníamos cosas más importantes que tratar. Teníamos que planear una boda.

Como ambos ya nos habíamos casado antes, evitamos una ceremonia en una iglesia y preferimos hacer algo más a lo Miami Vice. Era 1986 después de todo.

Renté un yate de lujo, donde se llevarían a cabo la boda y la fiesta. Denise se veía sensacional en unos pantalones de piel color salmón y un top atrevido. Yo llevaba unos jeans de piel blancos y una camisa. La ceremonia fue planeada para que coincidiera con la puesta de sol y la oficiaría Trevor, el piloto al que algunas veces había ayudado a entregar cocaína de las Bahamas y que también era, oportunamente, un notario público.

No quisimos nada familiar. En vez de eso, la lista de invitados era un raro grupo de 25 amigos y clientes, como Andre, que había dejado completamente el negocio. Sin juzgar nunca a nadie, él había preferido no tomar partido debido a mi rompimiento con Monique. Siempre anteponiendo su filosofía cristiana de «vive y deja vivir». No me sorprendió que Ed y Kelly no hubieran ido.

La champaña corría y charlamos en un *lounge* de piel hasta la madrugada. Mi pobre esposa no pudo beber tanto como ella hubiera querido el día de su boda; se pasó todo el festejo acariciándose la barriga como si protegiera la vida que llevaba dentro.

Muchos se sorprendieron de que eligiera Saint Martin para pasar la luna de miel, ¿en el lado francés, para variar? Nunca fui alguien que dejara pasar una oportunidad para mezclar negocios con placer. Dejé que Denise se relajara en el hotel mientras yo hacía un pequeño viaje a Anguila para registrar algunas empresas nuevas y para reemplazar las que estaban por expirar.

Bueno, ¿y qué más podía esperar ella? Las vacaciones eran un lujo que no me podía dar.

Después de la boda, llegó el momento de hacer algunos cambios. Me mudé de la oficina de ex fiscales en el centro a un discreto lugar detrás de Tobacco Road.

Christine, mi fiel secretaria, finalmente supo que era el momento de moverse también. No se había quedado muy tranquila desde la huida de Jean-Luc y quería irse del país. Había recuperado unos fondos en un proceso civil y con dinero «recién salido del horno» se fue a Inglaterra.

Lamenté perderla, pero la entendía perfectamente. Además, tenía una solución muy razonable: Denise sería mi secretaria. Me ocuparía de mis propios asuntos; aunque ella todavía no sabía en todo lo que me había metido, tenerla en la oficina me ayudaba a legitimar todo.

No pasó mucho tiempo después, cuando un día caminaba a la oficina y, de pronto, me encontré con Monique. Creo que en una ciudad de 400 mil habitantes eso tenía que pasar algún día. Era la primera vez que la veía desde que había desaparecido con mis cosas por segunda vez.

No le dije que la dejaría ni le dejé una nota ni la llamé. Puede que haya sido un poco cruel, pero yo pensaba que no había nada que decir y hablar sólo resultaría doloroso para los dos. Me había convencido a mí mismo de que dejar todo así le ayudaba a ella a final de cuentas. Se habría guardado sus lágrimas por mí y habría sentido más furia contra mí, más que pesar. Me estaba engañando a mí mismo.

—¿Cómo te va con tu nueva novia? —dijo sarcástica.

No pensé que fuera un buen momento para ponerla al tanto de la noticia de que ahora estaba casado y que un hijo venía en camino. En vez de eso, traté de aplacarla con respuestas no comprometedoras, pero le dejé claro que ahora tenía una nueva relación.

—Tu vida estaba destrozada cuando te conocí —dijo con una risa burlona.

—Vamos; nos divertimos, pero queríamos cosas diferentes —le dije, tratando de razonar con ella.

—¿Como cuáles?

—Bueno, un buen día habría querido casarme, tener mis propios hijos. Tú ya habías logrado todo eso.

—Me habría casado contigo —dijo casi suplicando, con los ojos a punto de llorar.

No lo pude soportar. Después de todo lo que había pasado, lo último que quería hacer era herirla.

—Monique, no entiendes. Yo-ya-me-casé —dije pronunciando cada palabra con frialdad.

Por un momento pensé que haría un escándalo, pero recuperó la compostura. Sin decir nada, solamente se quedó ahí, de pie.

—Sé que es muy duro, pero todavía me importas, Monique. Obviamente, aún tenemos muchas cosas que nos unen —le dije con un poco de vergüenza, debido a los amigos en común y por lo dañino que habría sido hacer las cosas más difíciles—. ¿Es demasiado pedir que nos llevemos bien?

—¿Como amigos? —dijo burlándose— ¿Y vamos a pasarla muy bien y a hacer parrilladas?

—Bueno, yo...

—Olvídalo. Nunca seré amiga de tu esposa. Arruinó mi vida —dijo sin rodeos.

Me imagino que si hubiera encontrado a Monique poco después de haberme ido, habría hecho que nuestro encuentro fuera diferente, más melodramático, pero ahora toda su energía la había abandonado.

—Si nos hubiéramos casado, todo habría sido diferente para nosotros —dijo, como en una ensoñación.

—Puede ser, pero después de todo también habría sido más complicado separarse ahora. Esto es lo mejor para los dos.

—No trates de suponer lo que es bueno para mí.

No había más qué decir. Me inventé el pretexto de que se me hacía tarde para llegar a una reunión y nos despedimos. No estoy seguro de si ese encuentro intempestivo le ayudó a cerrar la historia, pero de alguna forma me sentía aliviado de haber sido capaz de ser bastante educado.

La nuestra había sido una relación nacida de las drogas y del efecto de la cocaína; nuestro amor había llegado a alturas increíbles, pero el efecto se había desvanecido en un tiempo interminable. Con Denise esperaba no cometer los mismos errores. El encuentro con Monique me ayudó tomar la decisión de enmendarme. Me dio el síndrome de abstención. Después de años de usar cocaína casi a diario, decidí dejarla para siempre. Ya no soportaba las resacas, la deshidratación, los dolores de cabeza y la depresión después de la resaca, que son las marcas de un hábito de muchos años.

Al principio fue muy duro, pero después, al sentirme mejor físicamente, hice a un lado la urgencia de retomar el hábito y dejé la coca para siempre. A Denise le preocupaba cómo me seguiría desenvolviendo en círculos en los que reinaba la cocaína y si lograría permanecer como si nada cuando mis clientes la consumieran frente a mí, pero descubrí que una vez que la dejé, perdí todo interés por la coca. Sólo hasta que la dejé pude apreciar cuánto había llegado a depender de ella. Durante años había sido una presencia constante en mi vida. Con una nueva esposa y las nuevas responsabilidades de una paternidad incipiente, pude enfocarme mejor.

Nuestro hijo nació en la primavera siguiente. Lo llamamos Anton y, cuando lo tuve en mis brazos por primera vez, pensé en el tipo de ambiente en el cual crecería; en si su nacimiento marcaría un nuevo comienzo para mí, y si me convertiría por fin en un abogado normal.

Cuando mi padre conoció a Antón fue un momento especial. Mientras Robert analizaba mi nueva y respetable vida, él dijo: «Por fin parece que estás viviendo una vida normal». Nunca le había dado a él ni a mi madre el más mínimo indicio de mi estilo de vida alternativo, pero tal vez sabían muy bien, o sólo esperaban, que éste fuera un nuevo periodo de tranquilidad en mi vida.

Mi objetivo era construir un área de bienes raíces en mi despacho. Quería dejar de lavar dinero y salirme del juego con la misma facilidad con que había entrado. Ese era el sueño.

DIECINUEVE

¿DÓNDE QUIERES TUS DOCE MILLONES?

Dean Roberts nunca pensó que fuera a ser fácil.

Su equipo de ocho hombres irrumpieron en la oficina de Henry Jackson en Anguila al de los detectives de Scotland Yard que allanaron el establecimiento de William O'Leary.

Lo mejor que les podía pasar era que Jackson quedara como conejo encandilado por los reflectores; lo peor, que como abogado les pidiera su identificación para cometer ese agravio.

En cambio, se portó obediente y encantador. Era como si Jackson los hubiera estado esperando. El político no había llegado al lugar que ocupaba en el gobierno y la legislatura para que lo perturbaran las atenciones de la policía.

—Tenemos motivos para suponer que usted ayudó y facilitó actividades de lavado de dinero —le notificó el agente Roberts—. Tenemos una orden para catear el lugar.

A Roberts le encantaba esta parte del trabajo. Cuando puedes verles el blanco de los ojos. Es entonces cuando sabes de qué está hecha una persona.

Jackson estaba muy calmado. Y ejecutó un movimiento lateral impresionante.

—Caballeros, pasen —les dijo cortésmente—. En lugar de despedazar mis hermosas oficinas, ¿por qué no se ponen cómodos, se toman su tiempo y examinan mis archivos a placer? Tienen que cumplir con su trabajo y quisiera ayudarlos cuanto sea posible. Como es obvio, rechazo cualquier insinuación de haber cometido actividades delictivas, pero si pueden encontrar algo que les sirva en sus indagaciones, sean bienvenidos.

Roberts intercambió miradas socarronas con su colega inglés. ¿Este tipo hablaba en serio?

Jackson no había terminado.

—De hecho, creo que no hace falta que esté aquí. ¿Por qué no los dejo tranquilos, caballeros? Permítanme tomarme una semana de vacaciones en Estados Unidos y mientras ustedes pueden revisar mis archivos.

Roberts y Dave conferenciaron. Era inusitado pero, a decir verdad, no necesitaban a Jackson mirando sobre el hombro para saber qué expedientes revestían su interés.

Tenía demasiados vínculos con las dos comunidades como para escaparse y, además, si hubiera pruebas que lo implicaran en delitos, podrían detenerlo más tarde. Lo que querían eran los expedientes y él los había entregado sin líos y sin querer ver la orden judicial.

Sabían que tal vez eso significaría que Jackson clamaría públicamente que se sentía conmocionado por la acción de la policía, que se negó a cooperar y que la búsqueda se había hecho sin que estuviera presente, pero podrían sobrevivir a eso.

Mientras Jackson recogía sus cosas y salía de la oficina, el equipo entró con sus cajas y comenzó a examinar la montaña de papeles que tenían enfrente. Les iba a tomar un tiempo.

Me miré en el espejo antes de salir de casa.

Llevaba el mismo estilo de camisa estridente, pantalones cortos y zapatos que usaba en los viajes a Anguila. Desde la primera vez que fui, en nombre de Ed y Kelly, había hecho centenares de viajes para llevar efectivo a la islita. Se habían vuelto una segunda naturaleza. Incluso había llegado a la etapa en que estaba convencido de que no hacía nada malo.

Quizá por eso acepté ponerme ese atuendo (mi uniforme de lavador de dinero) para hacer un depósito de David y Mary Vanderberg, marido y mujer, químicos orgánicos de Dakota del Norte. Cuando no se valían de Andre para comercializar su producto cultivado en casa, reclutaban la ayuda de los Ángeles del Infierno para que lo hicieran. Era obvio que los motociclistas se habían afanado. David tenía cientos de miles de dólares de la venta de su metanfetamina casera y quería invertirlos en una cuenta foránea.

Esa vez llevaba 150 mil dólares. Parecía morralla; cosa de rutina. Con varios clientes en la cárcel o el exilio, mis actividades delictivas se habían desplomado. Mi vida había dado un giro. Al principio, el trabajo legal honrado era un acto secundario respecto del espectáculo principal. Pero había trabajado tan esforzadamente por establecer un negocio fiable que pasó al centro del escenario y desplazó los asuntos ilícitos. Me tenían ocupado las clausuras hipotecarias y las demandas civiles. Pero no podía salirme completamente del cuadro. Todavía tenía clientes de los que era el enlace con su cuenta aquí. Todavía tenía mi dinero en Anguila. Pese a haber gastado decenas de miles de dólares en el mobiliario art decó, quedaban alrededor de setenta y cinco mil en mi cuenta de José López. *Pero*, me repetía mientras me preparaba para salir rumbo al aeropuerto con mi vieja bolsa de viaje, *era bueno tenerlos a la mano*.

En cuanto bajé del barco en Anguila tuve la impresión de que algo estaba mal. Henry Jackson caminaba hacia mí con aspecto nervioso.

—¿Ken? —Exclamó; parecía como si hubiera visto un fantasma—. ¿Qué haces aquí?

—Negocios. ¿A ti qué te sucede?

—No puedo quedarme, Ken. Tengo que alcanzar un bote.

Sus ojos saltaban de un lado a otro, como un animal muerto de miedo, como si le aterrorizara que lo vieran hablando conmigo.

—Henry, ¿qué pasa?

—Mira, Ken… lo siento. No puedo quedarme ahora.

Se fue enseguida, entre corriendo y caminando, hacia los botes.

Normalmente, Henry era jovial, estaba lleno de vida. Me convencí de que no era nada y continué mi camino hacia el banco. Gerald, el presidente, me saludó como siempre, pero su expresión era grave.

Me llevó a su oficina.

—Vino la policía. Quieren ver los detalles de las cuentas a nombre de estadounidenses.

Eso explicaba el nerviosismo de Henry Jackson.

—Déjalos que las vean —le dije confiadamente—. No creo que tengamos nada que temer.

Gerald me miró con cierto aire de escepticismo.

—Está bien —le dije para tranquilizarlo—. Confío en ti. No voy a sacar mi dinero de aquí. No es momento de entrar en pánico. Veamos qué resulta.

Deposité el dinero de la pareja de granjeros y regresé a Miami.

Ponderé lo que Gerald había dicho. Me daba cuenta de que había un miedo creciente, pero al reflexionar, pensaba que las cuentas estaban seguras. Gracias a las leyes de privacidad de la isla, nadie tenía la jurisdicción ni el derecho de escudriñar para averiguar la verdadera identidad de los titulares de las cuentas. No había ninguna posibilidad de que las rastrearan hasta los clientes. Las únicas pruebas sobre quiénes eran los titulares estaban en las oficinas de Henry, y ninguna dependencia gubernamental conseguiría una orden judicial en una jurisdicción foránea para rebuscar en expedientes confidenciales, ¿o sí?

Uno o dos meses después, poco antes de Navidad, estalló la bomba.

Estaba en mi oficina tratando de organizar trabajo legal honrado cuando sonó el teléfono. Era Gerald, del banco de Anguila.

—Ken —dijo lacónicamente—. No sé cómo decirte esto. Tus cuentas fueron congeladas.

—¿Qué? ¿Cuáles?

—Todas. Lo siento.

—¿Por qué nos lo hacen a nosotros?

—No eres el único —percibí la tensión en su voz—. Son todas las cuentas.

—¿Qué quieres decir con que son «todas las cuentas»?

—Todas las cuentas de compañías estadounidenses.

—¿Qué se puede hacer? —pregunté, más esperanzado que otra cosa.

—De momento, nada —dijo, y repitió—: No hay nada que puedas hacer. Nadie puede hacer nada. Tenemos que ver qué quieren. Siguen investigando.

Colgué. No tenía sentido. La policía de Estados Unidos no tenía jurisdicción en Anguila. Era un territorio británico de ultramar. Ni siquiera el FBI podía llegar y exigir que le mostraran los expedientes.

¿Habían presionado a Henry? ¿Había aceptado un caso riesgoso de más? Sabía que era un sinvergüenza, pero era *nuestro* sinvergüenza. A menos que lo hubieran comprado.

No me imaginaba qué empujaba nuestro imperio al borde del colapso. Lo único que sabía era que todos quedaron conmocionados al entrarse de que habían congelado las cuentas. Bernard y Charlie habían sido detenidos, pero los atraparon *in fraganti* en un contrabando. Era el primer golpe al corazón de la organización, el primer golpe directo que le habían dado a mis clientes originales. Parte del dinero incautado era de los seis millones de dólares originales que deposité con Ed y Kelly.

Naturalmente, en mi última visita apresurada a su casa Ed se puso furioso cuando le di la mala noticia.

Se dirigió a mí echando humo:

—¿Qué significa? ¿Por qué no haces algo?

Mantuve la calma.

—La DEA está mezclada. Le dijeron al banco que querían incautarse del efectivo y llevarlo a Estados Unidos porque afirman que es dinero de drogas.

—¡Carajo! —gritó Ed. Le costaba asimilar las malas noticias.

—Parece que tienen información concreta. Saben exactamente dónde buscar. ¿En quién no confías?

—No confío en nadie —respondió de golpe—. ¿Qué podemos hacer?

Qué gracioso. Como si él pudiera hacer algo.

—Tenemos que esperar y ver qué pasa.

Traté de sonar apacible, pero la verdad es que no tenía idea de lo que iba a suceder.

Unos meses después, alrededor de una semana antes de Navidad, ocurrió un pequeño milagro. Estaba en la oficina cuando sonó el teléfono. Era Gerald, del banco de Anguila.

—No lo vas a creer, pero me lo acaba de informar el magistrado de este caso. Se suponía que la DEA tenía que entregar declaraciones juradas con pruebas de los orígenes ilícitos del dinero esta semana. Fallaron. El dinero se descongeló. —Me quedé callado—. ¿Bueno? —dijo Gerald.

—¿Y entonces? —dije.

—¿Qué quieres que haga con el dinero?

—¿Con nuestras cuentas?

—Sí, puedo liberar el paquete. Hay unos doce millones de dólares a nombre de compañías estadounidenses. ¿A dónde quieres que los envíe?

Lo pensé un segundo. ¿Doce millones? Mis clientes tenían apenas como un tercio de esa cifra. Debía referirse al dinero de todos, que pertenecía básicamente a sus socios.

—Envíalos a Harvey Smith. Envía el paquete a su fondo de inversiones. Luego arreglaré lo que haya que arreglar con él.

¿En qué parte del mundo podía hacerse eso, transferir tal cantidad de palabra, por el teléfono, sin documentos que lo autorizaran? Era confianza absoluta. Lo más importante es que se trataba de doce millones de dólares. Sólo en los paraísos fiscales era posible una cosa así.

Aunque eran casi las cinco de la tarde en Anguila, los fondos fueron transferidos inmediatamente a Harvey Smith, abogado penalista de St. Kitts. Era el abogado al que recurría para intercambiar lugares temporalmente y no poner todos nuestros huevos en la canasta de Anguila.

Mi Navidad cambió al instante. En lugar de tener clientes enojados por las cuentas y de sentir el miedo de no saber qué había pasado, las habíamos recuperado.

El siguiente truco era sacarlo de St. Kitts. En ese oficio no había cheques ni podíamos transferirlo a cuentas de Estados Unidos porque tendríamos que comprobar el origen de los fondos.

Sólo había una cosa que podíamos hacer. Teníamos que hacer lo contrario de lo que habíamos hecho unos siete años antes y meter de contrabando el efectivo a Estados Unidos. Pero esta vez tendríamos que hacerlo por etapas.

Había otro problema. Harvey pedía una cuota de 25 por ciento por eventualidades. Nos había sacado del apuro, se las había arreglado para facilitar la audaz transferencia y quería ser bien remunerado por eso.

No sé qué había sido peor, si la noticia inicial de que todo su dinero estaba congelado o decirles que sólo recuperarían setenta y cinco por ciento. Dos en particular, Peter y Marcus, de la tripulación original de Ed, se sentían agraviados. No se daban cuenta de que les había hecho un favor.

Por el momento, deseché sus quejas. Podían lamentarse todo lo que quisieran.

Hubiera sido sencillo contratar otro avión y repetir el trámite original en reversa, pero no podía correr el riesgo. Por lo que sabía, la DEA y la Aduana tenían todos los detalles de los titulares de las cuentas y podían vigilar nuestros planes de viaje. Un avión privado llamaría la atención.

La única manera de hacerlo era pasar el dinero de contrabando en sumas reducidas de efectivo. Convoqué reuniones con los clientes en Saint Maarten. Ahí me sentía a gusto, conocía los hoteles y era fácil llevar por trasbordador el dinero desde St. Kitts. Literalmente, era un repartidor. Me reunía con los clientes, les entregaba miles de libras en efectivo y esperaba al siguiente.

Para mis 75 mil dólares tuve que idear otro plan. Llamé a siete amigos cercanos; unos estaban en el negocio y otros no.

—¿Qué te parecerían unas vacaciones en el Caribe? —les decía—. Nos vamos y volvemos con nueve mil dólares cada uno.

¿Quién rechazaría un par de días de sol y diversión en St. Kitts si lo único que tenía que hacer era regresar al país con algo de efectivo, todo perfectamente legal? En efecto, no era necesario declarar ninguna suma de menos de diez mil dólares.

Trajimos el dinero de vuelta al país sin incidentes, con lo que completamos un giro extraordinario.

Siempre había sido un misterio para mí cómo empezó a derrumbarse el castillo de naipes. Años después, vi en casa un documental inglés para televisión en el que se narraba un juicio por lavado de dinero que se extendió de la Isla de Man a Anguila. Entre los informantes del programa había un contador al que reconocí, pese a que habían ocultado su rostro y deformado la voz: era William O'Leary. Explicaba que había sido él quien sugirió al FBI que metiera las narices en la pequeña Anguila. Yo había recurrido a O'Leary para establecer, casi instantáneamente, compañías en las Islas Vírgenes Británicas en varios viajes relámpago. Podía llegar y partir de Road Town en menos de dos horas. El charter que tomaba en Anguila apenas tenía tiempo de enfriarse entre los vuelos.

Así que de esa manera la policía averiguó todos sobre el dinero de mis clientes y de los estadounidenses que tenían dinero en el banco de la isla vecina.

Henry Jackson se mostró tranquilo y ecuánime frente a Roberts y Davy, pero en el instante en que salió de su oficina su mundo debe haberse derrumbado. Seguramente fue en ese rato cuando me topé con él. No es de asombrar que lo hubiera visto tan atemorizado. Yo era el último hombre sobre la tierra al que hubiera querido ver.

Los investigadores ya habían estado en el banco, pero, sin los nombres de los cuentahabientes que les interesaban, los alejaron fácilmente. Luego, revisaron todas las listas de clientes y todos los libros y dieron con los nombres de las compañías. Eso les permitió incautar el efectivo de todas las empresas de estadounidenses. Desde luego, esa había sido mi póliza de seguros. Estábamos muy a salvo en el banco, pero en la oficina de Jackson, había puesto el nombre verdadero de los clientes en su expediente.

La salvaguarda que inserté todos esos años casi fue la causa de mi muerte. Sin embargo, de alguna manera logré escaparme.

En posesión de esos nombres, todas las cuentas de las compañías identificadas como propiedad de estadounidenses quedaron congeladas, independientemente de si había pruebas de actividades ilegales.

No fui el único que había comenzado a armar el rompecabezas. Los agentes del FBI y la DEA se pusieron furiosos cuando se dieron cuenta de lo que había pasado en el banco. Como pensaron que Gerald había sido sobornado, lo obligaron a dejar su puesto.

Tenían los nombres de muchos clientes sospechosos de narcotráfico y lavado, ¿pero contaban con las pruebas?

VEINTE

SABUESOS INFERNALES TRAS MIS HUELLAS

FUE OTRA JUNTA INOCUA. En parte negocios legítimos, en parte delito.

Roque Herrero era un cliente de poca monta, un distribuidor que vendía las drogas en secciones posteriores de la cadena de la oferta. Sin duda que no llegaba a la misma altura que su padre. Ramon Herrero era lo que podríamos llamar un súperdelincuente. A cambio de dinero, podía arreglar el medidor de luz como uno quisiera: regresarlo, volverlo lento, detenerlo. Con esa clase de servicio, era muy solicitado. Era un hombre buscado no sólo por los vecinos que luchaban en la línea de la pobreza de los suburbios dominados por minorías étnicas, sino también por las compañías de luz y por la policía.

Roque decidió que el comercio de drogas era un oficio menos conspicuo. Le había ido bien. Vendió cocaína en lugares como Nueva York y quería invertir. Pero tenía la misma sana paranoia de su padre. Se negaba siempre a verme en mi oficina del centro, así que en esta ocasión propuse que almorzáramos en una marisquería de Key Bizcaine, cerca de donde vivíamos. Tan cerca, que decidí traerme uno de los dos perritos lanudos tibetanos Llasa Apso de Denise.

Con todo el lío de Anguila, tenía pocas opciones y pensé que lo mejor sería que Roque invirtiera en compras legítimas, como bienes raíces. Roque era un dócil inmigrante cubano y escuchó mis consejos.

Habíamos terminado el almuerzo y volvíamos a nuestros coches cuando Roque exclamó:

—¿Qué carambas es eso?

Señaló algo del otro lado de la calle. Parpadeé bajo la luz del sol, al principio sin estar seguro de lo que veía. Se trataba de un hombre acuclillado detrás de un auto compacto. La imagen que teníamos ante nosotros era tan incongruente que tardamos un momento en entender lo que hacía. Y entonces nos dimos cuenta de que nos estaba filmando.

El incómodo bloque metálico que llevaba a la altura de los ojos le tapaba la cara. Pero el movimiento mecánico de la otra mano dejaba claro que nos grababa en lo que hoy llamaríamos una cámara de estilo antiguo. Era evidente que uno de los dos estaba bajo vigilancia.

Roque estaba horrorizado.

—¡Dios mío! ¿Viste eso?

Antes de que pudiera contestar, el hombre, al ver que lo habíamos descubierto, saltó a su auto y con la impaciencia de un piloto de Fórmula Uno salió a toda velocidad del estacionamiento, dejando rastros polvosos.

Con el corazón acelerado, miré alrededor, tratando de determinar si el hombre estaba solo. No había pruebas de que el hombre hubiera estado con alguien más. Pero como de todos modos no quería tentar mi suerte, me despedí de Roque y di un rodeo tortuoso rumbo a mi casa, básicamente para saber si alguien me seguía, pero también para tratar de apaciguar mi pulso acelerado.

Sentía como si me hubieran vaciado un cubetazo de agua fría.

Mis sentidos estaban aguzados. Muchas veces había sospechado que nos vigilaban, y después de la debacle del paraíso fiscal casi lo daba por seguro, pero esto confirmaba mis recelos. Se estaban cerrando las paredes.

Manejé por la playa, donde la autopista elevada Rickenbacker une con Miami la idílica barrera de islas, mirando sobre la bahía, con los rascacielos del centro recortándose a lo lejos.

¿Qué esperaba? Tenía que enfrentar los hechos. Había infinitas posibilidades de que en los cuatro años pasados me hubieran estado vigilando. ¿Las fuerzas combinadas de Aduanas, la DEA y la policía se acercaban todas las veces que creía que había borrado mis huellas?

¿Qué pensar de los clientes? Todos parecían venir con avales personales. Pero, ¿qué tal si uno fuera un agente que compilara silenciosamente un expediente con el que un día irían a colgarnos? ¿Quién era nuestro Donnie Brasco? Podría hacerse fácilmente. Estoy seguro de que la familia criminal Bonanno (la pandilla con la que tenían nexos las cohortes italianas de Benny Hernández) pensaba que era impenetrable hasta que Joseph Pistone, el agente del FBI, se infiltró y casi destruyó a toda la organización.

¿Cuánto podía confiar en que los clientes me guardaban las espaldas? Cuando íbamos en ascenso, éramos como hermanos de armas, pero pronto veríamos hasta dónde llegaban las lealtades.

Ya una vez había sido amenazado. Si los clientes se sentían apremiados, ¿mi vida estaría en peligro? Una cosa es mirar sobre el hombro, pero ¿cómo protegerme si uno de los aliados más cercanos decidía apuñalarme el corazón?

Quizá debí huir a Nicaragua cuando tuve la oportunidad. Era más fácil cuando sólo tenía que preocuparme por mí mismo. Ahora tenía a Denise y Anton. ¿Qué mundo de dolor les estaba reservando para que lo sufrieran?

Desde luego, era posible que Roque hubiera sido el blanco de este espionaje, pero el hecho de que me hubieran visto con él me implicaba más en su red. Después de Jean-Luc, Bernard y los doce millones de dólares congelados que robamos bajo las narices del FBI y Scotland Yard, pronto se descubriría, si no es que ya era patente, que estaba metido en muchas cosas.

En los días, semanas y meses que siguieron al incidente, operé en piloto automático. Me ocupé de mis asuntos, estuve en contacto con los clientes, trabajé en bienes raíces, fui un padre y marido diligente en casa y traté de llevar una vida normal. Pero todo el tiempo me preguntaba cuándo estallaría la bomba. ¿Cuándo se rompería este cuadro idílico? Nos mudamos de Cayo Vizcaíno a The Falls, una apacible zona suburbana al sur de Miami, un poco más lejos que Kendall.

Inconscientemente, era un paso más para alejarme de la visibilidad, para hundirme en un territorio de bajo perfil, como si los supuestos agentes que vigilaran pudieran decir: «Míralo, ya es un buen hombre. Lleva una vida pacífica, vamos a olvidarnos de él.»

No había día en que me escapara de este miedo paralizante de que podría ser mi última noche de libertad. ¿El amanecer traería un allanamiento de mi casa? Todo lo que tenía en la cabeza era la imagen de mí mismo, esposado y detenido, mientras Denise gemía histéricamente y el bebé lloraba.

No hubo allanamiento de madrugada, gritos ni llantos.

La llamada llegó una mañana, muy temprano, cuando estaba en mi oficina trabajando en una división de bienes raíces. Denise estaba en casa con Anton. Estaba solo en la oficina cuando dos personas, un hombre y una mujer, elegantemente vestidos de traje, entraron sin aspavientos.

El hombre habló primero:

—¿Kenneth Rijock?

—Sí —le dije.

—Me llamo Matthew Martin y ella es mi compañera, Julie Richter. Somos de la división de investigaciones penales del Servicio de Recaudación Fiscal.

Ahí estaba.

Martin se mostró cortés. Dijo que querían hablar conmigo acerca de cuarenta corporaciones que había establecido y que ellos creían que eran fachadas de actividades delictivas. Querían ver todos los documentos que tuviera relación con las corporaciones. Si no cooperaba, me entregarían un citatorio para que me presentara ante un jurado de cargo.

Traté de estar calmado, pero por dentro tenía destrozados los nervios.

—Aquí no tengo expedientes relacionados con nada así.

—Ajá —contestó el agente—. Puede explicar eso ante un jurado de cargo.

Me presentaron el citatorio y, después de explicarme minuciosamente un procedimiento que ya conocía, me dieron los buenos días.

Me senté y traté de hacerme una idea de qué rayos iba a hacer.

Al estudiar los papeles, leí que se me ordenaba entregar todos los documentos que obraran en mi poder sobre muchas corporaciones foráneas que establecí en paraísos fiscales.

Cuando le expliqué a los agentes que no tenía conmigo documentos de esa clase, les dije la verdad. Todos estaban resguardados en el despacho de Henry Jackson. Pero si habían registrado esas oficinas y habían podido recabar evidencias, ¿no tenían ya los expedientes? ¿Querían establecer si tenía papeles correspondientes que, más allá de toda duda, mostraran que era responsable de la formación de esas corporaciones y sus cuentas? ¿O sería que no tenían más que los nombres de las corporaciones pero ningún documento probatorio y les hacían falta las evidencias necesarias para presentar una acusación en mi contra?

¿O acaso podría ser que estuvieran a punto de ofrecerme inmunidad, con la esperanza de que brindara el testimonio que les permitiría arrestar a Ed Becker, Kelly y los demás?

Lo averiguaría en una semana. Mis instrucciones eran que me presentara ante el jurado de cargo al norte del estado, en la ciudad de Gainesville, asiento de la Universidad de Florida. Aunque el juez ante el que comparecería juzgaba en la capital del estado Tallahassee, era legislador de circuito y se trasladaba por la región. Tenía que presentarme adondequiera que se encontrara. Un testimonio ante un jurado de cargo, que es el procedimiento seguido para determinar si hay suficientes pruebas para entablar un juicio, se realiza a puertas cerradas y es uno de los pocos lugares del sistema legal estadounidense en los que el abogado no puede acompañar personalmente al citado. Tendría que presentarme solo, sin más armas para defenderme que mi ingenio.

La misma naturaleza del procedimiento era intimidante, aun para quienes ejercen el Derecho. Se supone que el jurado de cargo es parte del sistema de equilibrios, para evitar que un caso se juzgue únicamente porque el fiscal así lo dice. El fiscal debe convencer al jurado de cargo de que hay una sospecha razonable, causa probable o un caso de presunción de hecho o legalmente suficiente de que se cometió un delito. El jurado de cargo está compuesto por ciudadanos comunes y se selecciona de la misma manera que el jurado ordinario. Puede convocar testigos a que rindan su declaración ante ellos.

En casa, esa noche, le di las noticias a Denise. Traté de conservar la calma cuanto pude, como si fuera algo de rutina. Se sintió consternada.

—¿Qué significa? —preguntó llorando.

—No sé —le dije con franqueza—. Tengo que presentarme y enterarme. Puede ser que sólo tengan la mitad del cuadro y traten de presionarme —agregué, más con esperanzas que con ninguna confianza.

—¿Cárcel? —se estaba poniendo histérica—. No puedes dejarme como madre soltera.

—Lo sé. Mira, no llegará a tanto —le dije para tratar de tranquilizarla—. Quizá piensan que saben lo que pasa, pero me necesitan para llenar las lagunas. Podría ser un truco.

Mientras llegaba el día del jurado de cargo, Andre fue a visitarme. Todavía estaba en contacto con mi viejo amigo. Lo habíamos invitado a la boda. Había conocido bien a Denise y la quería. Sagazmente, se había retirado de la escena cuando las cosas comenzaron a calentarse y, aunque pareciera imposible, era todavía más discreto que cuando lo conocí hacía años.

Fue directo al grano.

—Supe que te citaron.

Como no estaba detenido ni había recibido ninguna orden de que no podía ejercer como abogado, traté de continuar como si nada y no di muestras de que estuviera pasando nada lamentable. Sin embargo, se difundió la noticia y tuve la sospecha de que habían enviado a Andre en misión para recopilar algunos datos: un emisario despachado para determinar si había algo de qué preocuparse.

—¿Quién te envió, Andre? —le pregunté.

Se rió.

—Nadie. Vine preocupado por un viejo amigo. Pero —agregó—, ya que lo preguntas, a Ed y a Kelly también les preocupa saber si estás bien.

—¿Está preocupado por mi bienestar o por lo que pueda decir?

—Estoy seguro de que se preocupa por ti de corazón —dijo y sonrió.

En cierto sentido, me sentía herido por que Ed pudiera enviar a Andre para que hiciera averiguaciones sobre mí, para cerciorarse de que no me había doblado. Pero también tenía algo de tranquilizador saber que la vieja red seguía tejida. Si me sostenía firme, pondría el ejemplo para que todos los demás hicieran lo mismo.

—Dile que no se preocupe. No tengo intenciones de testificar en contra de nadie. Protegeré a mis clientes, actuales o anteriores.

—No lo dudé ni por un segundo, Ken. Sólo esperemos que el otro lado de la balanza sea igual de fiel.

Nos miramos a los ojos para indicar que los dos sabíamos cuál sería la respuesta.

Contraté un abogado para que me defendiera. Un primo era socio de un despacho en Miami y me recomendó a uno de sus colegas, un abogado muy competente llamado Stewart Coburn.

Cuando llegó el día de viajar a Gainesville para tener tiempo suficiente para la comparecencia del día siguiente, consolé a Denise diciéndole que todo saldría bien. Volvería en uno o dos días y la vida continuaría.

¡Cómo quería que fuera cierto!

Por lo que sabía, era posible que no volviera a casa. Sería fácil encontrarme en una situación como la de Jean-Luc: que me ordenaran testificar y que, si me negaba, me encarcelaran indefinidamente por desacato.

Esa noche, Stewart y yo nos fuimos a Gainesville, ansioso por estar un montón de tiempo en espera de la audiencia del día siguiente.

Por haber comparecido cientos de veces en los tribunales como abogado defensor, estaba familiarizado con el procedimiento, pero a la mañana siguiente, cuando llegó la hora de salir, me sentía abrumado por la misma tensión que debe de abatirse sobre todo testigo que se presenta ante un jurado de cargo.

Tenía todas las posibilidades de enfrentarme hoy mismo a una cárcel. El suspenso de los últimos momentos antes de presentarme era casi intolerable. Reuní toda mi fuerza de voluntad para mantenerme de una pieza mientras me preparaba para apostar mi libertad al resultado de esta audiencia breve.

Al entrar, vi a los doce jurados de cargo a mi derecha, alistándose para ver y oír. Me tomaron juramento, lo que no es de lo más agradable para una persona mezclada en conductas delictivas y que sabe cuáles son las penas por perjurio. No tuve tiempo de mirar alrededor y orientarme, porque dos fiscales federales comenzaron a bombardearme con preguntas. Cualquier idea que hubiera tenido de que me ablandarían con cuestiones exploratorias de introducción, quedó disipada.

El primer acusador, el fiscal asistente, fue directo al grano.

—Sr. Rijock, ¿lava usted dinero para una organización delictiva?

—Absolutamente no —dije, tratando de sonar lo más convincente posible.

Mi defensor objetó la pregunta, suscitando la discusión habitual entre abogados sobre el procedimiento. Cuando se resolvió la cuestión, el fiscal pasó al tema de los documentos. Con toda veracidad, declaré que no estaba en posesión de documentos corporativos.

Desde luego, el motivo por el cual no los tenía era que estaban guardados en el extranjero, pero no aporté voluntariamente esa información al tribunal.

A continuación recitó todos los nombres de los clientes y las compañías. Era claro que sabía montones sobre la organización.

Mi respuesta fue escudarme de plano en la doctrina de los privilegios de abogados y clientes. Por supuesto, no es válida si lo que se postula es que el abogado o el cliente cometieron delitos, pero tenía que probarla.

Mientras seguían las imputaciones, pensé que era el momento de ofrecer las excusas falsas, a sabiendas de que no tenían ninguna base legal, pero con la esperanza de engatusarlos sobre los asuntos fundamentales. Objeté amparado en la noción de que si hablaba de estas compañías foráneas cometería un delito, porque en esos países era ilegal hablar de los propietarios sin su autorización. Como era de esperar, no los convencí con esto.

Luego argüí que como los nombres de estas compañías y clientes habían sido obtenidos ilegalmente, no estaba obligado a divulgar ninguna información. Volví a constatar que no iba a engañar al fiscal, pero sentí que aumentaban mis resistencias. Tenía un imprudente sentimiento de desprendimiento. Quería proteger ferozmente a mis clientes. Estábamos juntos en este juego. Me había hecho sentir más vivo que nada por lo que hubiera pasado como litigante común y corriente. Me sentía tan incondicional a este respecto, que estaba dispuesto a ir a la cárcel por desacato al tribunal. Era una nueva etapa. Tenía que correr algunos riesgos.

Sabía que si querían que hablara, tenían que darme inmunidad, tal como se la ofrecieron a Jean-Luc. Era el peor de los riesgos, porque bien podrían ofrecérmela, pero no tenía alternativas. Prefería ir a la cárcel antes que hablar.

Evidentemente frustrados por mi obcecación, los abogados se enfrentaron a dos opciones. Podían llevarme ante el juez que podía concederme la inmunidad, o bien podían exentarme de rendir mayor testimonio ante el jurado de cargo, con la esperanza de acusarme después, siempre que hubieran logrado armar suficientes pruebas en mi contra para salir airosos en el juicio.

Al final, los fiscales me indicaron muy lacónicamente que tendría que comparecer ante un juez federal al día siguiente. El problema era que el juez se iba a Tallahassee, así que allá nos tendríamos que dirigir también. Me temía que eso significaba sólo una cosa. Me llevarían ante el juez y me ofrecería inmunidad. A continuación, me encerrarían por desacato al tribunal cuando les dijera que no estaba preparado para testificar. Por si acaso me quedaran dudas de que el juez me impondría un castigo duro por mi falta de cooperación, Stewart se enteró de que era un caballero sureño estrictamente conservador del que se rumoraba que tenía un familiar con problemas de drogas. Había pocas probabilidades de que adoptara una postura blanda con alguien relacionado con los narcóticos.

Al salir de los tribunales, apenas tuve tiempo de hacer una llamada rápida a Denise para actualizarla antes de hacer el viaje a Tallahassee para la sesión del día siguiente.

Si ya se sentía insegura sobre lo que pudiera pasar, la incertidumbre la asaltó aún más. Hice cuanto pude por tranquilizarla, pero los hechos eran que podían encarcelarme en la tarde por desacato al tribunal por negarme a testificar en contra de mis clientes.

Nuestra primera parada en Tallahassee fue la biblioteca de Derecho de la Corte Suprema de Florida, donde pasamos varias horas investigando tácticas que pudiéramos usar para sustentar las objeciones legales que pretendía levantar si me ordenaban que testificara. Muchas de las excusas que había dado fueron completamente falsas. Y si, como esperaba, las rechazaban, necesitaba un plan alternativo. Nuestra investigación dejó algunas migas de consuelo, pero nos marchamos sabiendo que mi suerte al día siguiente dependería más de la disposición del juez que de ningún argumento legal convincente.

Probablemente mi caso era el único que se iba a ventilar, porque el tribunal estaba desierto, salvo por la fiscalía y algunos oficiales tribunalicios.

Sentado en el banquillo, ya no me sentía a prueba de balas. Estaba solo y me atemorizaba lo que me deparaba el futuro. Frente al juez, los fiscales me volvieron a preguntar directamente si lavaba dinero y me exigieron que presentara los documentos de todas las cuentas en el extranjero.

Aguanté a pie firme. Negué las acusaciones y reafirmé mi aseveración de que no había documentos.

Esperé nerviosamente en tanto el equipo de la fiscalía conferenciaba. ¿Me entregarían pronto en custodia?

Finalmente vino una decisión. No hubo oferta de inmunidad. Querían acusarme; de momento, eso era lo único que estaba claro.

Tal vez me ahorraron la pesadilla de quedar detenido hasta que decidiera testificar, pero el fallo significaba que los fiscales iban a arriesgarse a conseguir pruebas suficientes para acusarme en una fecha posterior. Me exentaron de más audiencias ante el jurado de cargo y me dijeron que quedaba libre.

Tenía mi libertad, pero cuando estreché la mano de Stewart para despedirme, el fallo me produjo una sensación premonitoria. En mi experiencia, únicamente a los peces gordos no les ofrecían inmunidad. Era a los miembros de las filas inferiores de una organización era a quienes les ofrecían la «tarjeta de excarcelación», porque la oficina federal del fiscal quiere pasar sobre los peces pequeños para llegar a los grandes narcos. No era un gran narco, pero ellos deben haber pensado que mi participación era muy importante.

Al volver a casa, me pregunté qué tan ansiosos estarían mis clientes por conocer en esencia de mi presentación ante el jurado de cargo.

Sobreviví a la batalla de esa jornada, pero había que ganar una guerra prolongada. No me quedaban muchas esperanzas.

VEINTIUNO

LLAMA A MI ABOGADO

¿SE TERMINÓ LA FIESTA?

Sin duda, daba la impresión de que Miami estaba frente a un colosal derrumbe colectivo. El romance con las drogas que había crecido desde los sesenta comenzaba a empañarse. Los consumidores se cansaron del viaje de la cocaína y surgió un nuevo narcótico más potente. El espectro de la cocaína hecha crack proyectaba su sombra en toda la ciudad.

Desde abril de 1986, cuando el *Miami Herald* informó de la existencia de este nuevo compuesto y más potente, el crack se metió en todos los poros de la ciudad. La cocaína hacía que la gente se sintiera invencible; el crack, llamado así por el ruido que producen las piedras cuando se queman, ofrecía toques intensos pero bajones terribles. Los consumidores que estaban a la caza de mayores emociones se metían en juergas de días, olvidados de todo en su vida, excepto de las pipas. No era el tipo de droga para profesionistas acomodados que celebraban en grande y, sin embargo, se levantaban a trabajar al día siguiente. El crack era una droga de pobres, y en cuestión de meses, su legado de miseria se dejó sentir por todo Miami.

Conforme se difundía de un barrio al otro, dejaba a su paso adictos desamparados y bebés hijos del crack. Lo culpaban de las balaceras impulsivas, de la reaparición de la cultura de las pandillas y del aumento de los asaltos, robos, atracos y violencia entre los jóvenes negros. La respuesta del Congreso fue aprobar leyes que aumentaban las penas del crack a cientos de veces más que las penas por la cocaína en polvo, que seguía siendo la droga recreativa favorita de los profesionales acaudalados. Al dispararse el índice delictivo, también se fue a las nubes la cifra de las personas encarceladas. Entre 1980 y el final de la década, la población carcelaria estadounidense se triplicó de 330 mil reos a más de un millón.

Ahora, dos años después de la aparición del crack, la postura de la nación cambió de favorecer las drogas y la libertad de elección por una línea severa contra los narcóticos y penas todavía más duras.

Por fortuna, el ánimo nacional armonizaba con el mío. Después de mi presentación ante el jurado de cargo, me sentí en una encrucijada. Indudablemente, no podría seguir en el lavado con tanta presión alrededor. ¿Pero qué otra vida conocía?

Como las audiencias se verificaron en el norte de Florida, aún no se filtraba a las calles de Miami la noticia de la investigación del jurado de cargo. Algunos fiscales se enteraron y algunos clientes supieron de antemano que iría allá, pero el clima en el desenvolvimiento cotidiano de mi profesión era de bendita ignorancia.

Me sentía desgarrado entre el sentimiento de que me habían dado una segunda oportunidad (una oportunidad de poner orden en mi vida) y la idea de que, si me había salido con la mía, no tenía por qué retirarme.

En mis momentos de más ánimo, me convencía de que si los fiscales tuvieran suficientes pruebas para acusarme, ya lo habrían hecho para entonces. Su investigación se había basado en información espigada de los archivos de la oficina de Henry Jackson. Ahora bien, no se habían producido detenciones a resultas de eso. ¿Quería decir que nos habíamos librado?

Todavía vivía con temor de la «llamada a la puerta» y después de mi aparición ante los fiscales sufrí noches de insomnio, ataques de pánico y sudores fríos. El FBI, la DEA, la policía y aduanas eran reales y posiblemente vigilaban cada uno de mis movimientos, tratando de encontrar la prueba crucial que me sacaría de la circulación por mucho tiempo. A veces sentía su respiración en la nuca.

No era la primera vez que me sentía de nuevo como en el ejército, tratando de detectar qué tan cerca estaba el enemigo y luchando por no perder la compostura. Estaban tan cerca, que casi podía estirar la mano y tocarlos.

Algunos días me resultaba imposible pensar con claridad. La vida hogareña era una distracción bienvenida, pero se me hacía difícil concentrarme en los quehaceres simples de la casa.

El paisaje había cambiado drásticamente en los últimos años, pero todavía tenía clientes que querían proceder como si todo siguiera igual. Los delincuentes profesionales no abandonan su oficio al menor indicio de problemas. Traen en la sangre su forma de vida. Por mucho que una parte de mí quisiera renunciar a todo, un impulso más fuerte me llevaba a persistir, a seguir tratando de llevar la delantera.

Conservé mi despacho legal en Miami, pero volver al trabajo significaba que tenía que ejercer cuidados extremos en mis operaciones ilegales en curso. Un paso en falso le daría a los fiscales lo que necesitaban para cerrar el caso en mi contra.

Como si no tuviera suficiente para preocuparme, la organización de uno de mis mejores clientes se había embrollado en un caso penal grave. Benny Hernández le había vendido su parte del emporio al descarado gángster Rick Baker, el hombre que se apareció sin previo aviso en uno de los contrabandos de dinero a Anguila. Mis instintos sobre él habían sido atinados. Baker no tenía nada del encanto de Benny, ni su experiencia o su inteligencia. Omitía reglas y cometía errores. De hecho, lo habían atrapado con las manos en la masa y enfrentaba las acusaciones de un equipo federal en el norte de Florida. Eran malas noticias, porque se sabía que los jurados de aquella parte eran más conservadores que en la zona urbana de Miami. La detención de unas cuarenta personas de la antigua banda de Benny, incluyendo a su hermano Carlos Hernández, lo había obligado a huir del país y refugiarse en España con su esposa estadounidense y siete hijos, y había tenido la sagacidad de sacar sus millones de los bancos antes de que congelaran las cuentas. En España, Benny pudo sobornar a las personas correctas para garantizar su inmunidad (por lo menos en un corto plazo) y aguardaba en Europa a ver qué sucedía con el caso de Baker. Allá, sus millones le aseguraban la indemnidad contra la extradición, siempre que ciertos funcionarios del gobierno quedaran bien compensados.

Baker y Carlos decidieron quedarse y apelar la acusación, en la creencia de que sus abogados de prestigio se las arreglarían para liberarlos con tecnicismos. Para su desgracia, esos raros éxitos ocurren en tribunales estatales, donde los fiscales llevan cargas enormes y se cometen errores o los defensores se aprovechan de declaraciones en las que averiguan la solidez de la acusación gubernamental. En cambio, en los tribunales federales no hay advertencias de antemano y los fiscales casi no se equivocan. Carlos y Baker también estaban listos para llevarse un susto porque apenas si sabían que el juez de su caso era el mismo magistrado conservador que estuvo a punto de oír mi caso en el jurado de cargo.

Dado el peso de las pruebas en su contra, más los testimonios de docenas de testigos que aportaron pruebas a cambio de sentencias reducidas, no fue ninguna sorpresa que los declararan culpables a los dos. Lo que resultó una sacudida fueron las sentencias, prácticamente de proporciones bíblicas. Baker fue encarcelado con tres sentencias de por vida a más 200 años, por si acaso. Es probable que le hubieran dado menos si hubiera tratado de asesinar al presidente de los Estados Unidos. A Carlos le dieron veinte años, que fueron indulgentes en comparación.

Las sentencias estrictas y la afirmación del tribunal de que los dos hombres eran parte de una conspiración delictiva que comprendía más de doscientas personas y que había amasado una fortuna de doscientos millones de dólares produjo oleadas entre los otros clientes y obligó a otros grandes narcos a tomar medidas drásticas antes de que se cerrara la red sobre ellos.

Inesperadamente, Kelly se comunicó conmigo y me pidió que la viera. Fui a su casa en Key Bizcaine. Kelly y Ed se habían separado y ella era más que capaz de abrir una sucursal por su propia cuenta.

Parecía como si hubiera pasado mucho tiempo desde la última vez que la vi. Aunque años de vida difícil la habían envejecido, conservaba cierto atractivo. Mientras la estudiaba, me acordé del comentario cruel en los primeros días, cuando Ed la menospreció llamándola «pequeña contrabandista». Era característico del tipo arrogante, pero no era justo con Kelly. Debajo de la arquetípica rubia guapa había una mente febril.

Fue directo al grano.

—Se nos viene una fuerte, Ken. Me voy de la ciudad una temporada hasta que todo se calme, pero sería bueno estar al tanto de lo que ocurre.

—De acuerdo —le dije, sin saber adónde quería llegar.

—Y si algo pasara —continuó—, quisiera conservar tus servicios... pagados.

Me entregó un fajo de efectivo como de unos dos mil dólares.

—¿Como anticipo? —le pregunté.

—Algo así. Quiero que me representes si se arma una buena.

Tomé el dinero y lo guardé con algún nerviosismo. Desde luego que la situación estaba candente, pero era el momento de tener el pulso firme y pensar con claridad.

Un mes más adelante me llamó de nuevo.

—Ken, ¿te acuerdas de lo que dijimos? Ya no voy a necesitarte. Quiero que me devuelvas mi dinero.

—Kelly, no es así como funciona. Me pagaste honorarios por conservar mis servicios. No son retornables.

—¿Qué? ¿Quién carajos te crees que eres, Rijock? ¡Devuélveme mi puto dinero!

Cuando colgó de golpe el teléfono, no podía creer lo que acababa de pasar. La arrogancia era pasmosa. Como Ed, estaba tan acostumbrada a que sus subordinados la complacieran que se le habían subido los humos a la cabeza.

Unas semanas después me enteré de que Kelly había huido a México con una identificación falsa. No era la única que se daba a la fuga. Ed se escabulló del país sin hacer ruido y se fue a Francia, donde se estableció como editor de libros para Europa. Otros operadores medianos también huyeron del país o salieron del Estado hasta que las aguas se aquietaran.

Por increíble que parezca, cuando todos se iban, y después de ver qué castigo le habían endilgado a su hermano, Benny volvió a América del Norte. Cuando amplió su cartera de propiedades, invirtió en varios centros comerciales en Canadá y volvió para reunir algún dinero. Viajaba con pasaporte falso, pero cometió el error de portar su identidad real. Fue detenido y sumado a la lista de pandilleros que estaban a la espera de un juicio.

Contra el telón de fondo de esta ofensiva judicial, traté de vivir con la mayor normalidad que pude. Con tantos de mis clientes originales fuera del cuadro, entre las pocas personas con las que todavía trabajaba regularmente estaban los hermanos Martínez, de gatillo fácil. Los Vanderberg, los agricultores orgánicos, estaban resentidos por la pérdida del dinero que invirtieron en las cuentas foráneas, menguado por los honorarios de los abogados en St. Kitts. Así es el mundo de los negocios.

Ahora, los viajes al Caribe requerían nervios de acero, y aunque ya no movía sumas como las que trasladaba antes, siempre contenía el aliento al volver a Estados Unidos.

Cuando me amenazaron de muerte por el bote de Charlie, traté de limitar mis relaciones con los hermanos, pero Enrique, el mayor, me planteó un dilema. Quería comprar un avión ligero en una distribuidora legal al sur de Florida para contrabandear marihuana de primera traída desde Jamaica. Sólo tenía dinero sucio para financiar el trato, pero con los organismos gubernamentales fiscalizando estrechamente las transacciones que parecieran financiadas por medios ilegales, quería que lo lavara a la velocidad del rayo. Por casualidad, los Vanderberg tenían dinero en una cuenta del extranjero y querían mi ayuda para regresarlo a Estados Unidos. Vi la oportunidad de hacer un intercambio.

Como tenía acceso o firma autorizada en los fondos de los clientes en el extranjero, no vi ningún problema en organizar el arreglo. Me imaginé que los dos clientes quedarían contentos.

Viajé al Caribe y recabé un cheque girado contra un banco en Nueva York (un cheque expedido por el banco foráneo sobre la cuenta de su corresponsal en Manhattan), pagadero al vendedor del avión, de modo que el primer cliente pudiera cerrar la compra y la transacción parecería hecha por una corporación legítima.

A continuación, tomé las utilidades de Enrique y se las entregué a los Vanderberg como si las acabara de transferir de su cuenta foránea. Era la misma cantidad que se había tomado de su cuenta.

La transacción salió a pedir de boca. Sin embargo, Enrique me llamó furioso y me escupió en su chirriante espánglish cubano:

—¿Qué clase de chingadera quieres armar, Rijock?

—Hice lo que me pediste.

—Me enviaste un cheque de banquero. Se tardó cinco pinches días en pasar. ¡Cinco pinches días!

—Recibiste tu dinero. ¿Hay algún problema?

—Tengo el dinero ya, pero tuve que esperar cinco pinches días. No quiero tener que esperar por mi propio dinero.

Lo dejé airear su furia conmigo y colgamos. El avión llegó a Jamaica, así que no sabía cuál era el problema. Cuando llegó la hora de cobrar mis honorarios a Enrique, vi que eran considerablemente inferiores a lo que habíamos acordado. Era evidente que me había cobrado una especie de venganza por haberlo hecho esperar. A sabiendas de lo volátil que era el cubano, decidí dejarlo pasar.

Los meses que siguieron a mi comparecencia ante el jurado de cargo se convirtieron en un año y más, y yo seguí igual, lavando dinero cuando podía ayudar a mis clientes, al tiempo que trataba de dar la impresión de que era un abogado común y de poca monta que atendía su propio despacho.

Nos acomodamos a una rutina apacible. Denise trabajaba de medio tiempo en mi oficina y a veces traía a Anton cuando no encontraba quién lo cuidara. Cuanto más tiempo pasaba, más lograba convencerme de que quizá podría escapar.

El siguiente socio en caer fue Michael Lewis, el contador que ideó el ingenioso método de lavado a través de comisiones de vendedores y que cumplió un papel decisivo para la apertura del restaurante Midnight Oasis de Ed y Kelly y para otros clientes.

Michael fue investigado cuando el Servicio de Recaudación Fiscal comenzó a sospechar de los documentos fiscales que presentaba a nombre de sus clientes con la intención de demostrar que habían recibido ingresos regulares de empresas legítimas. El Servicio de Recaudación Fiscal tenía el nombre de un cúmulo de clientes, desde Ed, Kelly, los miembros de la tripulación y los capitanes de los barcos que operaban, hasta los transportistas que desplazaban las drogas cundo llegaban al país y los mayoristas que las vendían. Se declaró culpable de una acusación menor y quedó estupefacto cuando el juez decidió convertirlo en un ejemplo y lo sentenció a cinco años.

No mucho después recibí una llamada de David Matthews, un abogado penalista al que conocí en la escuela de Derecho. Era el abogado de Michael. Me reuní con David en sus oficinas del centro. Michael quería testificar en contra de otros clientes con la intención de reducir su condena. David me mostró una lista de las personas en las que había pensado. Era prácticamente el «quién es quién» de la red criminal. Me pidió que lo ayudara a identificarlos. Al revisar la lista de nombres, me percaté de que era una fotografía instantánea de las personas con las que había tratado en los últimos ocho años.

Michael estaba furioso, como era de entender, por estar sometido a una investigación penal. Siempre había negado su participación, pero cualquiera que ayude activamente a narcotraficantes conocidos a defraudar al sistema fiscal y que disfrute los beneficios de la vida que pagan los narcóticos pasando el tiempo en su propio restaurante tiene que saber que en algún momento va a quedar bajo la lupa.

David me preguntó si sabía dónde localizar a algunas de estas personas, si estaban prófugas de la justicia o si ya estaban encarceladas. A cambio, me pasó información sobre las acusaciones de Michael. Me di cuenta de que era un intercambio de información mutuamente benéfico, pero no supe leer entre líneas.

Sólo faltaba un nombre en la acusación: el mío.

Seis meses después de la reunión con David, llegué temprano a mi oficina para preparar el cierre de una propiedad. Llevaba ropa casual, *jeans* y playera polo, porque tenía que recoger un traje de la tintorería. No había pasado más de un par de minutos en la oficina cuando se abrió la puerta y entraron dos personas. Las hubiera reconocido en cualquier parte. Me habían acosado en sueños durante dos años.

—¿Se acuerda de nosotros?

Eran Matthew Martin y Julie Richter, los dos agentes especiales del Servicio de Recaudación Fiscal que me habían emplazado al jurado de cargo.

Esta vez no fueron tan cordiales.

—Kenneth Rijock, queda usted detenido.

Richter se acercó con las esposas. Martin comenzó a leerme mis derechos.

—Está bien —les dije—. ¿Puedo escribir una nota para mi esposa?

Accedieron y me observaron garabatear una nota para Denise, que debía llegar a la oficina a las nueve con nuestro hijo.

Todo lo que decía era: «Me detuvieron. Llama a mi abogado.»

No quería dejar el nombre de mi abogado para que los oficiales lo vieran, así que dejé el número de mi primo, pues sabía que me conectaría con un defensor competente. Me permitieron cerrar la oficina y procedieron a esposarme y a sacarme por la puerta trasera, donde estaba su auto.

El Servicio de Recaudación Fiscal volvió por mí porque es la única dependencia oficial que entiende el lavado de dinero. La DEA se concentra únicamente en las drogas; la aduana se enfoca en el contrabando. Pero el Servicio de Recaudación Fiscal sigue el rastro de los documentos. Durante años, un equipo formado por funcionarios de varias dependencias había colaborado para compilar las pruebas necesarias para asegurar las acusaciones contra una organización de la magnitud de la nuestra.

Quizá estaba paranoico, pero me pareció que Martin y Richter se sentían muy pagados de sí mismos por el hecho de que esta vez me llevaban esposado. No debieron quedar muy contentos cuando me negué a testificar la última vez. Me llevaron al juzgado federal, donde iba a ser procesado.

En ese momento fue cuando supe que me acusarían bajo la Ley de Chantaje Civil, Influencia y Organización Corrupta,* por el oficio de ser un delincuente profesional. Normalmente, esta acusación se reserva a la delincuencia organizada y estaba destinada a perseguir a la Mafia. La ley impone una sentencia máxima de veinte años. Como si no fuera suficiente, también fui acusado de conspiración para defraudar al Servicio de Recaudación Fiscal por interferir con el cobro legítimo de impuestos, lo que implica una condena de cinco años.

Me volvieron a preguntar si quería cooperar. Aunque sabía que esta vez debían tener algo sólido para detenerme, me sentía lo bastante osado para resistir hasta no ver el alcance del caso. También seguía determinado a no someterme y me sentía seguro de que no sería desleal con los clientes. Pasara lo que pasara, no los iba a traicionar.

Con esas noticias que asimilar, me arrojaron en una celda en espera de presentarme esa tarde ante un magistrado que determi-

* RICO, por sus siglas en inglés «Racketeer Influenced and Corrupt Organizations Act». (*N. del E.*)

naría si tenía derecho a una fianza. Sentado en la celda oscura y fría, rodeado de los gemidos y gritos de los otros reos, comencé a preguntarme cómo había llegado a esto.

Pensé en rendirme a todo. Me habían atrapado. Era culpable. Pero luego me acordé de que se trataba de leyes, y que le tocaba al tribunal demostrar mi culpabilidad. Habrían hecho algún papeleo, pero ¿realmente tendrían los testigos y las pruebas para acusarme bajo la Ley de Chantaje Civil, Influencia y Organización Corrupta?

Mi defensor, Allan Thomas, llegó y nuestra prioridad fue preparar la argumentación sobre por qué debería tener derecho a fianza. Si me consideraran en riesgo de huir o si se pensara que no tenía suficientes vínculos con la comunidad, podrían retenerme hasta mi juicio. Sin embargo, como poseía una licencia para ejercer el Derecho, tenía una familia y había vivido en Miami veinte años, me sentía seguro de que me permitirían irme.

Cuando llegó la hora de mi comparecencia, se presentaron los vigilantes de la cárcel del juzgado y sin grandes ceremonias me encadenaron a media docena de traficantes de barrios bajos que comparecerían al mismo tiempo. Mi degradación profesional iba a ser dura y rápida. Los tribunales federales son el último lugar en el que cabe esperar favoritismos para los delincuentes de cuello blanco.

Entrar en el tribunal como acusado de cargos penales, en esposas y encadenado a un grupo de traficantes callejeros fue una manera brusca de despertar. Aunque había estado en tribunales infinidad de veces, estaba acostumbrado a sentarme en el puesto privilegiado de la mesa de abogados. Sin embargo, aquí era el centro de la atención en mi calidad de acusado recién detenido.

Allan fue la elección perfecta para defenderme en este caso. A diferencia de muchos defensores de Miami que aceptaban casos de drogas, no era audaz ni ostentoso, sino que tenía los apacibles modales sureños.

Planteó elocuentemente la argumentación a favor de mi fianza, agregando que de ninguna manera representaba un peligro para la comunidad, pues no portaba armas cuando me detuvieron ni había indicios de que vendiera drogas.

Los cargos se leyeron en voz alta. El magistrado escuchó los detalles. Sin embargo, tenía que considerar un aspecto inusitado. Como las primeras detenciones de testigos se dieron en el norte de Florida, la acusación no se presentaba en Miami, sino en Gainesville. Por tanto, el tribunal tenía que evaluar si era riesgoso dejarme viajar por mi cuenta al sitio de los actos.

Después de una deliberación bastante prolongada del asunto, aprobó mi solicitud de fianza. Firmé una promesa de acudir al tribunal a todas las audiencias necesarias del caso y deposité 10% de la cantidad total de la fianza en la secretaría del tribunal.

Al salir del juzgado y volver a ver la luz, me sentí agradecido por mi libertad. Sólo que no sabía cuánto tiempo podría saborearla.

VEINTIDÓS

UN CASO PARA LA FISCALÍA

Fue en el camino de regreso a casa cuando caí en la cuenta.

Existía la posibilidad de pasar el resto de mi vida en la cárcel si todo se volvía en mi contra. Las penas por los crímenes de que se me acusaba sumaban tal vez una sentencia de 25 y otra de cinco años, pero estaba seguro de que la Fuerza Especial de Combate contra las Drogas y el Crimen Organizado tomaría en cuenta también todo el dinero y toda la droga para lograr una sentencia de por vida. Según los lineamientos federales de las sentencias, no había posibilidad de reducir el tiempo en la cárcel por buen comportamiento. Una cadena perpetua es eso y nada más.

Yo miraba fijamente hacia el abismo.

En mi cabeza, una pregunta no paraba de dar vueltas y vueltas: «¿Por qué? ¿Por qué ahora?»

Caí en la cuenta de que ambas sentencias eran delitos de contubernio, es decir que tenían todos los elementos básicos del crimen. Eso significaba que dos o más personas se habían confabulado o habían acordado cometer ciertos crímenes y que yo, sabiéndolo, había accedido voluntariamente a ser parte de esa conspiración, además de que un miembro del contubernio más tarde realizaría abiertamente una o más acciones con el propósito de promover o ayudar para llevar a cabo los delitos.

Sabía que la organización que yo representaba reunía a casi 200 personas, contando a todos los que habían participado. Sabía que habían arrestado a varias personas en el golpe que dieron contra Rick Baker y los hermanos Hernández, y también sabía que algunos habrían declarado en mi contra, pero ¿quiénes?

Mientras le daba vueltas al asunto de quién podría haberme traicionado, un asunto mucho más apremiante era tratar de convencer a Denise de que todo esto no era una catástrofe.

Como era de esperarse, estaba histérica. Intenté ser optimista y le recordé que la experiencia con el gran jurado podría ser un elemento a nuestro favor, pero no era tonta. Sabía que lo que estaba en juego era mucho más grave.

—¿Qué va a pasar con nosotros? —Gritaba—. ¿Qué haré cuando te metan a la cárcel?

No sabía qué contestar.

—Dime dónde está el dinero —dijo.

—¿Qué?

—Dime dónde lo guardaste.

—No sé de qué hablas.

—Vamos, debiste guardarlo en algún lugar. Eres el pez gordo del lavado de dinero. ¿Dónde está el dinero? —Denise estaba completamente histérica.

Ojalá hubiera podido decirle que había una olla llena de oro al final del arcoiris, pero la verdad es que no había previsto ningún plan de contingencia. Siempre temí que si alguna vez me arrestaban, ninguna propiedad a nuestro nombre se confiscaría como fruto del crimen. Perderíamos el efectivo, nuestros autos, todo.

Desde la audiencia con el gran jurado, dejé de tener conmigo demasiado efectivo porque pensé que lo confiscarían todo, incluso el dinero a nombre de Denise. Incluso existía el peligro de que la interrogaran y la involucraran. El asunto es que yo no tenía ni un auto, casa, cuenta en el banco, acciones ni bienes a mi nombre. No tenía un plan para emergencias.

—Ya lo resolveremos —fue lo mejor que pude decir. Sus gritos al salir de la habitación azotando la puerta me decían que no la había convencido.

Dos semanas después, Allan llamó. Tenía la acusación formal. Por primera vez sabríamos todos los cargos que se me imputaban.

Me dolió leerla. Peter y Marcus, los dos miembros de la tripulación en el barco de Ed, a quienes Kelly había contratado originalmente, y que habían venido con nosotros en nuestra primera misión de lavado de dinero en Anguila, declararon en mi contra.

Yo los había ayudado a ser más ricos de lo que hubieran soñado y ahora me pagaban delatándome ante la corte, diciendo que yo lavaba su dinero. Cuando mis pensamientos retrocedieron al episodio de los millones congelados de Henry Jackson en el banco, recordé que Harvey les había descontado a todos los clientes 25%, incluidos esos dos. Ésta había sido su venganza.

Dejé de leer para considerarlo. Aunque su testimonio era claramente perjudicial y personalmente demoledor, no se trataba de la prueba irrefutable que los fiscales esperaban.

Seguí leyendo con cuidado, pero con una esperanza renovada. Tal vez, todo esto no sería tan insuperable. Tal vez ellos mismos se habrían extralimitado.

Era peor de lo que me había imaginado. Las palabras eran como puñaladas en el corazón.

Ed Becker.

El hombre que alguna vez me llamó «hermano», el que había dicho que estábamos cortados por la misma tijera, me había entregado. No había luz al final del túnel.

¿Cómo? ¿Por qué? Ed debería haberse salido del juego. Si se hubiera retirado al sur de Francia, habría vivido sus días completamente feliz. Sin embargo, la historia está plagada de anécdotas de sinvergüenzas que no supieron retirarse a tiempo. Como a Bernard Calderón y

Benny Hernández, que lo habían precedido, a Ed lo arrastró el negocio porque pensó que él mismo podría lavar exitosamente el dinero de sus ganancias. Estaba equivocado.

Lo arrestaron por cargos que no tenían absolutamente nada que ver con las investigaciones emprendidas en Florida o en el Caribe. Al parecer, Ed había aprendido la dura lección de que el sistema penal francés podía ser mucho más severo que su contraparte estadounidense. Con todo y sus casi dos metros, y a pesar de haber sido el capitán de un barco y un narcotraficante, terminó recibiendo el trato brutal de sus compañeros de celda por todas las molestias que se había tomado. Al parecer a sus compañeros árabes de celda no le gustó que fuera judío, lo cual me sorprendió saber, porque lo había ocultado muy bien con ese nombre tan alemán.

Tal vez esa experiencia los convenció de quemar sus naves y acceder a declarar en contra de los demás, y pensó que yo sería su pase de salida de la cárcel.

Al leer los detalles de la evidencia que Ed había proporcionado, podía escuchar las palabras de Andre durante todos estos años: «Apuesto mi trasero de un dólar a que si todo esto revienta, Ed será el primero en rendirse.»

Lo irónico es que si no se hubiera metido en líos, podría haberse casado con su prometida francesa, con la cual vivía y, tal vez, conseguir la ciudadanía en su nueva patria. Gracias a la experiencia del caso de Bernard, supimos lo renuentes que son los franceses a extraditar a sus ciudadanos.

Yo no podía disimular. El testimonio de Ed era la prueba irrefutable. Para reducir su castigo les había dado todo: los planes, los clientes, el dinero y los métodos. Ahora me percataba de que había sido su testimonio el que había terminado con Michael Lewis, el contador.

Yo estaba pasmado.

Y pensar que dos años antes, cuando estuve ante el gran jurado, pude haber ido a la cárcel por haberlo protegido. Y ahora, ¿esto?

Hasta ahí los testimonios. Un cuarto testigo, cuyo nombre no se mencionó en la acusación, estuvo dispuesto a declarar que él había sido el piloto del avión en el cual yo había volado para transportar drogas. Inmediatamente, supe de quién se trataba: era Trevor, el notario que nos había casado a Denise y a mí.

Trevor era un maestro que le compraba cocaína a André. Era feliz quedándose con las ganancias de la cocaína, pero constantemente se ponía nervioso debido a las repercusiones. Una vez, cuando vivía en la costa oeste de Florida en una casa con muelle, entró en pánico cuando, al ir a cortarse el cabello, el peluquero le dijo: «¿Sabes? Al verte, nadie pensaría lo que realmente haces para ganarte la vida.»

Con eso tuvo suficiente como para poner su casa en venta y mudarse. Había asistido a la escuela de aviación y había obtenido su licencia de piloto. De vez en cuando, yo utilizaba el avión de doble hélice que él había comprado hacía poco. Era un contacto útil cuando necesitaba pegar un brinco de las Islas Vírgenes estadounidenses a los territorios británicos de ultramar.

Trevor era impulsivo. En Los Angeles rentó una limusina y se enamoró de la conductora, que era rubia. Con la misma premura con que vendió su casa en Florida, se divorció de su mujer, se casó con la conductora y se mudó a Miami. Su nueva fachada en Miami fue un servicio de mensajería. Yo le había ayudado con los trámites cuando lo adquirió.

Muy pronto se convirtió en el padre de un bebé, y yo debería haber sospechado que haría cualquier cosa para salvar el pellejo si la DEA llegara a buscarlo.

Sin embargo, sus declaraciones eran ridículas. La única vez que yo había piloteado un avión fue cuando Jimmy me permitió tomar los controles en el primer vuelo a Anguila. ¿Cuándo terminaría esta traición?

Aún después de los golpes de estos imbéciles, el procurador no había terminado.

En las semanas siguientes, los fiscales presentaron una moción con la cual intentarían utilizar la Regla 404 de las Leyes Federales de Evidencias respecto a los cargos en mi contra. De inmediato supe lo que eso significaba. Si yo decidía ponerme difícil legalmente y seguir adelante con el juicio, la acción judicial produciría evidencia de otra conducta criminal aunque no formara parte de los cargos. Eso quería decir que tal actitud los guiaría directamente a evidencia contra Bernard y Charlie Nunez y me desprestigiarían ante el jurado para dejarme sin alternativas. La deducción era clara: si yo intentaba defenderme ante la corte para argumentar que yo era un abogado confiable, es decir declarar que únicamente había participado en esa transacción, no habría manera de salirme con la mía.

Mientras trataba de decidirme si debía o no declararme culpable y minimizar el daño, tenía que hablar con Denise y prepararla para lo peor. No era agradable, pero hablar con ella del asunto me ayudaría a decidirme.

—Escucha —dije consternado—. No hay manera fácil de salir de esto. Mi situación es muy grave; por lo menos hay tres clientes importantes que ayudarán al procurador y que podrían testificar en mi contra.

Si yo iba a juicio, le aclaré, ellos declararían en la corte que yo había establecido compañías para ellos en los paraísos fiscales, que yo había transportado con ellos grandes cantidades de efectivo al extranjero, que éstas se habían depositado en bancos y que yo los había asesorado en una serie de negocios criminales que involucraban el tráfico de drogas y el lavado del dinero de sus ganancias.

Denise me miró con ojos suplicantes.

—Pero, ¿no podrías declarar que hiciste el trabajo de buena fe o algo así? Di que eres inocente. Sí, los asesoraste, pero no tenías idea de dónde venía el dinero.

Podría hacerlo, pero había otro factor: el juicio se llevaría a cabo en Gainesville. Eso significaba que el jurado estaría compuesto de ciudadanos provincianos de Florida. Antes de entrar en la sala ya habrían tomado una decisión. Me mirarían y me considerarían un abogado corrupto. Después, el juez me aplicaría todo el peso de la ley y sacaría a relucir todo lo que me relacionara con Bernard, Benny y Rick Baker.

—Debe haber algo que puedas hacer. Nunca has tenido problemas. Lo más grave que has tenido es una multa de tránsito. Tienen que tomar eso en cuenta.

—Puede que consideren lo que dices, siempre y cuando me declare culpable; entonces ese tipo de historial se me tomaría en cuenta. Si voy a juicio y me encuentran culpable, me darán la sentencia más larga. Me caerán encima por hacerles perder el tiempo con una defensa falaz.

—¿Qué dices? —preguntó Denise, aunque ya sabía la respuesta.

Un buen abogado debe saber cuándo llevar a cabo una defensa férrea, especialmente la propia, pero también debe saber cuándo no tiene salida el caso. Una causa perdida: ese era mi caso.

—Creo que no tengo otra opción. —Denise permaneció sentada en silencio, con la cabeza apoyada en sus manos—. Ésa es la única oportunidad de que me den una sentencia leve —dije tratando de tranquilizarla—. Creo que es hora de bajar las manos. Si no lo hago, hasta podría volarme la cabeza yo mismo.

Denise levantó la cara y me miró con los ojos enrojecidos y llenos de lágrimas.

—¿Y yo qué? ¿Qué pasará con nuestro hijo? ¿Cómo esperas que sobrevivamos mientras tú te pudres en una prisión y nosotros nos quedamos sin dinero?

—Si hago lo que te he dicho, tal vez me den cinco años. Anton tendrá siete años cuando salga. No digo que será fácil, pero me recuperaré. Él es pequeño aún y podrá superarlo. Empezaremos desde cero.

—No hables así —gitó Denise—. No sé si pueda manejar todo esto.

Aunque la idea de declararme culpable de cualquier delito parecía ir en contra de todo lo que me habían enseñado, no tenía alternativa. A pesar de las protestas de Denise, notifiqué a mi abogado que quería cambiar mi declaración y que arreglara una cita con el juez que llevaba mi caso.

Me pidió que hiciera una trato. Es decir, yo daría información de todos los actos incriminatorios de mi caso, el fiscal escucharía y decidiría si mi declaración era suficientemente valiosa como para pedir al juez que no fuera tan duro conmigo.

Primero, era necesaria una carta de inmunidad. En caso de que el procurador no aceptara mi confesión para reducir la sentencia, tampoco podría utilizar las pruebas ni el testimonio en mi contra si el caso fuera a juicio.

Fue así como en esa sala repleta de la corte, ante los fiscales y el Departamento de Tesorería de Estados Unidos, confesé diez años de actividad criminal. Sabía muy bien la gravedad de lo que estaba haciendo. Yo estaba admitiendo que había violado las leyes que como abogado había jurado atenerme. Tuve que abrir mi corazón a extraños que pensaban que yo estaba de su lado.

Les dije todo lo que pude, les hablé de Ed Becker y de Kelly, de cómo se establecían las compañías y las cuentas en el extranjero, las artimañas para esconder el dinero y los planes para eludir impuestos. Después de todo, los clientes a los que había protegido celosamente por una década me habían orquestado una enorme traición.

—¿Qué le pasó a su avión? —preguntó un agente robusto.

—¿Perdón? ¿Cuál avión? —No podía creerlo—. Sé pilotear un avión, pero nunca he tenido uno.

—El avión que se incendió en la pista en Jamaica, en el que murió el piloto.

Lo miré con incredulidad y me volví hacia Allan, quien sentado estaba tan horrorizado como yo.

El agente de la aduana continuó:

—Usted está registrado como el propietario.

Mi cerebro se sacudía. ¿Podrían ser los hermanos Martínez? Enrique se había enfurecido porque el cheque del banco había tardado cinco días en ser cobrable. ¿Sería tan vengativo como para registrar a mi nombre un avión que todos sabían que estaría ligado para siempre a una operación de tráfico de drogas?

Les dije todo esto en una reunión con los fiscales.

El agente de la aduana dijo:

—Eso explica todo. Un avión llegó a Jamaica. No le habían pagado a la policía. Un grupo se abalanzó contra el avión y lo incendió, matando al piloto. Su nombre estaba registrado como propietario.

Yo estaba sorprendido. Con cada minuto que pasaba, me percataba de lo que mis clientes eran capaces de hacer con tal de proteger sus intereses y destruir a quien fuera.

Y aquí no terminaba todo. Un representante de la DEA habló.

—¿Y qué nos puede decir del camión de UPS?

—No entiendo —dije sacudiendo la cabeza.

—El barco propiedad de los hermanos Nunez que fue abandonado en Anguila. Hizo tantas entregas en Estados Unidos que lo llamamos el «camión de UPS». Ése.

¿Cómo olvidar ese barco? Era el mismo de los hermanos Martínez —ellos otra vez—, quienes amenazaron con matarme si lo movía del muelle, a pesar de que yo sabía que era blanco de la policía desde hacía mucho tiempo.

El agente de la DEA dijo:

—Sabemos que usted está involucrado en eso. ¿Y el mecánico al que usted le advirtió que se mantuviera alejado?

Pensé en argumentar que yo no tenía nada que ver con ningún barco de mis clientes. Cuando lo hice, me pasaron un expediente. Hasta arriba de todos los documentos había una nota escrita a mano en un papel. Decía: «¡Desaparece! Hay policías vigilando el barco. No te acerques.»

Era mi letra.

Debería haber sabido que algo no andaba bien con ese barco. Una vez más, mis actos habían despertado la ira del fan de los gatillos, Enrique Martínez.

—Una cosa más —dijo el fiscal—: ¿dónde está la casa de su propiedad en Anguila?

—Nunca tuve una casa en Anguila —dije—. No puedo pensar en todas las veces que estuve ahí ni en las noches que pasé ahí, mucho menos en haber comprado una casa. ¿Por qué dice eso?

—Usted estuvo ahí durante siete meses seguidos en 1982. Supimos que usted fue ahí, pero fue meses después que hubo un registro de su salida. Usted debe de haber tenido una base ahí.

Sonreí, maravillado por la atención al detalle que mis perseguidores habían puesto en todos mis movimientos durante todos los años que estuvieron detrás de mí; también me sentí satisfecho de que mi *modus operandi* poco ortodoxo para entrar y salir del paraíso fiscal los hubiera tenido perplejos.

Les expliqué la maravilla que eran los territorios isleños y su seguridad relajada para poder entrar y salir con una simple acta de nacimiento, sin necesidad de sellar el pasaporte.

Traté de ser lo más abierto posible durante la audiencia, y esperaba dar la impresión de estar arrepentido y dispuesto a cooperar para contribuir al bien, a fin de reducir mi sentencia.

Seguí sorprendiéndome de lo mucho que se había extendido la investigación. Los que transportaban, los traficantes, sus ayudantes: todo tipo de gente había cooperado. Mientras más hurgaban, encontraban más personas a quienes perseguir. Todos estaban en la misma situación que yo. Y, como yo, probablemente se habían dado cuenta de que la única manera de obtener una sentencia más corta era delatar a quien fuera.

Cuando mi audiencia terminó, me permitieron ir a casa. Mi siguiente audiencia en la corte sería en Gainesville, donde conocería mi destino. Las semanas que siguieron después de haber decidido declararme culpable, Denise cayó en una profunda depresión y casi no hablaba conmigo. Me preguntaba cómo podría sortear nuestro matrimonio todo esto con una separación impuesta.

La única buena noticia era que la oficina del fiscal había contactado a la oficina de Allan para notificarnos que habían aceptado entablar una moción para solicitar una sentencia más reducida de lo que normalmente habrían estipulado. Ya estaba decidido. Lo único que faltaba era dictar mi sentencia. Yo estaría a la entera merced del juez, quien podría incluso sorprenderme con una sentencia muy larga.

En el siguiente comunicado nos confirmarían la fecha de la audiencia para dictar la sentencia. No faltaba mucho tiempo para saberlo.

VEINTITRÉS

A VECES HAY QUE VIAJAR SOLOS

No PUEDO PENSAR en una lección de humildad más difícil para un abogado que asistir a su propia sentencia.

Cuando se representa a un cliente en un caso, se puede sentir compasión por su difícil situación, pero de alguna manera existe también una cierta indiferencia en cuanto al procedimiento legal.

Lleno de miedo y de repudio, viajé a Gainsville con Allan Thomas, mi abogado defensor. Supe lo solitario que puede llegar a sentirse un acusado. Justo antes de que comenzara la audiencia, me invadió el pánico. Sentí que se me iba la vida, sin que pudiera hacer nada para evitarlo. No necesitaba más recordatorios de Vietnam, pero era como si la sirena sonara a todo lo que daba y sólo estuviera esperando a que dejaran caer la bomba.

Allan entregó copias de los premios y de las condecoraciones que yo había recibido en Vietnam y Camboya, pero el juez no parecía impresionado en lo más mínimo. Mi abogado hizo un resumen de mi carrera y se centró en los puntos positivos.

Cuando llegó el momento, decidí no decir nada, excepto expresar que estaba dispuesto a acatar mi sentencia.

Después de las deliberaciones, el juez finalmente estaba listo para dictar mi sentencia: cuatro años en una prisión federal. Como yo había calculado cinco años, es de imaginar que la noticia fue como una especie de alivio, aunque no hay nada de placentero en que alguien diga que irás a la cárcel.

Inmediatamente pensé en Anton. Tendría siete años cuando yo saliera. Parecía toda una vida.

La única instrucción que recibí ese día fue que tendría que reportarme en 30 días para iniciar mi sentencia, aunque faltaba determinar exactamente en dónde.

Una vez terminada la audiencia, regresé a Miami. Denise estaba destrozada. Era una sentencia más larga de lo que ella podía soportar. No saber aún dónde cumpliría mi condena era lo más difícil para ella. Existía la posibilidad de que me enviaran a una institución federal en otro Estado. Eso significaría que no podrían visitarme. Ese detalle pendiente me había tenido en ascuas en los últimos días de libertad que me quedaban. Necesitaba lo más cerca posible a mi esposa y a mi pequeño hijo. Mis padres también me preocupaban. Ya eran mayores, pero no estaban enfermos y podían viajar, siempre y cuando no fuera una distancia considerable.

Por extraño que parezca, la vida siguió su curso normal un par de semanas antes de tener que hacer los preparativos finales para irme. Como mi caso no se procesó en Miami y no llegó a los periódicos, sólo algunos amigos cercanos y algunos abogados involucrados en el caso sabían que me habían arrestado. Después tuve que pasar por el deprimente asunto de cerrar mi despacho. Diez años antes, el despacho casi había desaparecido cuando mi vida era un caos. Ahora, la historia se repetía aunque en circunstancias completamente diferentes.

Me concentré en cerrar los expedientes pendientes, dejar todos los asuntos en orden y pasar la mayor parte del tiempo posible con mi hijo de tres años. El hermoso clima de Florida estaba por llegar, pero yo sólo veía nubarrones. Por la actitud de Denise, me quedaba claro que mi matrimonio no sobreviviría el tiempo que pasaría en la prisión. No podía contar con un hogar al cual regresar.

Mientras más se acercaba el día, más pánico empecé a sentir por ir a la prisión. Todavía no sabía a dónde iría, ni con quién estaría. ¿Me rechazarían los internos por ser abogado? Sabía que algunos guardias del sistema penitenciario habían sido especialmente duros con algunos abogados que habían defendido a narcotraficantes. ¿Qué era lo que me esperaba?

Me quedaban dos semanas cuando llegó la noticia de que tendría que reportarme en la base de la Fuerza Aérea de Eglin, en el campo penintenciario federal que ahí se encontraba, para comenzar mi sentencia. Eglin estaba en el norte de Florida, no muy cerca de Miami, pero al menos estaba en el mismo Estado.

Empecé a contar los días.

Retrocedí hasta la época que pasé en las Fuerzas Armadas y me corté el cabello como preparación para mi reclusión. En un traumático episodio familiar, tuve que realizar el acto de sacrificar a nuestro perro. Denise estaba segura de que además de nuestro hijo, cuidar a una mascota que envejecía sería una carga demasiado pesada. Cuando lo llevé al veterinario, los recuerdos de la misma experiencia con el gato de mis padres, antes de irme a Vietnam, regresaron.

En la oficina, cerré los expedientes, dejé los detalles de los clientes en resguardo y recomendé mis casos vigentes a otros abogados. Con todos los pendientes de trabajo resueltos, había llegado el momento de cerrar la oficina, entregar los últimos expedientes a un amigo abogado y hacer los planes para viajar a Eglin.

Unos días antes de mi partida, tuve una cena de despedida con amigos cercanos. La atmósfera era triste, como si el tiempo que pasaría en la prisión fuera a ser más largo. En realidad, no podía imaginar el tipo de vida al que regresaría después de la cárcel.

La víspera me sentí afiebrado. Lo más difícil era dejar a Anton, porque sabía que todo iba a ser diferente cuando regresara. La vida sigue, estés o no estés.

Denise y Anton me acompañaron al aeropuerto de Miami para emprender mi viaje al norte. Fue más doloroso de lo que me hubiera imaginado. Mi hijo no tenía idea de lo que estaba sucediendo, pero algo en la cara angustiada de su madre le anunciaba que un cambio rotundo estaba a punto de ocurrir.

Y en ningún momento sentí un llamado para fugarme.

Andre había ofrecido acompañarme a Eglin, pero rechacé su generosa oferta porque no quería que hiciera el viaje de regreso solo.

Aunque a veces haya que viajar solos.

VEINTICUATRO

MARCHITARSE EN EL ÁRBOL

Ya había oscurecido cuando el avión despegó y enfiló hacia el Norte, a la costa de Florida. Yo me había desplomado en el asiento.

De repente, el cielo se iluminó con una brillantez que me hizo salir de mi depresión. El transbordador espacial Atlantis despegaba en el Centro Espacial Kennedy. Aunque la pista de despegue de Merritt Island, al norte de Cabo Cañaveral, estaba a kilómetros de distancia, la luz deslumbrante del cohete iluminaba el cielo hasta donde llegaba mi vista.

La noche se había hecho día. Tenía la mejor butaca para ver el cohete volando hacia el firmamento, y no podía evitar sentir que se trataba de una especie de señal. Me dirigía a un lugar donde me negarían cualquier lujo por más elemental que éste fuera. Aunque no tenía idea alguna de cuán mala sería la prisión, no podía sino preguntarme si se me ofrecía el último vistazo a las maravillas del mundo antes de que se apagara la luz.

Como tenía que reportarme hasta la mañana siguiente, pasé la noche en un sencillo hotel no muy lejos de la base de la Fuerza

Aérea. Como un soldado que tiene una última noche libre antes de embarcarse en sus actividades militares, encontré un pequeño bar muy cerca y disfruté la que sería mi última cerveza en los próximos cuatro años.

Como no tenía que reportarme en la base hasta el mediodía, desayuné algo ligero y maté el tiempo antes de irme. Me aseguré de beber bastante agua para eliminar cualquier rastro de alcohol de mi cuerpo, pues sabía que me harían pruebas de detección de alcohol y de drogas. Con mi cabello corto y un bolso estilo militar, creo que hasta el chofer del taxi se hizo una idea equivocada de mí. Se sorprendió cuando le aseguré que iba a la prisión y no a la base militar.

No hay prisas dentro del sistema correccional y, a mi llegada, un guardia hostil me pidió que aguardara veinte minutos en las oficinas administrativas antes de pasar al área de ingreso y egreso de los convictos. Estaba sentado ahí, pensando en mi destino, cuando llegó el momento de iniciar, ahora sí, mi vida en la prisión.

«Kenneth Rijock», gritó un guardia; había llegado el momento de entrar en el que sería mi hogar en el futuro inmediato. Examinaron mis pertenencias y poco de lo que llevaba que no me fue permitido dentro de la prisión se guardó en una caja y se envió a mi casa. Lo único que sí quería conservar, pero no me lo permitieron, fueron unas camisetas verde olivo, un vínculo con mi pasado militar, y también la ropa de civil que llevaba puesta. Me desvestí y me puse un uniforme azul marino, como los de la Fuerza Aérea, al cual tendría que acostumbrarme. Me encontraba dentro de una base de la Fuerza Aérea de Estados Unidos, pero no tenía gafete ni los galones de mi rango ni ninguna otra identificación. Se trataba de una identidad anónima y, cargando la ropa de cama, como cualquier otro recluta en la milicia, entré en la sala de junto para que me entrevistara un guardia.

Las preguntas fueron cortas y concretas; parecían haber sido diseñadas para saber si yo sería un recluso problemático.

—¿Usted ha testificado o está a punto de testificar en contra de otros individuos?

—No.

—¿Hay alguna otra razón por la que pueda temer por su seguridad?

—No.

Una vez terminada la breve entrevista, me llevaron a los patios de la prisión y de ahí al bloque de viviendas que me correspondía, el cual, a primera vista, era similar a las barracas militares que tan bien conocí cuando hice el servicio militar. Cualquier ilusión que hubiera tenido de encontrarme de nuevo en el ejército se derrumbó cuando, de la nada, se desató una pelea entre dos reclusos en el patio. Inmediatamente, varios oficiales se abalanzaron hacia ellos para detener la riña. Cuando esposaron y se llevaron a los reclusos, mi corazón se desplomó aún más al pensar en para qué me había metido en esto.

Coincidentemente, el bloque era mucho mejor que los que recordaba de cuando estuve en el ejército, especialmente el primitivo cuartel en la selva de Vietnam. Me tocó la cama superior de una litera doble y mi frazada era de un verde olivo reconfortante. Como era de esperarse, no había privacidad de ningún tipo, sólo una sala abierta para unos 60 reclusos.

Como se trataba de una prisión de baja seguridad, no había barrotes ni candados ni una cerca de alambre de púas, sólo una línea pintada alrededor de los límites del campo penitenciario. Estaba prohibido cruzar esa línea; hacerlo era considerado un intento de huida, un pequeño delito federal que añadiría cinco años a cualquier sentencia.

Adentro del dormitorio, el guardia me señaló mi lugar y me dijo que todos los internos nuevos debían ocupar la litera de arriba. Me mostró un pequeño *locker* para guardar mis escasos efectos personales, y me explicó que tenía que compartir un escritorio con mi «compañero de suite». Cuando sonreí ante su rara terminología, me dijo que no me alejara demasiado de mi litera, pues dentro de poco tiempo pasarían lista. Una característica más de las prisiones de baja seguridad es que se pasa lista varias veces al día.

De pie diligentemente junto a la litera, lo que sentí en aquel momento es difícil de describir. Lo más cercano que se me ocurre es que me sentía perdido. Mi único consuelo es que me sentía relativamente confiado de que estaría a salvo.

He estado en lugares más difíciles, me dije a mí mismo. Mi predicamento podría ser mucho peor. Podría haber comenzado un periodo de 25 años si yo mismo hubiera llevado a cabo mi defensa en la corte por los delitos que había cometido. Las nubes de tormenta de la primera Guerra del Golfo comenzaban a vislumbrarse y sentí consuelo de no estar en Medio Oriente con un uniforme color arena.

Hubo una conmoción y el sonido de gente que llegaba al bloque rompió el silencio. El día de trabajo de los reclusos había terminado y los prisioneros regresaban a sus cuarteles. La mayoría estaban sucios y se veían cansados. Pasaban el día cortando el pasto o realizando alguna otra tarea repetitiva en la base de la Fuerza Aérea, la más grande en su tipo en el mundo, la cual ocupaba la mejor área de tres condados, y que rodeaba al campo penitenciario.

Entre los rostros sucios y desconsolados reconocí uno. Era nuestro viejo contador Michael Lewis, el mismo que había arreglado la estafa del método de las comisiones de ventas que habíamos sacado adelante para Ed y Kelly.

—¿Michael?

—Ken Rijock. Bienvenido al barrio.

Había escuchado que Mike guardaba resentimientos después de percatarse de que lo habían empujado al turbio mundo criminal. Fue tan grande la sorpresa de encontrarnos en un entorno tan poco favorable, que ambos hicimos a un lado nuestras opiniones, al menos temporalmente.

—Finalmente, te atraparon también.

Asentí.

—Ed me delató. Me advirtieron que él sería quien me delataría.

—Le pasa a los mejores —dijo Mike, refiriéndose al testimonio de uno de sus clientes, el cual había conducido a su arresto—. Al final, ¿por qué te atraparon? —preguntó.

—Rico —respondí.

Soltó un silbido.

—El pez gordo. ¿Por qué estás aquí? ¿Cooperaste con la DEA? ¿Cuánto tiempo te dieron?

—Cuatro años.

Soltó una risa burlona.

—¿Cuatro años? Les dijiste todo y te dieron cuatro años. A mí me timaron y me dieron cinco.

—No es exactamente lo que yo recuerdo, Mike. Todos éramos socios porque así lo queríamos. Yo bajé las manos en cuanto me di cuenta del caso que tenían en mi contra.

—Yo también —protestó Mike.

Pensé en mencionar sus intentos por evadir la justicia, pero preferí no hacerlo. ¿Qué caso tenía? Esos hechos eran irrelevantes ahora. Ambos estábamos en prisión.

Al verlo de pie frente a mí, con su uniforme de interno, tuve la impresión de que la situación era de lo más ridícula. En algún momento llegamos a pensar que ambos estábamos por encima de la ley, burlándonos del sistema.

—Es bueno ver una cara conocida —dije, tratando de usar el tono más conciliador que pude.

Mike asintió.

Después de lavarse, me dijo que su prometida, Trudy, vivía no muy lejos, en un departamento cerca del campo penitenciario, así que podía visitarlo casi todos los fines de semana y los días festivos. Me dijo que eso lo había ayudado a mantenerse cuerdo.

La señal para la cena interrumpió nuestra puesta al día, me reuní con los otros reclusos y caminamos por el campo penitenciario al comedor. Mi primer viaje al comedor me hizo retroceder a mis días del ejército. La mejor manera de describir la comida es calificarla como aceptable: era parte del castigo.

Cuando se apagaron las luces la primera noche fue otro de los momentos depresivos importantes por los que habría de pasar. A pesar de mi decisión de ser optimista, acostado ahí en la oscuridad con los gemidos y ruidos de los otros reclusos, no pude evitar sumirme otra vez en las profundidades.

Pensé en Denise y en nuestra sollozante despedida en el aeropuerto de Miami. ¿Lograría ser tan leal como lo había sido Trudy, la novia de Mike? ¿Qué pasaría si quisiera divorciarse? ¿Podría seguir viendo a mi hijo? Di vueltas en el duro colchón y soporté una larga noche de sueño interrumpido.

Completamente despierto antes del amanecer, me levanté mientras los otros reclusos soñolientos se duchaban, se afeitaban y se vestían. Era mi turno de comenzar con el programa de «Nuevo ingreso y orientación»: básicamente, se trataba de que nos sermonearan acerca de qué hacer y qué no hacer en la prisión y de que me recordaran por qué me encontraba ahí.

Sería aquí donde me asignarían el trabajo que haría durante el tiempo que pasara en Eglin. Después de hablar con Mike y con otros prisioneros durante la cena, temí que me asignaran una tarea degradante, como recoger colillas de cigarro en el patio porque, según me habían contado, así se las gastaban con los internos de reciente ingreso para iniciarlos en el trabajo pesado.

Inmediatamente me pusieron en el programa de tratamiento contra las drogas. Irónicamente, luego de mi casi adicción a la cocaína, había estado limpio por dos años y en mi expediente no había ningún indicio de abuso de sustancias. Las autoridades de la prisión pensaron que, como había asesorado a traficantes durante años, deberían reeducarme. No me quedó otra opción que inscribirme.

La clase la impartía un agradable pero aburrido capitán de la Fuerza Aérea, que se basaba en un cuaderno cuyo desgaste evidenciaba que se había usado durante mucho tiempo. Como me di cuenta de que era mucho mejor que estar afuera, pues la temperatura bajaría muy pronto en el norte de Florida, traté de mostrar el mayor entusiasmo posible y pronto fui voluntario para ayudar en el grupo. Nos repartiríamos el programa.

Pasaron los días y empecé a reconocer a más personas de la escena de Miami. Delincuentes de poca monta o personas que estaban en los márgenes de la organización, a las cuales había conocido en

fiestas en que la champaña fluía. Aquí limpia.
visita o trabajaban en la cocina.

La mayoría de los reclusos estaban ahí por delitos rela
con las drogas; algunos estaban a punto de cumplir sus sente.
o eran sinvergüenzas de cuello blanco o gente que había cooperado
con el gobierno. Había doctores que habían cometido fraude con
los pagos de seguros del sistema de salud, había policías corruptos
que se volvieron soplones, había contadores que cometieron fraudes
financieros e, incluso, uno que otro juez o político que había cometido
delitos; el resto eran abogados. Muchos abogados.

Algunos internos le guardaban rencor a los abogados porque
les habían prometido un buen resultado gracias a su asesoría legal.
Los prisioneros no eran los únicos a los que les desagradaba mi
profesión. De acuerdo con mi conocimiento del sistema penal y
mi experiencia en las visitas a algunos clientes en diversas prisiones,
supe que el sistema federal no veía con buenos ojos que hubiera
muchos abogados en las cárceles, debido a la información que
podían proporcionar a otros internos.

Asesorar a los internos por lo general estaba prohibido. Sólo
llevaba una semana o algo así como interno, cuando alguien se
me acercó y me pidió que lo asesorara respecto a su apelación.
Obviamente, se había corrido la voz de que yo era un experto legal.

Cuando el joven, encarcelado por tráfico de drogas, me describió
la evidencia, me di cuenta de que las oportunidades de que saliera
victorioso eran casi nulas. Hice lo mejor que pude para hacerlo volver
a la realidad. Después, otro recluso quiso que lo ayudara a entender
un asunto legal de su caso. Poco a poco, más y más reclusos me
buscaban. La mayoría de las historias eran las mismas: se negaban
a aceptar su destino y tenían la determinación de perseverar con
una apelación.

También me sorprendí al enterarme de que más de un tercio
de los internos no había terminado la secundaria. El atractivo del
dinero fácil del tráfico de drogas los había llevado a dejar la escuela
y dejar inconclusa su educación.

Tuve la oportunidad de rectificar esta situación y, después de haber hecho mi parte como maestro en el programa contra las drogas, las autoridades me asignaron al centro de educación para ayudar a los internos con su examen de matemáticas. Como yo detestaba las matemáticas en la escuela, no pude evitar pensar que esto era más castigo, pero me percaté de que podría retribuir con algo.

Había un interno que trabajaba conmigo; era muy joven y tenía una actitud horrible. Supe después que su novia lo había estado importunando durante muchos meses para que le consiguiera una cantidad considerable de cocaína y, cuando lo hizo, lo arrestaron. Al parecer, a ella la habían arrestado muchos meses antes por drogas, y la DEA la había utilizado para hacer que el joven se involucrara en actividades criminales, ya que su padre tenía antecedentes de tráfico de drogas. Su historia me recordó que hubo muchas *bajas* en la guerra contra las drogas, es decir, un sinnúmero de testigos accidentales que habían quedado atrapados en un momento de mala suerte. Malas decisiones con consecuencias terribles.

Los internos seguían acercándose a mí para que los asesorara, así que se me ocurrió una idea que, para mi sorpresa, el centro de educación aprobaría. Posiblemente podría ganar un poco de margen de acción después de haber sido voluntario para ayudar con las clases, así que estuvieron de acuerdo cuando les sugerí impartir una clase de investigación legal y redacción, similar al tipo de clase que reciben los estudiantes de primer año de Derecho.

Primero tenía que echar un vistazo a la biblioteca. Intencionalmente, el sistema federal carecía de suficientes herramientas para la investigación seria, pero yo conocía algunos atajos. Recordé que cuando estuve en la escuela de Derecho conseguimos muchísimos libros gratis de las editoriales del ramo, porque querían que los estudiantes se convirtieran en clientes más tarde, así que estaban muy felices de donar un lote de información de muestra y libros de «conozca la ley usted mismo».

Pedí al departamento de educación que ordenara el material y que lo hiciera llegar a la prisión. Me divertí en grande con el curso. Enseñé a los internos lo que era el proceso de apelación, cómo funcionan las mociones y cómo podían hacer ellos mismos su investigación legal. El curso me dio una enorme satisfacción. Después de todo, ¿cuánta televisión puede uno mirar? ¿Cuántas vueltas se le pueden dar a una pista de atletismo?

Habían pasado unas semanas de mi condena de cuatro años y estaba contento de tener una rutina y un propósito para mis días. Yo lo necesitaba también. Fue a estas alturas que Denise me dio la noticia de que quería divorciarse.

Dentro de la prisión uno se aferra a una pizca de esperanza. Debería de haberlo sospechado cuando mis padres visitaron a mi hijo.

El desenlace llegó cuando una noche, después de la cena, hice una llamada por cobrar desde la prisión. Denise rompió en llanto. Ya no quería que siguiéramos juntos. No podía con la presión. Necesitaba seguir su vida. Cuatro años era demasiado tiempo.

Yo estaba sentado al teléfono, sin palabras. Si ella se sentía así, no tenía poder alguno para hacerla cambiar de opinión.

Colgué el teléfono y me fui a caminar al campo de prácticas. El otoño se había convertido en invierno y el viento era cortante y muy frío. Por primera vez en casi 20 años, experimentaba de nuevo el clima del invierno. Aun la sensación de usar un abrigo me era ajena. Me levanté el cuello para protegerme del frío y di vueltas en la oscuridad. No estaba seguro si me sentía así por el hecho de que estaba perdiendo a Denise, o porque a los 40 años, con un hijo pequeño, enfrentaba por segunda vez un divorcio. Preparé las demandas de divorcio yo mismo y las despaché.

En ese momento, cuatro años parecían una eternidad.

La Navidad se acercaba y el mercurio bajaba por el termómetro todavía más; muchos internos buscaban consuelo en la capilla, buscaban una especie de salvación porque, a pesar de mis mejores esfuerzos, se dieron cuenta de que no habría una solución milagrosa para ellos en las cortes.

El único alivio era que la sensación de gozar de una mínima seguridad y el clima que obligaba a permanecer enclaustrados, hacía que el comportamiento violento no diera para mucho. Tal vez no había muros ni alambre de púas, pero el control era estricto y si los internos se ocupaban de sus asuntos no había necesidad de empezar una pelea.

Algunas veces nos enterábamos de que alguien se había fugado. Como la base se encontraba cerca de un pantano que daba al Golfo de México, la opción preferida era escapar en barco a otro estado o a otro país, pero como las sanciones eran las de una prisión de alta seguridad sin importar lo que restara de la sentencia, cinco años, además de los riesgos, muchos internos lo consideraban un precio demasiado alto.

Durante seis meses me forjé una nueva existencia. Mi clase de Derecho se había vuelto tan popular que la alargué varias semanas más de lo que había planeado al principio. Nunca había visto estudiantes tan interesados.

Todo lo bueno termina. Algunas personas del equipo correctivo supieron del interés por la clase y no estaban muy contentos. Al percatarse de que el conocimiento es algo peligroso, jalaron el enchufe y tuve que dejar de trabajar en el centro de educación. Me transfirieron al taller de tractores para administrar las refacciones a los internos que cortaban el pasto.

Entonces, de la nada, recibí una llamada telefónica.

Mi hermana menor, Michelle, quien trabajaba aún como agente de bienes raíces, pensó que era su deber examinar mi caso para ver si había alguna manera de reducir mi sentencia mediante lo que la ley llama «ayuda sustancial»; en otras palabras, delatar a otros para salir antes de la prisión.

Ella se puso en contacto.

—Ken, no vas a creer esto: alguien en el Cuerpo de Alguaciles de Estados Unidos quiere hablar contigo acerca de un caso muy importante en Europa. ¿Quieres hacerlo?

No tuve que pensarlo demasiado. Yo estaba en prisión precisamente porque no había cooperado en los años anteriores, cuando mi terquedad y mi equivocado sentido de la lealtad a los clientes, al final dio como resultado mi encarcelamiento. ¿Podría cambiar de bando? Los clientes me habían abandonado, así que mi perversa interpretación del secreto profesional ya no me obligaba a nada.

—Hagámoslo —contesté.

VEINTICINCO

LA RETRIBUCIÓN

Don Carter, el segundo del alguacil, se mostró tajante.

—Señor Rijock, usted ha tomado muchas decisiones malas en su vida. Comenzó como veterano de Vietnam, luego fue un joven abogado bancario y mire en lo que se ha convertido. Tiene que regresar al lado correcto de la vida.

Carter y su socio habían venido a Eglin a hablar conmigo de la posibilidad de testificar en contra de Ed y Kelly. Era una oportunidad de cobrar venganza instantáneamente.

Los alguaciles me explicaron que el fiscal de la nación participaba en la primera investigación conjunta suizo-estadounidense sobre abogados y banqueros suizos que habían instigado y auxiliado a traficantes de Estados Unidos. Habían detectado el dinero que Ed y Kelly trasladaron a Suiza, irónicamente en contra de mis consejos, pero de todos modos necesitaban establecer el vínculo con una conducta delictiva. Querían que yo les diera las piezas faltantes del rompecabezas.

Aquí estaba yo, después de decirles a los reos que eran mis estudiantes de leyes en ciernes que no esperaran el milagro de que les revocaran la sentencia o les redujeran la condena, ante la posibilidad de que me ocurriera uno a mí.

Esas eran las buenas noticias. Las malas consistían en que tenían que transferirme a la cárcel del condado de Wakulla, treinta y dos kilómetros al sur de Tallahassee, para estar cerca de la oficina del fiscal, donde un magistrado suizo se presentaría a tomar mi testimonio. Era la misma penitenciaría en que Ed y otros clientes cumplían su condena.

Les planteé que no sería muy buena idea ponerme donde podría encontrarme con la persona contra la cual iba a testificar. El alguacil estuvo de acuerdo y se decidió que me enviarían a la cárcel federal del condado.

En julio, cuando habían transcurrido unos siete meses de mi condena, me sacaron de Eglin, me esposaron manos y pies como si fuera un asesino serial, y me transportaron al Correccional Federal de Tallahassee.

El lugar era viejo y opresivo. Me recordó un campo de prisioneros de guerra que vi en Vietnam o una versión hollywoodense de una cárcel. La diferencia estaba en que no se trataba de la pantalla grande y no era libre para volver a casa al terminar la película. Iba a entrar en ese lugar oscuro.

Las barracas de estilo militar de Eglin eran como el Waldorf-Astoria en comparación con este lugar. Desde el momento en que llegué fui colocado en una celda de la Unidad de Alojamiento Especial, que era, básicamente, de confinamiento solitario.

Me mostraron mi celda y me informaron llanamente que ahí estaría veintitrés horas de cada día. Mi hora de respiro sería para meter algunas canastas en una cancha de basquetbol, a solas. Si tenía suerte, eso pasaría tres veces por semana.

La celda era un espacio lúgubre verde lima, con un excusado y un lavabo de acero inoxidable y un camastro, todo atornillado al suelo, supongo, para prevenir que la cama pudiera servir como arma contra los vigilantes o como ayuda para escapar. Las ventanas eran unas pequeñas rendijas verticales situadas en el muro grueso, por si alguien pensaba en fracturarlas.

La única ventana interior era una pequeña apertura cuadrada de seguridad que daba al pasillo y que permitía a los guardias vigilar a los prisioneros, pero al interno sólo le permitía una visión reducida de la puerta de la celda opuesta. Tres veces a la semana me dejaban bañarme y rasurarme. Las comidas las servían en una charola que metían por una ranura de la puerta. Y una vez al día me pasaban por esa vía un teléfono, para una llamada por cobrar de diez minutos.

Cambié mi uniforme azul de Eglin por la nueva vestimenta caqui y verde olivo que me hizo sonreír por sus connotaciones militares. A solas por primera vez en mi celda, comencé a preguntarme si acaso no hubiera sido mejor correr el riesgo con Ed en la cárcel del condado.

De las celdas vecinas me llegaban gritos y alaridos, gemidos tan ultraterrenales que sonaban como si el edificio estuviera embrujado. Obviamente, algunos de mis compañeros tenían problemas para enfrentar su situación. Ahí estaban los reos con problemas de disciplina, los que requerían estar aislados para su propia protección, y los violentos.

En la mañana, empujaron la ventana del corredor para abrirla y un especialista en salud mental me revisó a la distancia, como si fuera un animal del zoológico, y me preguntó en qué condiciones me encontraba. En ese momento no lo supe, pero sería mi único contacto humano del día, salvo por las comidas que metían por la rendija y la hora en que me escoltaban a la cancha de basquetbol desierta. Todo movimiento en la penitenciaría estaba regulado estrictamente para evitar el contacto con otros presos.

No tenía otra opción que esperar el suceso desconocido que acortara mi condena. Todos los días marcaba el paso del tiempo mirando al sol cruzar lentamente por el cielo.

Me sentía desconectado del mundo.

Así fue mi existencia durante tres semanas, que se me hicieron como seis meses. Luego, por fin, me informaron que el magistrado suizo pronto estaría listo para tomar mi testimonio. Para prepararme, me transfirieron, después de todo, a la cárcel condal de Wakulla, la que tanto quería evitar.

Siempre estaba la posibilidad de que me topara con Ed o con otros clientes que sabía que habían enviado ahí, como Carlos, el hermano de Benny, y Rick Baker, el lugarteniente al que Benny le heredó la jefatura de su organización. Sin embargo, al ponderar el riesgo me di cuenta de que no tenía nada de qué preocuparme. A fin de cuentas, fue su testimonio el que me puso donde estaba.

Aparte, el mero hecho de que estuvieran en un centro del condado indicaba que continuaban tratando de reducir su condena, para lo cual seguían cooperando con el gobierno.

Las relativas comodidades de Wakulla fueron un regalo de Dios después del suplicio de Tallahassee. La celda era característicamente espartana, pero por lo menos tenía compañía humana. Los espacios estaban dispuestos alrededor de una zona común. Podía bañarme todos los días y había un teléfono para hacer llamadas por cobrar.

Hasta se me permitió usar mi propia ropa en la junta con el magistrado suizo. Llamé a Michele para que me enviara un traje oscuro, más camisas y corbatas para mis reuniones en la oficina del fiscal de la nación. Sentía que me regresaban parte de mi identidad.

La mañana en que los agentes de la DEA me recogieron y me llevaron a la oficina del fiscal federal para la reunión con el magistrado, sentí que me daban una probada de libertad. De nueva cuenta me vi como el abogado respetable, salvo, desde luego, por las esposas que un agente de la DEA me puso para trasladarme al centro de la ciudad.

Antes de comenzar el testimonio, uno de los agentes me explicó que fungiría como intérprete entre el magistrado y yo. Había vivido en Francia y era bilingüe. Me advirtió que el magistrado podría mostrarse cortante e impaciente, pero que si me concentraba en aportar mis conocimientos de primera mano sobre el historial financiero de Ed y Kelly, sería muy útil.

Cuando por fin me presentaron con el magistrado, se portó muy agradable. Despistado por mi aspecto, me preguntó por medio del traductor si ya no estaba en custodia.

—No —le contesté—. Todavía estoy en custodia.

Se puso serio y se concentró en el asunto: en averiguar cómo se iniciaron mis ex clientes, cómo movían su dinero y dónde terminó, para que pudiera relacionarlo con las transferencias de Anguila a Suiza. Había podido conjeturar algunos de los métodos en lo general, pero no tenía los detalles y ciertamente no estaba versado en la parte técnica.

Rendí mi testimonio en privado y conforme hablaba, ya libremente, pues no tenía nada que perder, me daba cuenta de que resultaba una revelación para él. Estaba claro que esta reunión sería la primera de muchas.

Volví a la cárcel sintiéndome animado por mis posibilidades. Si mi testimonio resultaba fructífero, permitiría a Estados Unidos y a Suiza recuperar seis millones de dólares de fondos ilícitos que los dos países compartirían. En ese momento habría sido la mayor suma incautada de dinero del narcotráfico.

En los dos meses que siguieron tuve más reuniones con el magistrado suizo. En una ocasión estaba en el retén de la oficina del fiscal estadounidense esperando para testificar, cuando entró un grupo de alguaciles. Eran seis para un único preso: se trataba de Danny Rolling, el Destripador de Gainesville. El año anterior había asesinado a cinco estudiantes en una horrible matanza. Se declaró culpable, pero lo acusaron de otros delitos. Los alguaciles lo pusieron en la celda contigua a la mía. Comenzó a cantar. Cuando los alguaciles se lo llevaron para el proceso, me pusieron en la sala que se había desocupado. Regados por el piso había escritos y bocetos. Comencé a mirarlos, pero los alguaciles los descubrieron y se apresuraron a recogerlos.

Más adelante, Rolling fue ejecutado por sus crímenes con una inyección letal. Poco antes de su muerte confesó otros tres asesinatos brutales.

Cuando por fin concluyó mi testimonio ante el magistrado suizo, me enteré de que el gobierno todavía tenía planes con respecto a mí. Otros miembros de mi red de clientes habían sido detenidos y querían tenerme a la mano por si llegaran a necesitarme para testificar en su contra en un juicio posterior.

Para ello, querían volver a trasladarme. Esta vez mi destino era una prisión del condado en Gilchrist, cerca de Gainesville, en el centro de Florida. Cuando le comenté a un reo a dónde me llevaban, sonrió y me dijo:

—Te juro que no vas a querer irte.

Miré al veterano como si estuviera loco.

—Amigo, creo que has pasado demasiado tiempo tras las rejas.

Cuando llegué a Gilchrist entendí lo que había querido decir. Era una prisión muy pequeña, en un condado rural de Florida, donde el pequeño pueblo de Trenton estaba rodado por humedales y pantanos bajos. El propio condado era el más reciente del Estado, pues lo separaron de una municipalidad grande en la década de los veintes.

La primera señal de que este lugar no era una penitenciaría común vino cuando el alguacil me presentó con la sargento de registro. Era una mujer pequeña que vestía como civil porque, nos dijo alegremente, no encontraron un uniforme de vigilante de su talla.

La junta de orientación fue la más extraña que me había tocado desde que entré en el sistema penal. Una de las primeras cosas que me dijo el lugarteniente a cargo de los recién llegados fue que no tenía que usar el uniforme y que podía llevar ropa de civil. Y agregó:

—Está autorizado a portar hasta cuarenta dólares en todo momento.

Me pareció que era extraño. ¿Para qué se necesita dinero dentro de la cárcel?

En toda la penitenciaría no había más que dieciséis camas, divididas exactamente en ocho para los presos locales y ocho para los reos federales.

La noche llegó con otra sorpresa. Esperaba que trajeran la comida a mi celda y me sorprendió ver que la persona que entregaba las charolas era Benny. El ex narco, que había dirigido todo un emporio de contrabando, ahora repartía hamburguesas en una cárcel del condado.

Benny se sorprendió tanto como yo.

—¡Ken, no puedo creerlo!

—Me da gusto verte, Benny. Te ves en buena forma.

Benny me explicó la organización de Gilchrist.

—Soy reo de confianza, lo que significa que estoy encargado de la comida. Todas las semanas voy en coche al centro, lo lleno de hamburguesas, filetes, pescado y de todo para vendérselo a ustedes.

—¿Venderlo? Así que para eso dan permiso de tener dinero. ¿Tenemos que comprar la comida?

—Ajá. ¿Necesitas pastillas, es decir, alguna medicina sin receta? Alguien va y consigue la que te haga falta. ¿Te gusta mantenerte en forma? Hay equipo de ejercicio del más moderno.

Era como si me estuviera convenciendo de asociarme a un club privado.

—¡Qué locura! Suena como una cárcel privada.

Se rió.

—No estás tan equivocado, hermano. No por mucho.

Me daba gusto volver a ver a Benny. Parecía tan sociable y bonachón como afuera. Más tarde nos pusimos al tanto de todo. Me contó el destino de otros miembros de la organización. Jugamos a los naipes y nos relatamos anécdotas.

Comencé a sentirme asombrado por el fraude que cometía la prisión. Me di cuenta de que el único objetivo de tener ahí reos federales era generar algo de flujo de efectivo para la penitenciaría y para la economía del lugar. Al encargar su propia comida, le agregaban 25% y se la vendían a los internos.

No era el único fraude. Cuando fui a la sala comunitaria, vi pilas de cintas de video para grabar. En el tejado de la penitenciaría había un antena parabólica que captaba películas del canal de éxitos cinematográficos de HBO. Los presos veían las películas, las grababan y se las mandaban a sus hijos.

Después de un par de semanas en Gilchrist me armé de suficiente valor para plantearle una sugerencia al lugarteniente sobre cómo mejorar la institución.

—Cuarenta dólares es muy poco —le dije—. Necesitamos más dinero.

—Muy bien —contestó encogiéndose de hombros—. Si quieren, pidan que les manden más.

Pensé que eso sólo podía pasar en una pequeña población estadounidense. Le di las gracias y regresé al salón común.

Aunque me sentía agradecido por el entorno relajado, estaba en ascuas, a la espera de averiguar si mi testimonio ante el magistrado suizo bastaba para conseguir una reducción de mi condena. Tenía que decidirlo el juez de mi caso. Sólo el gobierno puede pedir que se reduzca una sentencia y, aun así, el juez no está obligado a aceptar. Lo común en la práctica era que la condena se redujera a la mitad, pero no estaba escrito en piedra. En los tribunales federales, los jueces son los que llevan la voz cantante.

Sentía la espera como una agonía.

Pasaron varias semanas hasta que un día se apareció el carcelero y me entregó una carta. Por los sellos, entendí que por fin había un fallo sobre mi condena. Como todo el correo legal, el sobre seguía cerrado. Hice una pausa, respiré hondo y abrí lentamente el sobre. La oleada de emoción fue mayor que cualquier línea de cocaína.

Me devolvieron dos años de mi vida.

Tuve que leer y releer la carta para cerciorarme de que tenía razón. Habían reducido mi condena a la mitad. Nada más me faltaban unos ocho meses. Estaba eufórico.

Tenía que organizarme. En la carta también se detallaba mi cooperación, así que lo último que quería era dejarla en cualquier lugar. La remití al personal de la correccional de Eglin con una carta en que solicitaba que se redujera el plazo de mi condena.

Llamé a Michele. No cabía en sí de la felicidad de saber que volvería a casa antes de lo esperado. Se puso en contacto con el alguacil para ver que me trasladaran a la cárcel federal de Eglin, pero en primera instancia, tenía que volver a la cárcel condal de Wakulla, lo que presentaba el mismo problema que antes: la perspectiva de toparme con Ed, Rick y Andre, tres de los clientes que testificaron en mi contra.

Como había logrado reducir de cuatro años a dos, ¿sería posible cortar mis dos años para que fueran uno?

Según lo que investigué, una segunda reducción era posible si un reo se enteraba de que alguien confesaba que había cometido un delito o si averiguaba el escondite de las ganancias delictivas de otra persona. Mi idea era adquirir información que convenciera al fiscal federal para que presentara una moción de segunda reducción de condena en mi nombre. Claro que estaba tentando mi suerte, pero lo último que quería hacer era aceptar mi destino sin hacer nada. Si no se arriesga en el sistema legal, no se gana nada. Además, ¿qué otra cosa iba a hacer?

Planeé delatar a un prófugo que sabía que había huido para escapar de una orden de arresto por narcotráfico. Era un traficante de bajo nivel en la red y yo no lo conocía en persona, pero estaba enterado de su papel. Trataba de llevar una vida discreta y tenía su propio taller.

Armado con esta información, conseguí otra cita en la oficina del fiscal federal, para averiguar si estarían interesados en mi testimonio. Esposado y vestido de nuevo con la camisa y los pantalones oficiales de la cárcel, me encaminaron a la parte trasera de un autobús con media docena de reos para emprender el viaje al juzgado.

Todos miraban al suelo mientras el último prisionero subió por la parte posterior y se dirigió lentamente a su lugar. Al instante reconocí a Rick Baker. Lo miré a los ojos y estoy seguro de que me reconoció, pero desvió la mirada. Es posible que supiera que yo estaba enterado de que su testimonio había servido para condenarme. No dije nada.

Examiné a los otros reos. Al principio creí que no reconocía a nadie más, pero entonces, esperen: miré de nuevo a un hombre que tenía la vista fija en sus pies. Al principio su aspecto me engañó: su figura en circunstancias tan humildes, en ropas carcelarias desgastadas y degradantes. Pero luego me di cuenta de que era él.

Mientras el autobús se dirigía a la salida de la prisión, me di cuenta de que del otro lado estaba Ed, el hombre que me había puesto tras las rejas.

VEINTISÉIS

MI VIDA DE VUELTA

Lo que me desconcertó al principio en el aspecto de Ed fue que tenía el pelo castaño oscuro. Siempre lo conocí de pelo rubio y ahora, la revelación de que todos estos años se había teñido de rubio me sorprendió casi tanto como la realidad de que estaba sentado enfrente de mí.

Era pasmoso verlo despojado de todos los símbolos de riqueza e influencia y sin nadie a quien impresionar ni dar órdenes. Al principio, casi lo compadecí. Se veía patético. Luego recordé por qué estaba ahí. Me delató a la primera oportunidad, como Andre me había advertido que haría.

La ira comenzó a acumularse en mi interior. Parte de mí quería arrancarle la cabeza de los hombros, pero tan rápidamente como vino el enojo, se disipó. En el mundo exterior, a Ed Becker le gustaba pensar que estaba por encima de los demás, pero ahora, al verlo con grilletes, me di cuenta de que era igual que todos. Lo único que quería era llegar a un trato para salvar su pellejo.

Nos miramos. No nos habíamos visto en dos años. Quise detectar alguna señal de remordimiento en sus ojos, pero no había nada. Ni siquiera un gesto de reconocimiento. Sus ojos estaban muertos.

No podía saber que hacía poco había testificado en su contra y que eso podría costarle seis millones de dólares. La idea me produjo un sentimiento de satisfacción. Tal vez suene extraño, pero en realidad comenzaba a entender sus actos. Tuve que verlo encarcelado, tuve que ver que sufría el mismo destino miserable que yo, para darme cuenta de que Becker me había hecho un favor. Cierto, sin su testimonio probablemente no estaría ahí, pero al mismo tiempo me había sacado de esa vida. Habían hecho fila para denunciarme, así que era cuestión de tiempo que me arrestaran y, quizá, me había tocado una más larga.

Verlo en la cárcel acabó también con cualquier rastro de culpa que hubiera sentido por haber testificado contra él y contra Ed por el asunto del dinero suizo. Era parte del juego. Para estos traficantes de Miami, la *omertà*, el código de silencio de la Mafia, no tenía nada que ver. Cada quien buscaba su provecho. Los miembros originales de la banda lo habían perdido.

De regreso a la cárcel, al cabo de varios días me lo encontré en una de las zonas de recreación. Esta vez le hablé:

—Ed, qué casualidad encontrarte aquí.

—Hola, Ken.

Aunque ya no tenía la mirada brillante, quedaba la misma arrogancia. Si sentía remordimientos, no los dejaba ver.

Intercambiamos cortesías, pero el ambiente era tenso. No le gustaba que lo viera en su situación.

—Voy a salir bajo fianza —me dijo, y supuse que eso quería decir una sola cosa: que cooperaba con la DEA para reforzar las acusaciones en contra de otros miembros de la organización. No hice ninguna insinuación sobre mi propio trato con las autoridades. Nuestra reunión terminó con el timbre que anunciaba el final del periodo de recreo.

Después de todo lo que habíamos pasado, era una manera extraña de encontrarnos, pero me hizo acordarme del individuo egoísta que siempre había sido. No quería saber nada de nadie que no le resultara útil. Ahí, en una cárcel de condado, cada uno trataba de encontrar el modo de salir y no había nada que hacer por los demás.

Entre tanto, había noticias sobre la información que yo había aportado en la fiscalía. La policía estatal había allanado el taller que mi ex cliente tenía con su hijo. Con todo, si bien parecía que las autoridades iban a imponer otra condena, no pensaban que lo que yo había hecho mereciera que recortaran más la mía.

No puedo negar que me sentí desalentado, pero tenía que ver el lado bueno: me quedaban sólo seis meses y pronto volvería a Eglin a que expirara mi tiempo.

Las autoridades dispusieron que me llevaran de regreso a la franja noreste de Florida el fin de semana. Resultó un problema, porque Eglin no aceptaba transferencias en sábado o domingo, así que hubo que hacer arreglos para depositarme en la cárcel de Escambia, en Pensacola, sobre la costa del Golfo de México y a una hora por carretera hacia el Este, cerca de la frontera con Alabama.

Fue una lección más sobre las colonias penales estadounidenses. El lugar estaba hasta el tope de traficantes de crack atrapados en una redada de la Policía Federal. Para empeorar las cosas, llegué en medio de las celebraciones del martes de Carnaval. Quizá Nueva Orleans captaba toda la atención en esta época del año, pero ahora me tenían detenido a pocos kilómetros del Carnaval más antiguo del país, la celebración que se lleva a cabo en Mobile, Alabama, y los presos estaban todavía más enloquecidos por la idea de que había una fiesta monumental al otro lado de la puerta y ellos estaban atrapados en la cárcel.

Una vez más, aunque era un centro del condado, fui asignado a una sección compuesta únicamente por reos federales. Cuando me indicaron mi celda, vi enseguida que tenía dos camastros. Dada la población de la penitenciaría, me imaginé que pronto tendría un compañero.

La primera noche fue de sueño intermitente, por el ruido que hacían los otros reos, que estaban inquietos. Se colgaban de la ventana y gritaban a personas que estaban en la calle y que supuse que serían sus novias. Al principio, los directores me aseguraron que estaría nada más una semana y que luego continuaría mi traslado a Elgin. Pero al pasar los días, comencé a temer que se hubieran olvidado de mí.

Después de un par de días, irremediablemente llegó mi compañero. Era muy joven, y estaba tan asustado que resultaba obvio que se trataba de su primera caída en la cárcel. Estaba convencido de que iban a violarlo. Traté de aplacar sus miedos enseñándole a confeccionar una navaja hechiza quitando la hoja del rastrillo desechable y las cerdas del cepillo de dientes.

Con los ojos abiertos de pasmo, pidió de inmediato que lo transfirieran a otra celda.

No pasaba un día sin que hubiera algún incidente. En una ocasión, un supuesto incendiario se rajó las muñecas en la regadera y se lo llevaron a rastras sangrando a borbotones.

Traté de encontrar consuelo en la escasa biblioteca de Derecho, pero cada vez que veía llegar a un policía, rogaba por que tuviera mi boleto de salida. Al cabo, Michele (¿quién más?) se puso en contacto con la jefatura y llegó el momento en que se dispuso mi transferencia por la costa.

Si pensaba que me iría mejor en Eglin, me llevé una gran sorpresa. Como había testificado, ahora me consideraban un riesgo de seguridad y no se me permitió salir del campamento de la base de la Fuerza Aérea. Eso implicó que me asignaran al puesto de jardinero del lugar. Pasé mis últimos seis meses rastrillando y limpiando.

Me ofrecieron trasladarme a un centro de reinserción social en Miami dos meses antes del término de mi condena. Ahí probablemente podría ir a trabajar todos los días, pero tendría que dormir en el centro. Conocía el lugar en que habían pensado. Estaba justo en medio de un barrio difícil y, de hecho, el exterior estaba salpicado de orificios de bala. Por bueno que sonara, pensé que era mejor quedarse las últimas semanas, para que cuando por fin volviera a casa fuera para quedarme y disfrutar lo que mis compañeros reos llamaban la «puesta en la puerta».

Para ese momento ya no aguantaba las ganas de salir, así que mis padres llevaron a Anton para que me viera. Todavía era pequeño (apenas tenía seis años), así que en realidad no le afectó, pero para mí marcó una gran diferencia.

Mike, el contador, estaba todavía en Eglin. No le sentó bien la noticia de que me habían recortado la condena. Cuando me fuera, a él todavía le faltarían seis meses para cumplir la suya. Pero se portó educado y fue un camarada el resto de mi estancia ahí.

Yo contaba los días. Los últimos se me hicieron una eternidad. Por fin, después de diecinueve meses y varios días en custodia, me preparé para irme. Regalé mi reloj del ejército y los libros de Derecho. Me despedí de Mike y de otros con los que había trabado amistad en Eglin, además de los que ya conocía del ambiente de Miami.

Michele, mi tierra firme, vino a recogerme. Dejar para siempre el campamento se me hizo como si me dieran de baja permanentemente del ejército, pero había recuperado mi vida.

Cuando despegó nuestro avión con rumbo a Miami me di cuenta de que otra vez empezaba un capítulo nuevo. Así como había tenido que adaptarme al regresar de Vietnam a Estados Unidos, de nueva cuenta tendría que reinventarme.

Aterrizamos en Miami. Al ir en auto por la ciudad, me pareció que los árboles estaban más altos. Había perdido el sentido de la perspectiva. La vista de las nuevas urbanizaciones en el sur de Miami Beach (que al parecer ahora se llamaba South Beach) me asombró, pero también me entristeció ver el poco aprecio que le tenían al concepto original de art decó.

Después de una rápida visita a mis viejos lugares favoritos, volví a la casa de mis padres. Como estaba divorciado (yo mismo había redactado los documentos y había realizado las formalidades en la cárcel), la recámara de huéspedes sería de nuevo mi hogar hasta que pudiera sostenerme por mi cuenta, tal como había ocurrido cuando volví del ejército, hacía veintidós años. Tenía que restablecer mis finanzas desde el principio. Ni siquiera en los buenos tiempos del lavado, cuando fácilmente ganaba más de diez mil dólares en una semana, había tomado previsiones para el día en que lo perdiera todo. No tenía ahorros ni fondos escondidos. Nada.

Michele me ofreció una fiesta de bienvenida en un restaurante local, por la que me sentí agradecido. Fue un gran alivio reunirme con mis padres y viejos amigos, aunque estaba consciente de que enfrentaría el estigma de ser un marginado. Mientras pensaba en lo que iba a hacer con mi vida, uno de los socios del despacho legal de mi primo, el que me había representado cuando me negué a hablar ante el jurado de cargo cinco años atrás, me ofreció un puesto como asistente paralegal. Acepté instantáneamente. Al siguiente día hábil me vestí de nuevo con saco y corbata.

Volver a trabajar en un despacho de abogados haciendo investigación en materia civil me mantuvo ocupado, pero no dejaba de pensar qué haría con mi carrera futura. Sabía que podía hacer algo con mis habilidades y experiencia, pero no sabía qué. Sería factible volver a ejercer el Derecho, siempre que la barra me readmitiera en la profesión, lo que significaba que tenía que volver a presentar exámenes y enfrentar años de solicitudes inútiles.

Tenía otros asuntos que considerar. Aunque estaba en mi casa y tenía un trabajo, todavía me encontraba bajo libertad supervisada, una variedad de la libertad bajo palabra y un resabio de mi condena original de cuatro años de prisión y tres supervisado. Quería decir que las autoridades tomarían nota de lo que hiciera. Tenía que reportarme periódicamente para hacerme exámenes que comprobaran que no tomaba drogas, y cada vez que me cambiara de casa, quisiera tomar un avión o incluso salir del sur de Florida, tenía que notificarlo.

No era más que un simple inconveniente en comparación

con el encarcelamiento. Si hacía algo que infringiera la orden de supervisión o si volvía a delinquir, me pondrían en custodia al instante. La única manera de asegurar la reducción en la orden de liberación supervisada consistía en ser más que un ciudadano modelo, en mostrar al consejo de libertad bajo palabra que era digno de su clemencia.

Me dispuse a vivir con un nuevo esquema. Puesto que mis clientes, a los que había representado y protegido celosamente durante años, me habían delatado como forma de gratitud, quise devolverles el favor. Solicité que me transfirieran a la sección de libertad de alto riesgo, que está compuesta principalmente por individuos que testifican unos contra otros.

El escenario había cambiado mucho. Había desaparecido la imagen de la ciudad que proyectó el programa de televisión *Miami Vice*. Después de la devastación por el crack, la vigilancia policiaca se había vuelto tan tenaz y los castigos tan rigurosos que la mayor parte del tráfico se había mudado al lugar con menor resistencia: a la frontera con México.

Muchos de mis antiguos clientes estaban muertos o en la cárcel, pero otros seguían libres, eludiendo a la justicia.

Mi nueva misión, para decirlo francamente, fue remuneradora. Como los clientes me habían mandado a la cárcel, supuse que le debía a su organización una hazaña igualmente buena. Para concentrar la mente no hay nada como el deseo de una libertad absoluta, mezclada con una sana dosis de venganza. Ahora estaba firmemente del lado de la ley y listo para corregir errores en lo que fuera posible.

La primera oportunidad que tuve de mostrar qué buen ciudadano era se presentó casi inmediatamente. Despachaba un trabajo como investigador legal y un viernes fui a dejar una carta a la oficina de correos próxima al despacho, en Coconut Grove, cuando oí un grito. Miré al otro lado de la calle y vi a una mujer que salía de una tintorería y a un hombre que corría. No soy detective, pero estaba bastante seguro de que era el culpable: además de la bolsa y el monedero de la mujer, llevaba un montón de ropa. Trataba de escapar con una pila de ropa envuelta en celofán.

Sin pensarlo, me lancé tras él. Se metió en uno de los barrios más bravos, pero no dejé de pisarle los talones. Se estaba convirtiendo en una farsa, porque cada pocos metros tenía que detenerme a levantar un vestido o una falda que él dejaba caer, sin dejar de perseguirlo. Al cabo, el hombre (el típico rufián que seguramente necesitaba pagar un vicio) trató de refugiarse gateando bajo una casa. En cuestión de segundos llegó la policía. Mientras, me quedé vigilando el edificio para que no se fuera a escabullir. Hubo una pausa en lo que llegaban refuerzos con perros amaestrados. El sujeto fue detenido oportunamente.

Hice saber a la jefatura de policía que colaboraría con todo lo que les sirviera para levantar acusaciones contra mis ex clientes. Un día, recibí una llamada para decir que se habían recuperado ciertos artículos de una casa en la que vivió Kelly, que seguía prófuga en México.

Acepté que me entregaran una caja de papeles, documentos y cartas que evidentemente había dejado atrás por las prisas. Entre las cosas había un sobre de papel manila con una leyenda manuscrita que decía: «Última carta enviada desde su celda en Cuba, antes de ser ejecutado».

Incluía detalles sobre cómo su hermana podía cobrar 500 mil dólares de drogas que había dejado antes de que lo ejecutaran. En el sobre no había ningún nombre, pero reduje mis sospechas a dos o tres personas y muy probablemente a un refugiado cubano que había sido atrapado contrabandeando drogas desde la isla a aguas estadounidenses. Los castigos en Cuba eran rigurosos. Fue un recordatorio a tiempo de la vida que había abandonado.

Después de trabajar un año como paralegal tuve por fin dinero suficiente para dejar la casa de mis padres y mudarme a un departamento. Era bueno ser autosuficiente, con la ventaja agregada de que Anton iba a vivir conmigo. Denise había vuelto a su empleo como azafata y, dado lo errático de su horario, acordamos que sería lo mejor.

Así tuve finalmente la oportunidad de trabar lazos firmes con mi hijo. Convivir con él y ver el mundo a través de sus ojos inocentes me ayudó a poner las cosas en perspectiva. Los que conocían mis antecedentes no estaban interesados en dedicarme tiempo. Desde luego, ya había pasado por esto. Era una *persona non grata*, particularmente entre abogados y banqueros. Seguí trabajando como paralegal, pero luchaba por encontrar un trabajo estable.

Una noche, estando en casa, sonó el teléfono. Era John McLintock, sargento de la división de Inteligencia de un departamento de policía de Florida.

¿Qué pasaba?

Conocía a este oficial de mi época con Monique, pero supuse automáticamente que sólo podía tratarse de malas noticias.

John fue al grano enseguida.

—Ken, quisiera saber si puedes ayudarme. Teníamos previsto que alguien pronunciara un discurso mañana ante funcionarios de diversas entidades, pero tuvieron que llevárselo. Me preguntaba si tú puedes dar la charla.

Quedé atónito.

Quería que hablara media hora sobre lo que había hecho como encargado de lavar dinero ante una organización estatal de agentes e investigadores financieros. Podía hablar de mis experiencias de los quince años anteriores y revelar algunos secretos del oficio.

—¿Dictar una conferencia… a polis? —dije.

—Pues, sí. No sólo policías. Hay otras dependencias también.

—Supongo que así es —dije titubeando—. ¿Cuándo?

—Eh… mañana temprano. Eres la única persona que se me ocurre. Estarás brillante. ¿Qué dices?

—No sé. ¿Puedo pensarlo?

—Más bien, no —contestó John—. Necesito una respuesta rápida. Es mañana.

¿Cómo podría presentarme en un auditorio lleno de funcionarios que sabían perfectamente que había sido sentenciado y encarcelado por el delito grave de delincuencia organizada? Durante años, esas personas habían sido mis adversarias, habían jurado llevarme ante la justicia.

—Lo haré —dije finalmente.

VEINTISIETE

CAMBIAR DE BANDO

MIENTRAS ME CONDUCÍAN A LA SALA, sentí cientos de miradas sobre mí, todas hostiles.

Yo era el enemigo. Para la policía y para los guardias no existe diferencia entre los traficantes, los abogados y los banqueros que los financian. Simplemente yo era otro abogado deshonesto que alguna vez había sido un profesionista honorable, pero a quien la avaricia y el ansia de notoriedad lo habían desviado del camino.

Esta vez fue como mi primera aparición en la corte; me sentí desarraigado otra vez. Sin embargo, si algo había aprendido en los últimos años era que, a veces, hay que enfrentar los miedos propios. Por eso le había dicho que sí a John. Hacía unos quince años yo había dado un salto al vacío al sentir que mi vida no tenía rumbo alguno. Mi carrera se encontraba en una posición funesta como aquella vez, pero ahora tenía la oportunidad de salir de nuevo a la luz.

Viajé al lugar de la conferencia sabiendo que se trataba de un gran paso, no sólo en cuanto a mi rehabilitación, sino también porque era una decisión personal. Si de verdad había regresado al lado correcto de la ley, entonces necesitaba ser precavido y obedecer la ley realizando acciones para ayudar a quienes tenían la responsabilidad de hacerla cumplir.

Hablé ante un auditorio abarrotado, pero atento, acerca de cómo me había involucrado por primera vez con los narcotraficantes, y describí con detalle el carácter de los capos a quienes representaba, cómo me desempeñaba como intermediario entre el cartel de Medellín y la mafia, y cuál era mi papel para financiar sus pequeños imperios. Les conté cómo había extraído millones de dólares fuera del país más de cien veces sin que me atraparan. Les conté de la colocación de fondos en cuentas en el extranjero y del sistema de estratificación de dinero en diferentes centros financieros en el extranjero para después integrarlos al sistema financiero global mediante inversiones.

Les conté acerca de los negocios legítimos que utilizaban mis clientes para lavar dinero y les expliqué ingeniosos planes, como el método de comisiones por ventas. Finalmente, les expliqué por qué razón había elegido algunos de los paraísos fiscales del Caribe, y por qué nos habíamos alejado de otros.

Cuando terminé, se desataron inesperados pero espontáneos aplausos. Fue una experiencia alentadora, incluso purificadora. Por primera vez en años me sentí bien.

Ya no era parte del problema sino de la solución.

Tal vez iluminé un poco parte de un mundo que antes había estado a oscuras, porque recibí ofertas para dar conferencias. Una de las más raras fue de la Real Policía Montada canadiense. Me preguntaron si podía ayudarles en un programa de capacitación para evaluar a agentes encubiertos que se ocuparían de revelar prácticas ilícitas. Asistirían a un curso de entrenamiento de dos semanas y querían que los ayudara con el aspecto de la credibilidad de sus historias como incógnitos. Mi trabajo consistiría en impartir técnicas y estrategias que podrían utilizar, hablar de tácticas un poco más esotéricas, y abordar las ventajas y desventajas de cada uno de los paraísos fiscales del Caribe.

El programa se llevó a cabo en secreto en una de las universidades con más prestigio, y me instalaron en una pensión como alguien anónimo. En efecto, me encontraba dando clases de lavado de dinero a agentes para ayudarlos a atrapar a gente como yo. La experiencia exigía mucho esfuerzo mental, pero francamente era muy divertida. Al final de la primera semana, me ofrecieron una placa de reconocimiento y me fui con la sensación de que mi rehabilitación poco a poco iba tomando fuerza.

En otra ocasión formé parte de un panel con otros conferencistas. Uno se presentó como Dean Roberts, un agente retirado del FBI.

Durante su intervención, dio a conocer que había sido parte de una agencia federal única de una fuerza especial de Scotland Yard que se había unido a la policía del Reino Unido para investigar el lavado de dinero en los paraísos fiscales.

Yo estaba sorprendido. Fue en ese momento cuando me di cuenta de que el agente Roberts había estado tras de mí cuando entró en la oficina de Henry Jackson en Anguila y exigió ver quiénes eran los propietarios de las cuentas corporativas estadounidenses del banco de junto.

Cuando llegó mi turno de hablar, vi que el agente del FBI escuchaba atentamente el recuento de mi destino favorito para llevar las ganancias de las drogas: Anguila.

Cuando terminó la conferencia, me acerqué a él.

—Creo que ya nos conocemos —dije.

—Sí, señor Rijock —contestó sonriendo—. Sé todo acerca de usted.

Compartimos historias de nuestro trabajo en el Caribe: yo con mis esfuerzos por ir un paso más adelante que la ley, y él con sus intentos por pescarnos. Es sorprendente cómo la comunidad del crimen y la de los agentes del orden, en ocasiones, están tan estrechamente ligadas.

En los meses siguientes me encontré de nuevo con Dean en otros eventos y en conferencias. Él me informó cómo esa red había rodeado a Jackson y sus operaciones y cómo su arresto en el

Reino Unido había abierto un rastro de información que, al final, conduciría al esquema —que terminaría desplomándose— de las cuentas en el extranjero del banco de Anguila.

A mí me sorprendía mucho la atención que las agencias dedicaban a tratar de atraparnos, así como a él le sorprendían los métodos que empleábamos para evadir sus garras. El reconocimiento era mutuo.

Además de la emoción por las conferencias y las charlas, seguí trabajando como asesor legal. Profesionalmente me sentía como si estuviera perdido en el desierto, pero el trabajo me permitía recobrar un poco de respeto en la comunidad. Cada vez que tenía la oportunidad, trataba de dar más y más conferencias, pero sólo podía encontrar público interesado en las agencias de procuración de la ley.

Me acerqué a la comunidad bancaria y les ofrecí mis servicios como un asesor que podía señalar las competencias técnicas del lavado de dinero a los funcionarios correspondientes. No sé si debido a mi condición de lavador de dinero convicto, o a una combinación de ignorancia y arrogancia, las instituciones bancarias pensaron que eran inmunes al crimen, así que la acogida fue muy fría.

No me desanimé y busqué maneras de mejorar mis conferencias y adaptarlas según los públicos. Muy pronto pude ofrecer diferentes tipos de conferencias, desde cómo descubrir esquemas para lavar dinero, explorar cómo el crimen organizado ruso había trasladado sus operaciones a Estados Unidos, y hasta analizar los trucos que utilizaban los traficantes para introducir sus cargamentos de droga en Estados Unidos por avión o por barco.

Recibí una invitación más para dar una clase en la academia de guardacostas en Saint Petersburg, en la costa del Golfo de Florida. Para esta conferencia me centré en el contrabando marino y expliqué la inspirada idea de Ed de introducir drogas en un equipo de seguridad al que llamó «flotador». Mientras yo seguía hablando, al fondo de la sala comenzaron a levantarse algunas manos.

Dejé de hablar y pregunté a uno de los hombres que tenía la mano levantada si quería decir algo.

—Una vez estuve en un barco —dijo. —Estoy seguro de que recuerdo haber visto esos tubos flotadores. Nunca se me ocurrió que fueran otra cosa que equipos de seguridad. No puedo creerlo.

Otros oficiales que seguían con la mano levantada asentían.

Era asombroso. Ahí había guardacostas que habían abordado algunos barcos de Ed, pero que no habían podido encontrar droga alguna. El plan había funcionado incluso mucho mejor de lo que yo hubiera reconocido en un principio.

Después de cada conferencia, las cuales impartía gratis, invariablemente se acercaban y me pedían consejo respecto a algún problema. Mi política era no rechazar las solicitudes de ayuda de las agencias de procuración de justicia. Tal vez pasé unos buenos diez años tratando de ser más listo que la policía, pero por extraño que parezca, me parecía que le debía algo a esta gente. Nunca olvidé que podría haber pasado 25 años en la prisión si no hubiera sido por la imparcialidad que me demostraron los investigadores y fiscales. Mi propósito apuntaba a devolverles el favor tantas veces como pudiera.

Si bien las conferencias me daban una razón de ser en mi vida profesional, podía haber hecho lo mismo en mi vida personal. Desde que había salido de la cárcel, me sentía como un paria. Con excepción de algunas citas con la mujer a quien había rescatado de un ladrón en la tintorería, no tenía muchas oportunidades de conocer a nadie.

Sin embargo, justo cuando surgió de la nada la oportunidad de dar esa primera conferencia, sin esperarlo me encontré charlando con una mujer que nunca había visto en una fiesta que daban unos amigos mutuos.

Se llamaba Jane, era maestra y, como yo, tenía un hijo de una relación anterior. Aunque tenía la costumbre de no hablar de aspectos de mi vida con parejas anteriores, con Jane era un alivio no tener una prioridad oculta. Yo podía ser yo mismo.

Nos encontramos en un momento adecuado para ambos. Afortunadamente, Jane pertenecía a ese 99.9 por ciento de la humanidad que no había sido atrapada en el mundo de los narcotraficantes, así que no tenía que darle los detalles escabrosos de mi vida anterior. Ella entendió que yo tenía un pasado y no me juzgó por ello.

Mientras se desarrollaba nuestra relación llegué a un punto en el que estuve listo para conocer a su familia. Debo admitir que no esperaba con mucha ansiedad el momento de tener que revelar mi vergüenza por haber estado en la cárcel. Las noticias no fueron bien recibidas, pero me aceptaron. Era todo lo que podía pedir.

VEINTIOCHO

«SI ALGO SALE MAL, MÁTALO»

JUSTO CUANDO COMENZABA A ADAPTARME a un entorno más hogareño, surgieron un par de oportunidades que, sólo por un corto periodo, harían que volviera a lavar dinero otra vez.

Un canal de televisión me buscó para organizar y llevar a cabo una operación encubierta, enfocada en los abogados que trabajaban en los paraísos fiscales del Caribe, para transmitirla después, en horario estelar, en un programa especializado en periodismo de investigación. El tema era demostrar que los centros financieros en el extranjero aún aceptaban dinero ilícito.

Mi tarea era mostrar cómo las recientes «reformas» solamente habían sido cosméticas, y que si a los abogados locales se les ofrecía dinero sucio, lo aceptarían gustosamente sin hacer muchas preguntas.

Una vez me reuní en Miami para cenar con uno de los productores en un sitio tranquilo del aeropuerto, y pasamos un par de horas hablando de diversas maneras de llevar a cabo la operación. Cuando él estuvo satisfecho y seguro de que yo podía planear y supervisar el proyecto, regresó a Nueva York para organizar al equipo de producción, mientras yo escribía el tipo de frases que nuestros «criminales» dirían a los abogados que habíamos localizado para tratar de convencerlos de que tenían dinero que ocultar en los paraísos fiscales. La cadena televisiva proporcionaría el dinero que se utilizaría para lavar el efectivo, el cual nosotros mismos recuperaríamos para demostrar que las cosas no habían cambiado en el Caribe desde los años ochentas.

Mi siguiente trabajo era encontrar un voluntario adecuado que se hiciera pasar por lavador de dinero para acercarse a los abogados. De inmediato pensé en Nico Núñez, el hermano de Charlie. Él era perfecto porque era un sobreviviente de la escena criminal de Miami y, aunque ya no consumía drogas, conocía la jerga del oficio y era lo suficientemente osado como para hacer un buen trabajo.

El productor asignó a una camarógrafa encubierta que se haría pasar como la novia de Nico. Para filmar secretamente a nuestros sujetos, ella usaría gafas de sol equipadas con una cámara y llevaría una cámara más en su bolso, el cual también estaría equipado con micrófonos y transmisores.

Escogí Saint Kitts como el lugar perfecto para poner a prueba nuestra teoría porque no sólo estaba familiarizado con los métodos para depositar dinero ilícito en ese lugar, sino que también había trabajado personalmente con algunos abogados en mi época del lavado de dinero. Incluso tenía a uno de ellos en mente. Un abogado que en aquel entonces era muy prominente, cobraba honorarios elevados y viajaba mucho por la región. La idea era tratar de captarlo con la cámara para mostrar la evidencia al auditorio de la televisión estadounidense. Estaba seguro de que el abogado no se arriesgaría a demandarnos en Estados Unidos, porque correría el riesgo de que lo arrestaran por sus actividades en el pasado.

Nico y yo nos reunimos con el equipo en el aeropuerto internacional de Miami y volamos a Saint Maarten. Nuestro plan original era fotografiar a nuestro elenco de dos personas y tomar un catamarán a Saint Kitts, pero la inclemencia del clima hizo que, en vez de eso, tomáramos un avión a la isla vecina de Nevis. La isla, que está federada con Saint Kitts, es un territorio de jurisdicción británica que también había sido una enorme plantación azucarera en tiempos coloniales. El lugar era perfecto como base, a sólo unos cuantos kilómetros en barco de Saint Kitts, pero lejos de las miradas curiosas.

Cuando llegamos a Nevis, hicimos nuestra primera llamada y nos topamos con una dificultad. Nuestro prominente abogado tuvo que abandonar la isla debido a un delito grave. Pero ningún impedimento nos detendría. Saqué nuestra lista de abogados locales disponibles y procedimos a llamarlos casi a todos. Al final, hicimos citas con algunos de ellos.

Llegamos a Basseterre a la mañana siguiente, contratamos a un chofer con camioneta, lo cual nos permitiría transportar al elenco, al equipo de producción, al productor y a los asistentes, y empezamos con las citas. El segundo camarógrafo se encargaría de grabar el sonido y el video de manera remota monitoreando las entrevistas en una pequeña pantalla. Teníamos efectivo disponible en caso de que surgiera la oportunidad de hacer un depósito en las circunstancias adecuadas.

Nuestra historia encubierta consistiría en que Nico sería un prominente hombre de negocios estadounidense que quería divorciarse para casarse con la «novia» que lo acompañaba. Para ello, transferirían una gran cantidad de su riqueza, en efectivo, a una cuenta en el extranjero para evitar que la confiscaran o se la concedieran a la esposa durante el proceso de divorcio. La historia se fraguó para que resultara tan transparente que cualquier abogado que se preciara de serlo pudiera darse cuenta de que era una historia ficticia cuya intención era disimular las ganancias de algún negocio ilícito que debían limpiarse.

Algunos no aceptaron, pero finalmente pudimos interesar a tres abogados y a un magistrado de medio tiempo en funciones, quienes aceptaron ayudarnos a colocar en el sistema bancario lo que obviamente era dinero sucio. El camarógrafo filmó algunas tomas en la capital para completar nuestras explosivas secuencias encubiertas. Incluso, literalmente me tropecé con la unidad de

Inteligencia Financiera de ese país, que funcionaba con poco personal y era mucho más pequeña de lo que una agencia gubernamental debería ser. Era cualquier cosa menos funcional.

Desafortunadamente, después de todo el trabajo que habíamos realizado, al equipo legal de la cadena de televisión le entró el miedo de que los abogados entablaran una demanda si la televisora transmitía las secuencias al aire, así que el programa se suspendió. El proyecto nunca salió a la luz.

Aunque en aquella ocasión no tuvimos éxito, disfruté al utilizar mis viejos trucos para exponer hechos ilícitos en vez de aprovechar las lagunas del sistema.

Un poco después, fue Nico quien me pidió un favor.

Un productor de marihuana de nivel medio llamado Jorge López había utilizado a Nico para alejar a unos bandidos que amenazaban con atacar su plantación y apoderarse de sus drogas, aunque después se había negado a pagarle el dinero que le debía.

El cubano estaba furioso.

—¿Y qué se cree?, ¿que puse mi vida en peligro sólo porque tengo muy buen corazón? Me debe, y me debe bastante.

Aunque tenía un aplazamiento de sentencia, López seguía haciendo ostentación de sus negocios y nadie se sorprendió de que la DEA lo arrestara por cultivar hierba en su plantación.

Nico pensó que había perdido su oportunidad de recordarle a López lo que les pasa a los proveedores que no pagan sus deudas.

Sin embargo, la fortuna le sonreía.

—Está en libertad bajo fianza —me dijo—. Me pidió que le ayudara a escapar del país. Es una excelente oportunidad.

López quería que Nico le ayudara a lavar dinero para pagar su vuelo antes del juicio. Tenía un yate del cual el gobierno se había incautado. Con descaro, quería intentar vender el yate a un tercero, en las narices de la Aduana, para tener un poco más de efectivo.

—Necesito que me ayudes.

—¿Cómo? —dije sin entender.

—Lo quiero antes de que desaparezca.

—¿Deshacerte de él? —empecé a preocuparme.

—No, no. Quiero tenderle una trampa al imbécil.

Ahora sí había comprendido.

Quería exponer a López antes de que se escapara. Yo sería el hombre del bolso que le ayudaría a obtener el dinero del barco.

La adrenalina empezó a fluir como antes.

Para atrapar a un ladrón se necesita otro ladrón.

Convencí a Jane de que los riesgos no eran serios y de que ésta sería una buena oportunidad para congraciarme con la ley; fui a la DEA y me ofrecí a pasar por un lavador de dinero con el fin de obtener la evidencia necesaria para ayudar a que López quedara bajo custodia. Los agentes de la DEA con quienes me encontré estuvieron de acuerdo en que se trataba de una operación que valía la pena llevar a cabo y se elaboró un plan.

Telefoneé a López.

—Me enteré de que tienes problemas.

—Por teléfono no. Mejor vamos a vernos.

Estuvo de acuerdo en reunirse conmigo en el centro de Miami porque pensaba que le ofrecería mis conocimientos para diseñar un plan para huir al Caribe.

Previamente me encontré con los agentes de la DEA, quienes me informaron de la evidencia necesaria para presentar cargos. Con un micrófono oculto, me pidieron que quedaran grabados en la cinta los planes exactos de lo que López quería hacer. También querían que arreglara otra cita, en la cual debía darme el dinero por mis servicios.

Las emociones que sentí al prepararme para encontrarme con López eran como las que experimenté 15 años atrás, cuando me preparaba para mi primera operación de contrabando de dinero. En aquel entonces, con tantas cosas en juego un movimiento en falso podría haber provocado que nos arrestaran. Esta vez, un error y López me perseguiría hasta liquidarme.

Con toda razón, el propietario de la plantación estaba muy nervioso cuando nos encontramos en un restaurante del centro, pero la codicia y el deseo de huir borró cualquier mecanismo de defensa. Él quería transferir su efectivo a los paraísos fiscales y aceptó de buen grado que nos encontráramos la semana siguiente en Fort Lauderdale con 50 mil dólares para echar todo a andar a fin de establecer empresas y cuentas de banco en el extranjero.

Unos días antes de la entrega, Nico me telefoneó.

—Creo que hay algo que deben saber. López me envió un mensaje.

—¿Qué dice?

—«Si algo le pasa a mi dinero, mata a ese lavador de dinero.»

—¿En serio? Me siento halagado.

—Ten cuidado, ¿eh?

Había vivido lo suficiente como para saber que algunas amenazas son vanas. Sin embargo, era un recordatorio de lo que estaba en juego.

Una semana más tarde, mi socio esperaba la entrega en el aeropuerto de Fort Lauderdale. La extraña simetría de las circunstancias me llamaba la atención. Aquí se encontraba él, con un atuendo casual, con un bolso, en un aeropuerto, esperando el dinero de un cliente. Aun así, en vez de temer que la DEA vigilara cada uno de mis movimientos, ahora esperaba que me estuvieran vigilando muy de cerca.

Nuevamente, yo tenía un micrófono y esperaban a que López apareciera. En esta ocasión no era necesario que hablara conmigo. Con la evidencia que ya había reunido, sólo necesitaban que López llegara a nuestra cita para que los agentes de la DEA irrumpieran.

En el momento justo, se presentó entre un grupo de pasajeros. Cargaba una maleta maltratada.

Traía consigo el efectivo.

Estábamos listos.

Todo sucedió en un instante. Los agentes salieron de la nada y lo apartaron de la multitud.

No supo lo que estaba pasando.

Fue muy gratificante. Lo acusaron de delitos adicionales, no aceptaron otorgarle una fianza y lo encarcelaron por un largo periodo.

Una nueva carrera me llamaba. Podía atrapar criminales con sus propios métodos, trabajar con las fuerzas del orden.

Pero una parte de mí siempre seguirá sintiéndose atraída por los retos del dinero sucio.

«Mi nombre es Kenneth Rijock. Soy un veterano del lavado de dinero en efectivo, con más de cien operaciones locales e internacionales, todas ellas exitosas.»

Así comenzó mi testimonio ante el Congreso de Estados Unidos en 1999, como el único civil que declaró en favor de las leyes contra el lavado de dinero.

Después de mi participación en el golpe contra Jorge López, me di a la tarea de intentar educar a los bancos acerca del daño que causa el lavado de dinero en nuestra economía y nuestra seguridad.

Rendí testimonio dos veces más, pero los intentos de que las leyes fueran más estrictas encontraron grandes resistencias por parte del equipo de cabildeo de los bancos, entre cuyos partidarios, curiosamente, se encontraba un banquero prominente quien más tarde enfrentaría cargos de fraude por haber establecido uno de los esquemas de inversión piramidal fraudulentos más grandes, por el cual los bolsillos de millones de inversionistas quedaron vacíos.

No fue sino hasta los ataques al World Trade Center, el 11 de septiembre de 2001, cuando los bancos incrementaron las disposiciones para impedirlo.

Gracias a eso tuve la oportunidad de hacer buen uso de mis habilidades, y conseguí trabajo como funcionario de vigilancia de una enorme compañía de inversión de Florida. Era muy divertido competir contra las personas que utilizaban los mismos trucos que yo había usado.

Duré sólo un año en el puesto, pero seguí trabajando en otros proyectos de la fuerzas encargadas de asegurar el cumplimiento de las leyes, y en la comunidad financiera. Creo que soy el único abogado financiero que se había convertido en lavador de dinero y que después trabajaría como asesor de delitos financieros, brindando asesoría en servicios de inteligencia financiera a bancos y a otras instituciones.

El único límite que tienen los lavadores de dinero es su imaginación. Sé que los más eficientes actualizan constantemente sus métodos, porque en el momento en que alguien observa un patrón, entonces puede atraparlos. Mi trabajo consistía en explicar a los clientes cómo detectar a los lavadores de dinero y cómo identificar sus prácticas de reciente creación.

Viajo por todo el mundo impartiendo conferencias y charlas acerca de las técnicas del lavado de dinero. La pregunta más común que me hacen es cómo logré que tardaran tanto tiempo en atraparme. Para los funcionarios era una fuente de asombro y de frustración el hecho de que nunca me hubieran atrapado con las manos en la masa.

Por supuesto, les expliqué que me habían enviado a la cárcel sólo porque tres clientes, sentenciados a cumplir largas condenas, me habían delatado a mí y a nuestro contador con el fin de reducir sus sentencias.

En aquel entonces mi actitud era tan radical, que creía que nunca delataría a mis clientes. Cuando ellos me delataron, me sentí traicionado y enfurecido. Pero, al mirar atrás, tal vez Ed y los demás me hicieron un gran favor.

Al rendir testimonio en mi contra, me forzaron a enfrentar mis delitos. Si no lo hubieran hecho, quién sabe qué habría sucedido. Aunque siempre fui muy cuidadoso para borrar mis huellas sin abandonar ese camino de destrucción, el incidente en Anguila, cuando congelaron las cuentas, ello me indicó que diversas agencias de justicia nos estaban acorralando. Si me hubieran arrestado en otras circunstancias, tal vez el procurador de Estados Unidos no se habría mostrado tan dispuesto a considerar mi sentencia tan favorablemente. Yo debería haber cooperado desde un principio, cuando me llamaron a declarar ante el gran jurado.

Las actitudes de la sociedad hacia las drogas han cambiado radicalmente desde mis inicios como lavador de dinero. De ser consideradas como algo recreativo, ahora se les considera como el gran asesino que arruina la vida de la gente ejerciendo una fuerte presión en nuestra economía.

Necesitaba ir a prisión para rehabilitarme y pagar mi deuda. Únicamente después de pasar por eso, estaría realmente reformado, y aunque en su momento el proceso fue doloroso, se me permitió incursionar en mi nueva carrera con gran integridad.

Aunque han pasado algunos años, durante los cuales he hablado de mis hazañas ante públicos selectos, ahora tengo la confianza de contarlo todo por escrito. Hay una distancia suficiente entre los sucesos de mi pasado y la actualidad, lo cual me da un poco de perspectiva.

No me justifico por haber sido un lavador de dinero ni por los delitos que cometí. Si no los hubiera cometido, no podría asesorar a la justicia para que atape a gente como yo. Esa experiencia es la que me ha proporcionado un conocimiento único de las técnicas del lavado de dinero.

Sin embargo, aún siento cierto remordimiento cada vez que me acerco al mostrador de Inmigración en el aeropuerto internacional de Miami para que busquen mi nombre en la computadora de la aduana. Supongo que siempre lo sentiré.

¿Y qué hay de los otros actores principales en el extraordinario drama que fue mi vida en la década de los ochentas?

Ed logró convencer a la DEA de que lo dejaran libre antes de que terminara su sentencia al ofrecer ayuda para atrapar a otras personas de la organización. Descarado hasta el final, incluso se puso en contacto conmigo después de su liberación. De nuevo necesitaba ayuda con sus impuestos, así que le recomendé a un contador competente y legítimo. Nunca mencionó nada acerca de la información que había proporcionado sobre de mí en Francia, y tampoco hizo comentario alguno acerca de los 6 millones de dólares que yo le había costado. El abogado de su socio también conocía a los amigos de Denise, mi ex mujer. Él le había dicho: «Ken le cuesta mucho dinero a mis clientes.»

Así que, al final, ella supo lo que yo había hecho.

Los alguaciles de Estados Unidos cerraron el restaurante Midnight Oasis justo tres años después de que abriera, debido a sospechas de que era una fachada para el tráfico de drogas. Sin embargo, en un giro inesperado, el gobierno federal decidió mantenerlo abierto y mediante la subcontratación de los servicios de comida de una empresa privada, los alguaciles se hicieron cargo del restaurante mientras era un establecimiento concurrido. La realidad siempre supera a la ficción.

Ed no consiguió dar ningún golpe, así que lo regresaron a la prisión para que cumpliera el resto de su condena. Purgó sus tres años restantes y regresó a Miami, pero para entonces se había apartado de todos sus amigos de antaño. Nunca se recuperó de la vergüenza de haber sido encarcelado.

Aún vive en la Ciudad Mágica, pero en la oscuridad, y es editor de manuscritos. Nada mal para alguien que abandonó la escuela, pero el tiempo no ha sido benevolente con él.

Su ex amante Kelly fue arrestada el año pasado, después de 18 años como prófuga. Lo que será la sentencia sólo puede especularse, pero el tribunal no ve con buenos ojos el hecho de que haya optado por no hacer frente a este gran ruido que nos silenció a todos. ¿Podrían ser 20 o 25 años? Sólo el tiempo lo dirá.

Henry Jackson sobrevivió al escándalo de las cuentas congeladas y al estigma del lavado de dinero, pero después desapareció misteriosamente con su familia durante un viaje en el que planeaba ir de pesca. Nunca encontraron su cuerpo.

Una vez compartí la mesa en una conferencia con un viejo ex agente quien me dijo que Henry había robado dinero a un grupo terrorista irlandés, y que habían sepultado sus restos en el fondo de una piscina en Saint Kitts junto con los de más de diez personas a quienes había invitado al viaje.

El contador Mike Lewis cumplió su sentencia en Eglin. Cuando salió retomó su empleo y siguió trabajando como contador, ya que sólo lo habían acusado de un delito menor, así que su licencia estaba intacta. Finalmente se mudó a otra ciudad, pero ignoro si pudo deshacerse de su adicción al juego.

Charlie Núñez cumplió su sentencia y cuando salió de la cárcel se reinventó como ejecutivo en los medios hispanos. Eso es un tributo a su inteligencia y a su habilidad para empezar desde cero.

Benny salió de la cárcel y, finalmente, se mudó a Georgia con su esposa, quien también había pasado un tiempo en prisión por haberse visto implicada. Los agentes del FBI le dieron un par de años por haberse prestado a recoger dinero. Al parecer, no estaban muy contentos con el hecho de que disfrutara de un estilo de vida holgado por muchos años, gracias a las ganancias que su esposo había logrado con las drogas. En aquel entonces, parecía excesivo.

Rick Baker desapareció de la faz de la Tierra después de cumplir con una sentencia más reducida que la que originalmente le habían impuesto. Sin embargo, como su testimonio sirvió para atrapar a Benny y su banda, tal vez desaparecer fue lo mejor que pudo hacer, por su propia seguridad.

A pesar de que lograron evadir a la justicia cuando casi todos caían como piedras, los tres hermanos Martínez finalmente fueron encarcelados por tráfico de drogas. Cumplieron ocho años de sentencia y ahora viven en Florida.

Trevor, el piloto, fue uno de los pocos a quienes no se enjuició. Después de cooperar completamente para obtener inmunidad, vendió su negocio y se mudó a Ohio, donde trabaja como instructor de vuelo.

Bernard Calderón cumplió 20 años en una prisión francesa, pero desde su liberación no he sabido nada de él. Es difícil creer que se haya retirado tranquilamente. ¿Habra muerto en la prisión? No lo sé. Tao, su devota esposa hasta que lo sentenciaron, se involucró en una relación con su guardaespaldas antes de que la ley también la atrapara.

Mi primera esposa, Sara, retomó su vida. Ahora vive en Hollywood, California. La policía le hizo una visita cuando me investigaban; no sé lo que pretendían averiguar, porque ella pertenecía a otra época de mi vida, la cual había dejado cuando me convertí en un lavador de dinero.

Monique dejó la policía después de que nos separaramos, pero se convirtió en terapeuta. La policía la había interrogado después de mi arresto, pero les bastó saber que ella no había estado al tanto de mis operaciones. Mi decisión de ocultarle los asuntos en que estaba involucrado le ahorró la vergüenza de enfrentar cualquier acusación. Ella se convirtió en una terapeuta matrimonial y familiar y dejó Florida para irse a vivir en otro estado, donde aún reside. Le deseo lo mejor.

Años después, su hijo Luke me confesó que una vez encontró debajo de nuestra cama un bolso que contenía una sustancia extraña. Afortunadamente, dejó los 500 gramos de cocaína en su lugar.

Mi segunda esposa, Denise, regresó a su empleo como sobrecargo después de que yo fuera a prisión, y más tarde se hizo cargo de una agencia de modelos. Aún vive en Miami y no volvió a casarse.

¿Y mi viejo amigo Andre? Vivir con un bajo perfil le dio buenos resultados. Nunca lo arrestaron y, finalmente, se casó y se mudó con su esposa a un pequeño pueblo en Florida. Actualmente todavía trabaja como asesor de jóvenes en una iglesia local. Tiene un hijo, al cual bautizó con un nombre bíblico, tal vez como un reconocimiento a que Dios lo ha cuidado todos estos años.

Como Andre, fui un jugador con suerte que ganó en un juego en el que hubo muchos perdedores, incluidos varios de mis propios clientes y socios cercanos quienes murieron prematuramente.

Simplemente espero haber mostrado lo que llevó a un abogado joven, pero muy infeliz, a arriesgarlo todo, a la autodestrucción y a experimentar el designio inevitable de la justicia ciega.

Espero también haber dado a conocer un poco acerca de un negocio que siempre ha prosperado en medio del caos, lo cual es muy importante después de una crisis financiera. El lavado de dinero financia la economía subterránea, corrompe los mercados, financia la guerra y alimenta el crimen.

Yo lo sé. Yo estuve ahí.